CW00326069

LE TENDRE BAISER DU TYRANNOSAURE

Agnès Abécassis est née en 1972. Elle a été journaliste, illustratrice, scénariste, tout en se consacrant à son métier d'écrivain. Elle a publié une douzaine d'ouvrages à ce jour, tous des succès. Ses livres sont traduits dans plusieurs langues. Parmi ses titres les plus connus, figurent notamment *Les Tribulations d'une jeune divorcée*, *Chouette, une ride !* et *Le Théorème de Cupidon*.

Retrouvez Agnès Abécassis sur :
www.agnesabecassis.com

AGNÈS ABÉCASSIS

Le Tendre Baiser du tyrannosaure

du tyrannosaure

ROMAN

LE LIVRE DE POCHE

Ce roman est une œuvre de fiction. Les personnages, les lieux et les situations sont purement imaginaires. Toute ressemblance avec des personnes existant ou ayant existé serait fortuite ou involontaire.

© Librairie Générale Française, 2016.
ISBN : 978-2-253-06881-5

Un tendre bisou à celles et ceux
qui comptent pour moi.

Chapitre 1

Félix

Félix se mit à courir comme un dératé. Derrière lui éclata un rire sardonique.

Il plissa les yeux. Impossible d'y voir à deux mètres, l'obscurité était telle qu'il avait l'impression de se cogner dans son opacité.

Il se prit les pieds dans un tapis poussiéreux, faillit trébucher, mais se rattrapa de justesse en se cramponnant au coin d'un buffet. Le meuble était glacé, il retira sa main comme si ce contact l'avait brûlé.

Il fallait qu'il quitte cet endroit, il n'y avait pas d'autre solution.

Félix aperçut au loin un rai de lumière, qui s'avéra être la lueur d'une bougie. Il se précipita vers elle, mû par l'espoir fou d'un papillon de nuit ayant repéré une ampoule électrique.

À vrai dire, ses pieds ne touchaient presque plus le sol.

C'est alors qu'il se retrouva dans une pièce comportant de multiples issues : il ne savait laquelle emprunter.

Paniqué, il ouvrit une porte, hurla, et la fit claquer, le cœur battant à tout rompre.

Il en ouvrit une autre, manqua de peu de se faire asperger par un liquide visqueux vert fluo, donna un coup de pied dedans pour la refermer et repartit à toute vitesse, s'échappant comme il pouvait, rebondissant contre le mobilier, faisant choir vases ou tableaux, sans la moindre logique d'orientation.

Il ressemblait à une mouche affolée coincée dans un bocal, le couvercle se refermant sur elle inexorablement. Tout était ténébreux, sale et piégé. Et il avait perdu de vue tous les autres.

Qu'est-ce qui lui avait pris, aussi, d'être venu se paumer dans cet endroit infect ?

Iolanda lui avait pourtant fait promettre de ne jamais s'y rendre. Mais il s'était cru plus fort qu'elle, qui avait peur de tout, et il avait voulu se le prouver. Qu'aurait-il pu craindre d'une maison abandonnée ?

Il aurait dû l'écouter. Oh oui ! Iolanda, si prudente, si clairvoyante, et qu'il ne reverrait sans doute jamais. Sa voix autoritaire au timbre acariâtre lui manquerait.

Avec l'énergie du désespoir, il fonça dans un couloir, dont la faible lumière, émise par un lustre antique, vacillait.

Soudain, une main surgie de nulle part lui toucha les cheveux.

Il sursauta, et la balaya d'un geste brusque. Tous les os de son corps jouaient des maracas.

— Putain de bordel! MERDE! Je veux sortir de là! LAISSEZ-MOI SORTIR!

La lumière du couloir s'éteignit. Il hurla à pleins poumons. Elle se ralluma. Devant lui se tenait un homme à la tignasse hirsute, le visage grimé tel un clown qui aurait emprunté le dentier d'un piranha. L'homme le fixait, mutique, la tête inclinée, en brandissant une massue. Félix retint sa vessie de justesse.

— AU SECOURS!

Encore ce rire odieux qui résonna, loin derrière.

Une ombre se matérialisa près de lui, furtive, l'effleurant au passage. Il sursauta et s'égosilla de toutes ses forces, l'ombre brailla également (l'insulta, aussi?). À la faveur d'un flash, Félix vit que c'était une jeune femme, la robe sanguinolente, qui, en le repoussant, lui plaqua ses doigts poisseux d'hémoglobine sur le torse avant de s'enfuir.

C'est le moment que choisit le clown pour s'avancer en grinçant d'une étrange voix métallique: «Approche, mon petit, viens là que je te donne un BOUM BOUM!»

Cette fois, il pouvait dire adieu à son caleçon propre.

Dans un ultime réflexe, Félix couina comme une fille, se recroquevilla, coudes en avant en se tenant la tête, et fonça dans le tas, propulsé par une fureur déchaînée, tel un rugbyman venant d'apercevoir l'amant de sa femme à l'autre bout du ter-

11

rain. Il échappa de justesse au coup de gourdin du clown démoniaque et, le souffle coupé, continua sa course folle en s'aidant des bras façon hélice d'hydroglisseur, écopant l'air convulsivement comme pour ne pas s'y noyer.

Impossible de retrouver l'entrée de la maison. Cette baraque sur trois étages était immense, totalement inconnue de lui, et truffée de pièces en enfilade. Elle avait dû être construite sur les vestiges de l'ancien cimetière d'un magasin Ikéa.

Et cette pénombre qui dévorait tout, les murs, les objets, les animaux empaillés, les êtres vivants. Il aurait voulu se cacher dans un recoin et faire le mort, le temps qu'on vienne le sauver. Mais il douta que quiconque vienne le chercher. Il allait devoir s'en sortir tout seul – s'il parvenait à s'en sortir.

Propulsé par la nécessité farouche de revoir un jour un épisode de *Game of Thrones*, il haletait, les yeux exorbités, le tee-shirt baigné de sueur, cherchant son chemin dans cette semi-obscurité, frissonnant, épouvanté, s'agrippant aux murs, fuyant vers un escalier, lorsque, soudain, tout s'éteignit. Le noir total. Plus un bruit. La terreur à l'état pur.

Quand la lumière se ralluma, des jumelles au teint blafard, avec des couettes et vêtues de robes identiques, postées face à lui, susurrèrent : « Viens jouer avec nous… », éclatèrent d'un rire cristallin, et brandirent une hache sous son nez.

C'en fut trop pour Félix, qui tourna de l'œil et s'effondra.

Chapitre 2

Félix

— Allez, réveille-toi. Dis quelque chose.

— …

— Tu m'en veux ?

— Joue.

— Sérieux, mec. Comment je peux me faire pardonner ?

— Concentre-toi sur la partie. En silence.

— Allez, Félix… c'est pas la fin du monde. T'es pas mort. Secoue-toi un peu.

— Tom, dire à un type qui a une humeur de nitroglycérine « secoue-toi un peu » n'est pas exactement un bon conseil. Mon cavalier prend ton fou.

Félix avança sa tête de cheval noire, et retira le fou blanc de la table d'échecs, qu'il posa sur le côté. C'était sa première prise intéressante.

Tom gratta son front qu'un moucheron n'arrêtait pas d'agacer, sans quitter le jeu des yeux. Il avait déjà amassé sept pièces noires. Dont la reine de Félix.

Autour d'eux fusaient des cris d'enfants qui se couraient après dans le parc où les deux copains s'affrontaient, assis face à face, appliqués et le sourcil contracté.

Un soleil qui commençait à décliner dardait ses rayons à travers la fine dentelle de nuages crénelés. C'était pour eux une pause bienvenue, hors du temps, sereine.

Tom, un mètre quatre-vingt-dix-huit de muscles, de tatouages sur les bras et de tignasse châtain dressée en crête, semblait apprécier la partie. Félix, un mètre quatre-vingts de dos voûté, chétif, les cheveux couleur paille et agrippé à son inhalateur, semblait, lui, la subir.

Ils s'étaient connus il y a des années de cela près d'une fac, sans pourtant jamais s'y être croisés.

Son bac en poche, Tom avait poursuivi ses études sans parvenir à les atteindre. Il avait tenu quelques années, passant d'amphithéâtre en amphithéâtre, avant de se laisser distancer par les filles, les soirées, les cuites et les grasses matinées, jusqu'à ce que sa perspective de devenir un jour notaire (comme son père et le père de son père avant lui) ne soit plus qu'un rêve évaporé.

Félix, lui, avait survolé sa scolarité, en sautant autant de classes que son QI de 150 le lui avait permis. Il s'était donc retrouvé à bûcher son bac à treize ans, avant d'entrer à l'université à l'âge où son voisin Nissim, né la même année que lui, invitait toute sa classe de quatrième à célébrer sa bar-mitsvah.

Félix était aujourd'hui un paléontologue comblé, qui évoluait auprès de ces dinosaures pour lesquels il éprouvait depuis l'enfance une passion dévorante. Ses connaissances pointues en matière de lézards terriblement grands étaient reconnues, dans le Muséum d'histoire naturelle où il officiait, ainsi qu'à l'université où il enseignait. On venait de loin pour le consulter. Son expertise était précieuse.

En revanche, niveau vie sociale, pour lui, c'était l'ère glaciaire. Son manque d'assurance avait doublé puis triplé les proportions d'un défaut de sociabilité trimballé depuis le collège.

Félix était un type à part, lunaire, souvent extravagant par son indifférence totale des conventions, solitaire malgré lui car les gens lui faisaient peur, et par-dessus tout complètement hurluberlu, avec sa fantastique collection de nœuds papillons dont il prétendait obstinément relancer la mode.

Même ses hobbies étaient inattendus : par exemple, il possédait un herbier. Fondre sur un brin de pelouse, extatique, tandis que vous conversiez avec lui ne lui posait aucun problème. Tresser des scoubidous, les mains planquées sous son bureau alors qu'il s'entretenait avec un interlocuteur qu'il recevait, lui détendait profondément les neurones. Il aimait sculpter des bougies en forme de Vénus préhistorique, de Monsieur Spock dans *Star Trek* ou de la DeLorean de *Retour vers le futur*, et les distribuer autour de lui, comme s'il offrait de la lumière dans une alliance de feu et de fun.

Félix et son intelligence supérieure à la moyenne... Comment faire quand, intellectuellement, on dépassait tout le monde de deux têtes ? On n'était jamais au (bon) niveau.

Alors il se dépréciait constamment, ne souhaitant écraser personne par la somme astronomique de ses connaissances et de ses capacités. Il se faisait petit, il se recroquevillait. Il balayait d'une réplique embarrassée les compliments, et il serrait les dents quand il entendait une sottise. Il savait bien qu'il ne changerait pas le monde. Il y avait trop de choses à améliorer dans sa propre vie, et trop de gens à instruire qui pourtant s'accrochaient âprement à leurs fourvoiements.

Cette humble façon de laisser gagner les autres, même Tom, qui croyait en ce moment lui mettre une tannée aux échecs, ne la soupçonnait pas.

Ce cher Tom qui, du haut de son mètre quatre-vingt-dix-huit, avait également, vis-à-vis d'autrui, un problème de dépassement de soi.

Avec des personnalités si différentes – et parce que souvent les opposés se complètent –, rien de surprenant à ce qu'une amitié naisse entre ces deux-là.

Par un bel après-midi d'automne, il y a plus d'une décennie de cela, alors que Félix sortait d'une banque en rangeant les quelques billets qu'il venait de retirer au distributeur, et glissait son portefeuille dans son sac de cours, deux malfaiteurs à scooter lui foncèrent dessus et lui arrachèrent son sac. Lequel contenait, plus précieux que son maigre pécule, des documents originaux dont il ne possédait pas de copie, destinés à l'élaboration de sa thèse et qu'il avait mis des mois à réunir.

Il poussa un cri muet de surprise.

Tom, qui circulait sur le vélo emprunté à sa copine du moment, assista à la scène.

Sans hésiter, il descendit de sa bécane, la saisit à pleines mains et la projeta de toutes ses forces dans les roues du scooter au moment où il passait devant lui. La motocyclette chuta violemment au sol, éjectant les deux voyous. Deux crêpes n'auraient pas effectué un plus joli vol plané. Ils atterrirent avec moins de poésie, et s'en tirèrent rudement commotionnés.

Bien que déjà stoppés, la police, alertée, les arrêta pour de bon.

Félix récupéra son sac, ses sous, ses documents, et écopa en bonus d'une amitié qui naquit lorsque le jeune héros, voyant l'étudiant choqué trembler de tous ses membres, lui proposa de se remettre de ses émotions devant une bonne pinte de bière. Tom n'y gagna pas seulement une complicité solide, il y trouva également une vocation. Il passa des concours, grimpa les grades quatre à quatre, et devint lieutenant de police.

En attendant, le voilà qui continuait, débonnaire, à insister auprès de son pote :

— Allez, arrête. C'était qu'une reine, après tout. Tout à l'heure, tu prendras ta revanche. D'ailleurs, en parlant de reine, elle était bien, ta sortie d'hier soir ? Il s'est passé quelque chose, avec ta cavalière ?

Félix hésita à répondre. Même s'il fréquentait Tom depuis des années, admettre l'échec lui faisait mal. Car dans sa vie quotidienne, il ne jouait pas.

— Quelque chose ? Non, rien. Que veux-tu qu'il se passe ? C'était juste la libraire d'en bas de chez moi qui vient de se séparer. Elle m'a proposé de sortir, pour se changer les idées…

— Et tu l'as pas serrée ?

— La seule chose que j'ai serrée, c'est mon sphincter pour ne pas me faire dessus.

Et tandis que son ami lui prenait un pion, puis sa deuxième tour, Félix lui confia comment la jolie et délurée Sofia l'avait entraîné dans un parc d'attractions, le suppliant de grimper avec elle dans un manège qui tombait de la hauteur d'un dix-septième étage. Il avait, bien entendu, décliné en évoquant ses problèmes de vertige, de dos, de chaussures inadaptées et même de chute de cheveux. Il lui avait proposé à la place d'aller plutôt grignoter un hot-dog. Mais la donzelle avait insisté avec tant d'ardeur, qu'il avait fini par accepter de l'accompagner faire une seule attraction, à condition qu'elle ne comporte ni looping ni dégringolade. Elle avait dit : « Bingo ! J'en connais une où on reste au sol… », s'était cramponnée à son bras en lui collant un baiser sonore sur la joue, et il l'avait suivie. En enfer.

— Sérieusement ? Tu t'es baladé dans la Maison de l'Horreur ? Toi ? Toi qui n'es même pas capable de supporter le générique de *Ghostbusters* ?

Félix lui prit un pion.

— Mon médecin traitant m'a conseillé de faire des efforts, de me lancer des défis pour muscler mon tempérament un peu… euh… inquiet.

— Mais lance-toi des défis à ta portée ! Je ne sais pas… Comme goûter un sashimi sans craindre de mourir le corps infesté de parasites, toucher une barre de métro sans te désinfecter la main au chalumeau, oublier ton portable huit heures d'affilée sans faire une crise de spasmophilie… Des choses simples, quoi !

— C'est bon, ça va…

— Et après avoir tourné de l'œil, qu'est-ce qui s'est passé ?

— Rien. Quand j'ai repris connaissance, j'ai vu Sofia s'engueuler avec le clown démoniaque en lui certifiant que oui, j'avais bien plus de quatorze ans. Parce que cette attraction était réservée aux plus de quatorze ans, tu comprends.

— Ouaip.

— Et que j'en ai bientôt trente.

— Pas facile.

— Et un tee-shirt ruiné par du coulis de cerises.

— Le rose revient à la mode, t'inquiète pas.

Un gamin mit un coup de pied dans le ballon avec lequel il jouait. Le ballon traversa l'air sur plusieurs mètres, et atteignit Tom à l'épaule, produisant un son mat.

«Désolé, m'sieur!» cria le gosse en venant récupérer son projectile en caoutchouc.

Tom lui lança un regard sévère, maugréa: «Ça va pour cette fois, petit, mais fais attention…», oublia aussitôt l'incident et se replongea dans la configuration des petites pièces en bois posées devant lui.

Un oiseau babilla à s'en décrocher la syrinx quelques notes incroyablement mélodieuses. Les feuilles des arbres alentour bruissaient lentement du vent qui passait entre elles, et une brise fraîche vint leur caresser le visage. Ils étaient bien. Détendus. Au calme.

Le portable de Félix émit un bip dissonant qui fit voler en éclats l'harmonie du lieu. Il le sortit de sa poche, regarda qui lui avait écrit, soupira, et le rangea sans répondre.

— C'est Iolanda? demanda Tom, toujours concentré, un poing soutenant son menton.

— Oui… Elle veut savoir avec qui je suis.

— Je te plains… Je sais pas comment tu fais pour supporter une jalousie pareille. Moi, à ta place, y a longtemps que je l'aurais quittée.

— J'y pense, j'y pense… J'ai fait une demande pour un appartement de fonction. Mais bon, je sais déjà qu'on ne me le donnera pas.

Son portable bipa à nouveau. Il y jeta un coup d'œil. Excédé, il le mit en silencieux.

— Elle voulait quoi, cette fois? demanda Tom sans quitter le jeu des yeux.

— Savoir où j'étais. Et si c'est avec une femme.

— Dis-lui oui, pour voir.

— Pour voir quoi ? De quelle façon elle me tue ?

— Oui, pour voir si elle fait comme moi. Échec et mat.

Félix regarda son ami investir son roi et apprécia mentalement les dernières prises qui avaient conduit à sa défaite. Il conclut d'un mot la victoire de son adversaire.

— Connard.

Adversaire qui sourit de toutes ses dents, bomba le torse, et se prit un violent coup de ballon en pleine tête. Cette fois-ci, il déploya sa taille immense en se levant, l'air exagérément furieux, tandis que trois jeunes garçons s'enfuyaient comme des bolides en piaillant. Le flic fit semblant de leur courir après quelques secondes en agitant le poing tout en les traitant de vauriens, avant de revenir sur ses pas, et de confisquer l'objet du délit qu'il glissa sous ses pieds en se rasseyant.

— Quelle plaie, ces gosses.

— Bon, je ne vais pas tarder, moi…

L'écran du portable, posé près de Félix, s'illumina en cadence puisqu'il avait coupé le son. Cette fois, il décrocha.

— Allô ? Oui, Olive… Ça va, et toi ? Non, non, tu ne me déranges pas, je viens juste de terminer une partie d'échecs. Que j'ai gagnée.

Il adressa un sourire à Tom, accompagné d'un doigt d'honneur. Son pote secoua la tête avec un rire muet qui fit tressauter ses puissantes épaules.

Il ne le prenait pas mal, après tout n'était-ce pas l'apanage des faibles que de s'octroyer la victoire des forts à la sournoise ?

— Venir où ça ? À ta fête ? continua Félix au téléphone. Je ne sais pas, je crois que je ne suis pas dispo ce jour-là... Ah ? Oui, tu ne m'as pas dit quel jour c'était, OK, bon, c'est quel jour ?... Voilà, j'en étais sûr, je ne peux pas non plus. Mais non, c'est pas ça... Mais tu me connais, le monde, le bruit, ça va me déclencher une migraine... Oui, même si je prends avant un cachet antiphobie du genre humain... Ah, y aura Ava et ses filles ? Cool, tu leur feras un bisou de ma part... En tout cas, c'est gentil d'avoir pensé à moi. Encore désolé, hein. Je t'embrasse, ma cousine. Salut... ouais, salut.

Tom venait de terminer de repositionner les pièces sur la table de jeu.

— C'était qui ?

— Ta mère. Elle te passe le bonjour.

— J'avais l'intention de te laisser gagner par pitié, mais puisque tu évoques ma petite maman chérie, prépare-toi à crever trucidé par mon talent.

— Jouer au flic violent, c'est d'un cliché... marmonna Félix en se demandant si cette fois il n'allait pas le laisser perdre, pour changer.

Tom lui tendit ses poings fermés, chacun contenant soit un pion noir, soit un pion blanc. Félix voulut saisir ses mains, mais Tom les retira prestement.

— Pas toucher ! Tu choisis de loin.

— Mais comment veux-tu que je... pff... OK, la droite, alors.

Il eut les pions noirs. Il aurait voulu les blancs.
Chienne de vie.

Tom, penché sur la table de jeu, la main gauche
malaxant son menton, saisit un pion blanc et le fit
avancer de deux cases.

Autour d'eux, le jour déclinait, les ombres s'al-
longeaient, les gens se pressaient de rentrer. Un
couple de joggeurs passa en trottinant, les cheveux
défaits, les joues rougies et le tee-shirt humide de
sueur.

Un garçonnet s'avança vers les deux hommes,
hésitant, en se frottant les phalanges.

— Dites, m'sieur, je peux le récupérer, mon ballon ? Ma mère va m'tuer si je rentre sans…

Le flic se tourna vers lui, soupira avec un hochement de tête, sortit la balle de sous la table et la
tendit au gamin. Il le fixa avec commisération.

— Allez… Qu'est-ce qu'on dit ?

Le gosse scruta l'objet qu'on lui rendait, et
répondit en désignant une petite griffure noire sur
le plastique :

— Vous l'avez abîmé avec vos sales traces de
chaussures. Vous devez me le rembourser.

— Pardon ?

— Si vous refusez, j'appelle ma mère. J'vous
préviens, elle a un uniforme.

Tom demeura imperturbable, tandis que son
acolyte émettait un hoquet sidéré. Il sembla éva-
luer la situation un instant, avant d'acquiescer, l'air
vaincu.

— C'est vrai, je suis parfois un peu dégueu avec

23

mes chaussures… Désolé. Dis-moi combien je te dois.

Tout en parlant, il sortit son portefeuille. En voyant son geste, les yeux du gosse s'illuminèrent et ses deux copains, qui s'étaient rapprochés, commençaient à se taper discrètement dans la main. Les regards de tous s'agrandirent d'effroi lorsque le portefeuille s'ouvrit en deux, dévoilant un insigne de policier.

— Euh… C'était une blague, hein, m'sieur ? bafouilla le petit garçon. J'aime bien faire de l'humour… Je reprends mon ballon, hein, voilà… Au revoir, m'sieur !

Le marmot reprit son jouet avec précaution, sous l'œil hilare de Tom, qui insista :

— Tu es sûr que tu ne veux vraiment pas que je te dédommage ? Cent euros ? Deux cents euros ? Une nuit au poste ? Je t'en prie, ça me fait plaisir.

— Sûr, m'sieur ! dit le gremlin en s'enfuyant, son ballon sous le bras et ses deux compères à ses trousses.

Tom, depuis sa chaise, regarda les gamins courir comme s'il les avait poursuivis. À peine le temps de compter jusqu'à trois qu'ils avaient déjà disparu. Lorsqu'il tourna la tête vers Félix, celui-ci n'avait pas quitté les jeunes garçons des yeux.

— La mère du môme est contractuelle. T'as failli te manger un PV pour stationnement illégal de pied sur un ballon.

— C'est ce que tu as vu ?

— Tu sais bien que je ne vois rien. Je ressens juste… Je vois avec mes mains.

— J'ai jamais compris comment tu faisais, dit Tom en secouant la tête.

— Moi non plus. C'est peut-être le seul avantage qu'il y ait à être hypersensible.

Le flic lui mit une petite tape, légère et amicale, sur la joue.

— Et là, tu sens quoi ?

— Ça marche pas avec les gens, tu le sais bien, imbécile. Juste avec les objets.

— Justement, admettons que je sois l'objet de ton expérience. Alors ?

— Alors ? Hum…

Félix baissa les paupières en appuyant son index et son majeur collés sur ses tempes. Il se pencha en avant avec une expression singeant, au mieux, la concentration, au pire, la constipation.

— Je sens… que t'as bouffé du saucisson à l'ail ce midi, et que ta brosse à dents fait grève parce qu'elle a peur de mourir de suffocation.

— Tu devrais le médiatiser, ton don, au lieu de passer ton temps à palper des os de dinosaures, tout ça pour qu'un Spielberg en récupère la gloire. Tu serais célèbre !

— Célèbre ? Pour quoi faire ? demanda Félix. Mes centres d'intérêt sont ailleurs. Mes besoins ne dépendent pas de l'amour d'inconnus. Je vis très bien dans l'ombre, je ne cherche pas le soleil, car mon écosystème s'accommode depuis toujours des étoiles.

— Parfois, je me dis que si les hommes viennent de Mars, toi, tu y es toujours.

Mais Félix ne l'écoutait plus. Il regarda sa montre, et se leva, inquiet.

— Houla… il se fait vraiment tard, il faut que je rentre.

— Mais non, reste bouffer avec moi, ce soir ! Pourquoi t'es si pressé ? C'est à cause de Iolanda ?

— Oui, non… Enfin, si. Elle va râler. Une prochaine fois, on se fait ça, faudra juste que je la prévienne avant, dit Félix en s'accroupissant près de son vélo, pour en retirer l'antivol.

Tom, contrarié, rangea les pièces de son jeu d'échecs sans chercher à masquer son agacement. Lorsque son ami passa près de lui en lui faisant un signe de la main, il cria dans sa direction un « Tu n'es qu'un toutou ! » qui n'eut pour seul effet que d'accélérer le pédalage de Félix.

Chapitre 3

Félix

— Tu étais où ? demanda Iolanda en lui ouvrant la porte.

— Avec un ami, répondit Félix, docile.

Il retira sa veste, ses chaussures, son nœud papillon, qu'il accrocha sur la patère de l'entrée. L'appartement au papier peint démodé baignait dans une relative obscurité. La maîtresse de maison n'appréciait pas que toutes les lumières soient allumées. Ainsi, passé dix-neuf heures, leur doux foyer se transformait en grotte juste égayée par une télé faisant office de totem.

Elle se tenait devant lui, poings sur les hanches, chignon défait et pli d'amertume au coin de la bouche.

— Mets tes chaussons ! Ne marche pas pieds nus.

— Je suis en chaussettes…, marmonna-t-il d'un ton las.

— Ne sois pas bête, enfin, il fait froid ! insista la femme en robe de chambre rose.

— Si j'étais une bête, je n'aurais pas besoin de ces stupides pantoufles.

Félix soupira, et enfila pourtant ses charentaises.

Iolanda restait plantée là, surveillant que ses ordres étaient bien respectés, prête à réagir à la moindre tentative d'insubordination. Tout en l'inspectant de haut en bas, elle continua son interrogatoire.

— C'était qui, cet ami ?

— C'était Tom.

— Hum… Tu aurais pu me le dire.

— Voilà, je te le dis.

— Ce type est un peu voyou sur les bords, je t'ai déjà demandé de ne pas trop le fréquenter. Il a un revolver, tout de même !

— Mais enfin… c'est un flic ! s'insurgea Félix, qui venait à nouveau de tomber dans le piège que lui avait tendu la femme qui partageait sa vie.

La volupté sadique de Iolanda, c'était de le badigeonner de culpabilité jusqu'à en hydrater ses moindres réflexes.

Elle tourna les talons, satisfaite, pour ne pas dire repue, et alla s'installer sur le canapé. Jambes repliées sur les coussins, elle prit la télécommande, et se mit à zapper.

— Je te préviens, dit-elle, ce soir, je regarde une série sur M6.

— Tu peux regarder ce que tu veux, j'ai des trucs à faire.

— Tu ne restes pas avec moi ? demanda-t-elle, inquiète.

— Visiblement non.

— Mais j'ai préparé le dîner. Des coquillettes au beurre, tu adores ça.

— Je n'ai pas très faim, désolé…

— Ah ! Tu as mangé avec Tom, n'est-ce pas ? Avoue…

— Écoute, j'ai du boulot, s'agaça-t-il.

— Oui, oh ! On le connaît, ton boulot ! Tu vas te plonger dans une bande dessinée, ou bien peindre une de tes stupides maquettes, ou encore passer des heures sur ton microscope, à observer je ne sais quoi…

— Ce sera toujours plus intéressant que ce qu'il y a à observer ici, murmura-t-il entre ses dents.

— Pardon ? demanda Iolanda, qui avait cru comprendre qu'on lui manquait de respect.

Félix se voûta insensiblement, et répondit d'une voix grave :

— J'ai dit que j'avais bien le droit de me détendre après ma journée de travail…

— Ah, parce que tu ne t'es pas assez détendu avec Tom, peut-être ?

L'homme se sentit soudain l'âme d'un Sisyphe.

Lui vint à l'esprit que sa vie n'était que la répétition inchangée d'un agacement sans fin. Des reproches, et des comptes à rendre, et des jugements, et des freins partout… Au nom de quoi s'infligeait-il tout cela ? Peut-être le temps était-il venu pour lui de mettre un terme à ces irritations quotidiennes ? Peut-être un changement d'air signerait-il pour lui le début d'une nouvelle ère ? Mais en aurait-il seulement le courage ? Oserait-il affronter le reptile qui étouffait sa liberté, et en desserrer les anneaux ?

En attendant de trouver la réponse à tous ses questionnements, il choisit lâchement d'abandonner la partie à la femme qui se vernissait les ongles, et ne lança qu'un poli «bonne nuit» en quittant la pièce, qui reçut un haussement d'épaules pour toute réponse.

Chapitre 4

Olive

— Ah, mais fais attention, avec ton vélo ! Je t'ai dit de ne pas venir pédaler dans la cuisine... Allez, ouste !

Le gnome excité sur son tricycle recula en s'aidant des pieds, et repartit comme un bolide en sens inverse.

— Donc, tu disais ? demanda Perla en disposant les petits-fours sur un plateau.

— Je te disais qu'il m'avait suggéré de me faire refaire les seins, parce qu'il les trouvait un peu tombants.

— Non ? Et qu'est-ce que tu lui as répondu ?

— J'ai accepté la chirurgie, annonça Régine, triomphalement.

— T'es pas sérieuse ? dit Perla.

— Si. Mais pas de mes seins, de lui. J'ai coupé net notre relation, histoire d'assortir ce type à mes nichons : je l'ai laissé tomber. Eh bien, tu sais quoi ?

Il avait raison. C'est fou comme, depuis, ma vie est plus jolie !

Les deux copines s'esclaffèrent, en se tapant dans la main.

C'était une agréable soirée, un moment joyeux dans un grand appartement parisien, où elles avaient été conviées à célébrer l'annonce d'une belle nouvelle.

Régine, la brune, était une avocate passionnée, une quadragénaire sexy et délurée, une croqueuse de vie, d'hommes et de plaisirs.

Perla, une infirmière rousse du même âge, jouait dans la catégorie mère de famille débordée, parfois un peu éteinte, d'autres fois complètement allumée, on ne savait jamais à l'avance, ça variait, en tout cas souvent permissive avec ses trois minus turbulents, dont elle ne se lassait pas d'admirer l'énergie destructrice.

Amies proches de l'hôtesse, elles s'étaient proposées, ou plutôt imposées, pour l'aider en coulisses. Une soirée de fiançailles, c'était une bataille qui ne pouvait pas se gagner sans une armada dévouée de proches motivés. Quand viendrait le moment d'organiser la guerre que constituait la soirée de mariage, un traiteur et ses mercenaires feront très bien l'affaire.

Justement, Olive passa en coup de vent déposer le dessert qu'un invité avait apporté.

C'était une jolie blonde aux cheveux courts, fin de trentaine, rouge à lèvres cerise et diamant à l'annulaire.

— Et voilà, ma tante Zoé-Rose qui m'a fait son cheese-cake maison, alors que je lui avais bien dit que je n'avais besoin de rien…

— On en est à combien de desserts, là ? demanda Perla.

— J'ai arrêté de compter au cinquième, soupira Olive, en poussant des bouteilles de soda du frigo pour tenter d'y caser le volumineux gâteau, dont le sommet irait se coller à la tarte aux quetsches de sa cousine Ava, mais tant pis.

Elle avait pourtant prévenu tout le monde de ne rien apporter. Mais chacun, en arrivant, avait dégainé ses sucreries en se justifiant d'un « c'est trois fois rien », sûrement à la source de l'erreur d'interprétation. Elle aurait peut-être dû préciser qu'une pièce montée avait été commandée chez un pâtissier.

L'architecture intérieure de son frigo faisait peine à voir. Ses assiettes semblaient faire du parkour en risquant leur vie. Chaque millimètre d'espace était utilisé. Les plats se chevauchaient dangereusement, hésitant entre déconstruction des décorations, coulis dégoulinants et mélange anarchique des saveurs.

— Qu'est-ce que je vais faire de cette quantité astronomique de bouffe ? On n'est pas assez nombreux ce soir pour tout finir, et je sens ma culotte de cheval hennir de peur à l'idée de s'évaser par-dessus la barrière de mon jean…

— Tu pourrais donner des doggy bags à chacun avec les restes ? suggéra Perla.

— Mais oui, excellente idée ! Changeons d'animal ! Je préfère…

La sonnerie de l'interphone retentit.

— J'y retourne… soupira Olive.

— On prépare une autre fournée de coupes de champagne ? proposa Régine, tout en ouvrant un carton pour en sortir de nouveaux verres.

— Oui, s'il vous plaît, les filles. Merci. Ces gens sont des éponges. Eh ! Au fait, vous avez vu Ava ? Elle devait nous donner un coup de main…

— Dans le couloir, retenue en otage par ta mère, qui essaie de lui gratter une réduction sur une paire de chaussures.

— Ma mère me casse les pieds ! fulmina la blonde.

Dès qu'Olive eut quitté les lieux, Régine se tourna vers sa copine.

— Être préposée au champagne… qui c'est qui a le meilleur poste ? fit-elle en se servant une coupe qu'elle porta à ses lèvres.

Elle savoura quelques gorgées du pétillant nectar, qu'elle assortit d'un claquement de langue de plaisir.

— Moi ! gloussa Perla en enfournant un mini-éclair au café.

La jeune femme se dandinait encore sur la musique muette de sa gourmandise, quand la porte de la cuisine s'ouvrit à nouveau, laissant passer Bernard, son mari. Aussitôt, Perla cessa de gigoter, et se rembrunit imperceptiblement.

— Il paraît que c'est ici qu'on cueille le champagne ? Je viens récolter quelques bulles, lança-t-il joyeusement à la cantonade.

— Exact ! Le champagne est vendangé, on vient juste de finir de piétiner le raisin, sourit Régine.

Bernard s'approcha d'elle, l'œil brillant de convoitise.

— Ah, je l'imagine bien foulé par tes jolis pieds… Quelle sensualité…

Il l'attrapa affectueusement par la taille, et la serra contre lui un instant. Peut-être juste quelques secondes de trop. Puis il lui tendit sa coupe, qu'elle remplit délicatement, embarrassée par sa petite drague lourdaude. Perla, toujours les mains dans les canapés, maugréa :

— Oui, et les bulles, c'est également Régine qui les a faites. Je te dis pas avec quelle partie de son anatomie. Là aussi, je ne doute pas que tu trouveras cela follement sensuel.

Bernard fit une grimace, réajusta ses lunettes et se gratta le petit bouc blond qui ornait son menton.

— Classe, ma femme adorée, très classe…

— Ah bon, maintenant je suis ta «femme adorée» ? C'est pas le terme que tu emploies d'habitude à la maison… lui balança-t-elle avec un rictus amer.

— Il est clair que si tu espères recevoir des mots d'amour, va falloir mettre de l'eau dans la vinasse de ton caractère de merde.

Bernard avait prononcé ces mots négligemment, appuyé contre la table, son verre à la main, sans se départir de son sourire jovial. Le visage de Perla s'empourpra tandis que son ventre se serrait de honte.

— Bernard, je t'en prie… murmura-t-elle.

— Quoi ? Je te taquine, allez, un peu d'humour. Tu sais bien que je ne peux pas me passer de toi, déclara-t-il froidement.

Régine, qui avait levé un sourcil, s'appliquait à remplir consciencieusement les coupes de champagne posées devant elle.

— D'ailleurs, ma femme adorée, continua-t-il comme si de rien n'était, je ne vais pas tarder à partir, j'ai à faire ce soir.

— Déjà ? Mais on vient à peine d'arriver…

— Oui, mais j'ai du travail, moi, je n'ai pas le temps de m'amuser. Je peux te laisser ?

Il s'adressait à elle comme un adulte s'adresserait à une petite fille à qui il concède le privilège exceptionnel de jouer au parc plus longtemps que prévu.

— Oui, oui, bien sûr. Bonne soirée, mon chéri, répondit-elle.

Il sembla déçu qu'elle le laisse partir si facilement. Alors, il prit tout son temps pour la quitter. Il finit sa coupe cul sec, et la mit près de lui, au milieu du plan de travail déjà très encombré. Perla dut se déplacer pour aller la saisir, et la poser dans l'évier. Il la regarda faire sans bouger d'un millimètre, l'air étrangement satisfait. Puis il s'adressa à Régine.

— En tout cas, ça m'aura fait plaisir de te voir. Toujours aussi belle, cette Régine ! La petite robe que tu portes est ravissante… dit-il en se penchant légèrement pour mieux apprécier le spectacle.

— Ça ? fit Régine sans s'émouvoir. Je t'en prie, c'est une vieillerie.

Il estima le vêtement et ce qu'il contenait d'un œil expert, sans faire cas de sa compagne qui se décomposait sur place. L'insistance du regard de son homme sur le postérieur de Régine la mettait d'autant plus mal à l'aise qu'elle savait que sa copine, qui n'avait pas sa langue dans sa poche, risquait à tout moment de lui crever l'œil avec. Mais heureusement, l'avocate, concentrée sur son nettoyage de verres à coups de torchon, sembla ne rien remarquer.

Définir le couple de Perla et Bernard comme étant mal assorti était un euphémisme. Elle était jolie, lumineuse, et un peu soumise ; il était banal, arrogant, avec une confiance en lui impressionnante. Elle avait des manques, des failles et des faiblesses, il avait développé des outils parfaitement adaptés pour s'y insérer, actionnant l'ouverture ou, plus souvent, la fermeture de la porte qui la séparait des autres, selon son bon vouloir.

Bernard finit par s'en aller, et l'atmosphère redevint sensiblement plus légère.

Après avoir confié le plateau de coupes de champagne à une tante venue le récupérer pour aider au service, Régine se tourna vers Perla.

— Moi, je l'ai trouvée excellente, ta blague à deux bulles.

— Bah, il est un peu tendu, en ce moment. Il est en «période d'écriture», tu comprends.

— Et son éditeur lui demande de se dépêcher?

— Pour tout te dire, je crois que son éditeur espère secrètement qu'il développe une allergie au stylo, qu'il fasse tomber son ordi dans son bain, ou qu'il y ait une rupture de stock mondiale de rubans de machine à écrire, tellement il n'est pas pressé!

Elles éclatèrent de rire en faisant beaucoup de bruit, et en aimant ce bruit qui ressemblait à la musique qu'auraient produite des castagnettes d'allégresse.

Alors qu'elles s'apprêtaient à rejoindre les autres, Régine hésita, contempla son amie avec une infinie tendresse, posa la main sur son bras, et murmura:

— Dis, est-ce que tu es heureuse?

Perla baissa les yeux, défit le nœud de son tablier qu'elle abandonna sur un tabouret, avant de hausser les épaules:

— Non, je suis Perla.

Elle gloussa, contente d'avoir éludé la question, puis ajouta:

— Allez, viens, ils ont déjà dû siffler tout le champagne…

Chapitre 5

Olive

— Un discours ! Un discours !

Olive et Yokin se tenaient amoureusement enlacés devant la grande table du salon reconvertie en buffet, parsemée de mets joliment arrangés et de mignardises délicieuses. En son centre trônait un magnifique gâteau de fiançailles à deux étages.

Face à leurs amis, ils irradiaient de joie, faisant alterner les rires, les échanges de regards humides et les brèves étreintes embarrassées. Le flash de tonton Joseph crépitait, immortalisant leurs amis les plus précieux et les membres de leur famille les moins éloignés, qui avaient répondu présents à leur joyeuse invitation.

Françoise, la maman d'Olive, fendit la foule pour venir se placer aux côtés de sa fille, son verre de champagne à la main.

— Je voudrais porter un toast à ce merveilleux couple ! Enfin, ils se décident à franchir le pas, après plus de cinq ans de vie commune ! Autant dire une éternité, à leur âge… (Elle se pencha vers Yokin.) Il t'en a fallu du temps, hein, mon gendre, pour faire ta demande… En tout cas, je leur souhaite tout le bonheur du monde !

Applaudissements nourris. Olive frotta tendrement sa tempe blonde contre la joue de son homme, qui lui déposa un baiser sur le front. Brigitte, la mère de Yokin, poussa alors quelques personnes devant elle pour investir la place aux côtés de son rejeton.

— J'ajouterai que mon fils est un garçon extraordinaire, un brave, sportif accompli, généreux, loyal, et beau comme un acteur ! Tant de filles doivent être désespérées ce soir… Prends bien soin de lui, Olive, il le mérite ! (Elle évacua une petite larme au coin de l'œil.) Et surtout, soyez heureux, les enfants !

Applaudissements polis. Elle leva sa coupe et allait la porter à ses lèvres, lorsque Françoise reprit la parole :

— Ma fille, ma poupée, ma princesse… Je suis si fière de toi ! Tu as fait de moi une mère comblée. Tes qualités sont si nombreuses qu'il faudrait la soirée entière pour toutes les énumérer ! J'espère que Yokin mesure bien la chance qu'il a de t'avoir à ses côtés, toi qui aurais pu prétendre au bras d'un prince ou d'un président, conclut-elle avec une moue attendrie en direction du jeune couple. Voilà, je vous laisse, ce sera tout pour ce soir !

Applaudissements gênés de trois personnes au fond. Regards en coin. Interruption de Brigitte, arborant un sourire de caïman, les mâchoires si serrées qu'elles risquaient à tout instant de fendiller son bridge.

— Une minute ! Je voudrais moi aussi rajouter quelque chose. (Elle enlaça son fils en se blottissant contre lui.) Yokin, mon amour, parce que, comme on dit chez nous, «*Aditzaile onari, hitz gutxi*», qui signifie en basque «Si tu veux qu'on t'écoute, parle peu» (petit regard vers Françoise), je finirai sur le vœu suivant : fais-moi un beau petit-fils, surtout. Un qui aura mes yeux bleus, tes fossettes et le brillant des cheveux de ta femme.

— Et pourquoi pas une petite-fille ? s'insurgea Françoise. C'est bien aussi, une petite-fille, qui aurait la taille fine d'Olive, les oreilles ourlées de son papa, et mon prénom en second prénom.

— Pas de problème, acquiesça Brigitte. Du moment qu'elle a le mien en premier prénom.

— Maman… souffla Yokin.

— Je croyais que vous espériez un petit-garçon ? grinça Françoise.

— Pas du tout, j'espère juste ce que mon fils me donnera ! riposta Brigitte.

— Votre fils ? Parce que c'est lui qui compte le mettre au monde, peut-être ?

— Maman, arrête ! s'énerva Olive.

— Et alors ? s'emporta Brigitte. Il faut bien être deux, pour faire un bébé !

Olive tira sur la manche de son fiancé, espérant qu'il intervienne auprès des deux enragées. Fiancé militaire de carrière, décoré au combat, et qui considérait avec circonspection les aspirantes mamies, sans savoir par quel bout les prendre ni comment les faire taire.

Folle ambiance.

Les invités, embarrassés, hésitaient entre se captiver pour le spectacle, ou passer outre le signal du départ et se ruer sur le buffet. Certains intrépides commençaient d'ailleurs à s'en approcher pour se saisir d'un canapé, ni vu ni connu, et l'enfourner discrètement en mâchant la bouche fermée.

L'assaut était imminent, les ventres gargouillaient leur frustration et leur haine du vide. Mais avant cela, il fallait annoncer les fiançailles et couper le gâteau. C'était la tradition, autant la respecter dans le bon ordre, ce que ne permettaient pas les deux agitées qui monopolisaient l'attention.

— Maman ! Brigitte ! Ça suffit ! s'énerva Olive. Merci pour vos vœux et vos encouragements. Mais on va zapper l'épisode du bébé, puisque nous n'en voulons pas, et lever plutôt nos verres à…

— Comment ça, vous n'en voulez pas ? s'écria Françoise.

— Yokin ? demanda Brigitte. Tu étais au courant que ta femme ne voulait pas de bébé ?

Certains invités, plutôt que de se nourrir, préféraient ne pas perdre une miette de l'explication sur le point d'avoir lieu. Un cercle de curieux commença à se former autour du groupe qui rockait cette party. C'était encore plus drôle à regarder qu'une télé-réalité, parce qu'ici non seulement on connaissait les candidats, mais encore on était certains d'avoir la saison 2 avec la cérémonie du mariage à venir.

— Pas ma femme, maman, répondit Yokin d'un ton las. Nous deux. Moi non plus, je n'en veux pas.

— Mais… mais je ne comprends pas… Qu'est-ce que tu racontes, mon fils ? Tu es fou ? Tu as déjà trente-neuf ans, il est plus que temps de t'y mettre, et ta fiancée n'est pas de toute première jeunesse non plus…

— Merci, Brigitte, soupira Olive. Mais ça va aller, on sait ce qu'on fait. DONC ! reprit-elle en se tournant vers les invités, et en réactivant un sourire qui n'avait plus rien de spontané. Je lève mon verre à notre bonheur, et vous annonce officiellement notre mariage prochain !

Applaudissements déchaînés, félicitations chaleureuses, sus aux petites saucisses.

Les discours indélicats auraient pu, auraient dû en rester là. Mais c'était sans compter sur la frénésie de Brigitte, remontée comme une pendule à l'annonce de cette nouvelle qui lui faisait passer un sale quart d'heure. Elle n'avait pas dit son dernier mot, et il y en aurait même plusieurs. Sans hésiter, elle fondit sur Patxi, son mari, planté devant le buffet, solidement arrimé à une petite assiette en carton qu'il remplissait à la manière d'un jeu Jenga pour la hauteur ou Tetris pour l'espace libre.

— Enfin, chéri, dis quelque chose !

— Hum ? fit Patxi, la bouche pleine d'une mini-pizza avec un petit bout d'anchois dessus.

L'attrapant par le bras et le remorquant jusque vers le jeune couple, Brigitte se posta devant son fils, et glapit :

— Tu vois bien, chéri, papa est d'accord avec moi !

Yokin, qui discutait avec un de ses collègues militaires, leva les yeux au ciel en entendant les piaillements de sa mère. Laquelle, sans s'émouvoir, continua d'insister sur le ton d'un marteau-piqueur :

— Bon Dieu, mon petit ! Tu ne vas tout de même pas vieillir seul ? Écoute ce que dit ton père !

Le père, qui n'avait pas prononcé un seul mot, louchait à présent sur la charcuterie au loin, en bout de table, présentée sur un large plateau garni de salade verte. Plus passionné par le destin de son ventre que par celui du ventre de sa bru, il se pencha vers Françoise en lui montrant son assiette pleine, et demanda :

— C'est vous qui avez préparé les petits feuilletés au fromage ? Ils sont divins ! Je n'en ai jamais mangé d'aussi savoureux. Vous êtes une cuisinière remarquable !

Et pour le lui prouver, il se pourlécha les babines avec gourmandise. Françoise se passa une mèche derrière l'oreille et rougit en acquiesçant, avec un mouvement blasé de la main.

— Oh, c'est une vieille recette… j'ai fait ça en trois minutes…

— Je ne vais pas vieillir seul, puisque je me marie ! répondit Yokin à sa mère. Hé, papa, dit-il

44

pour détourner l'attention, tu as goûté à ce petit jambon de Bayonne ? Viens voir, tu m'en diras des nouvelles…

Il entraîna son père, qui ne demandait que ça, vers le produit convoité.

Françoise, tout de même elle aussi très concernée par la décision de sa fille unique, revint à la charge, et Olive se retrouva seule, coincée entre les deux grands-mères comme une sardine devant deux otaries affamées.

— Écoute, chérie… ce n'est pas grave, tu changeras d'avis ! dit sa mère.

— Mais non, je ne changerai pas d'avis, protesta Olive, acculée contre un mur, sans que personne l'écoute.

— Oui, en même temps, ton horloge biologique tourne, réfléchis bien ! intervint Brigitte, nettement moins patiente que Françoise.

— Tu n'en veux pas même un tout petit ? Un tout petit, c'est rien, un tout petit minuscule… argumenta cette dernière.

Bethsabée était une amie célibataire d'Olive, qui avait adopté son fils Nuno la quarantaine passée. Émue de la voir en si mauvaise posture, elle vola à son secours, toutes griffes dehors.

— Mais enfin, laissez-la tranquille ! Elle est tout de même libre de faire ce qu'elle veut de son corps !

— Mais ce n'est pas de son corps qu'on parle, s'emporta Brigitte, c'est de celui de mon futur petit-fils !

Bethsabée soupira en échangeant un regard solidaire avec la pauvre Olive, sidérée d'être si fougueusement prise à partie sur une décision aussi intime.

— Brigitte, Françoise, vous n'avez pas honte ? reprit Bethsabée. C'est son moment, celui où elle annonce à ceux qu'elle aime un événement heureux, et vous êtes là, en train de la houspiller avec vos sollicitations hors de propos. Elle est infiniment plus courageuse de ne pas procréer si elle ne souhaite pas d'enfant, que d'en faire à contrecœur et de le rendre malheureux…

— Mais on sera là pour le rendre heureux, nous ! s'écria Brigitte. Et puis Yokin est fils unique ! S'il n'a pas de descendant, qui transmettra le nom d'Etchegoyen ?

— Si votre nom de famille vous est si précieux, pourquoi n'avez-vous pas essaimé le pays de rejetons, pour en assurer la pérennité ?

C'est Jean-Pierre, le père d'Olive, qui venait de s'exprimer.

Voyant sa fille chérie assiégée de toutes parts, il s'était tenu en retrait tel un fauve à l'affût, écoutant discrètement l'échange qui avait lieu, avant de bondir pour protéger son enfant. Grand de taille, les cheveux gris et de petites lunettes rondes sur le nez, sa prestance en imposait. Brigitte, qui ne s'y attendait pas, en bégaya.

— Mais… mais… Nous n'avions pas les moyens à l'époque… et puis j'ai terriblement souffert pendant l'accouchement de mon fils… et… et… Et puis enfin, Jean-Pierre, c'est une décision personnelle, cela ne vous regarde pas !

— Précisément, acquiesça le mari de Françoise. Les choix de vie de chacun, y compris de nos enfants, ne concernent qu'eux. Je vous saurais donc gré à l'avenir de bien vouloir vous mêler de vos affaires. Et c'est valable pour toi aussi, Françoise.

La mère d'Olive, un peu honteuse, ne répondit pas et fit mine soudain d'avoir encore quelque chose à dire à sa nièce Ava, qui discutait avec Vanille, la femme d'un cousin. Elle alla les rejoindre.

Jean-Pierre attrapa sa fille par les épaules d'un côté, et Bethsabée de l'autre, pour les entraîner vers la table.

— Venez, je ne suis pas sûr que Patxi ait laissé de ce fabuleux jambon de Bayonne. Il faut absolument aller vérifier.

Olive pressa la main de son papa, le regard éperdu de reconnaissance.

Un air de jazz en fond sonore habillait l'ambiance masticatoire de cette famille heureuse de se revoir, chanceuse de célébrer, contente de profiter des bonnes choses de la vie.

Le salon, décoré de guirlandes lumineuses, embaumait le parfum des fleurs coupées ornant les vases posés un peu partout. Les adultes riaient, bavardaient, dégustaient. Les enfants piaillaient, couraient, se bousculaient. En particulier les trois fils de Perla, marmots intenables qui avaient déjà renversé une bouteille de soda, pillé toutes les pistaches et toutes les chips, et réussi à semer leur mère en se cachant sous la table.

Restée seule, Brigitte secoua la tête en balbutiant :

— C'est déjà difficile d'élever un enfant, alors plusieurs… D'où il sort, lui… Qu'il aille plutôt apprendre à sa fille à faire son devoir d'épouse. Cette espèce de donneur de leçons…

Elle but d'un trait son verre de champagne, et le reposa sèchement sur une table près d'elle. S'ils croyaient tous que ça allait se passer comme ça, c'était mal la connaître.

Chapitre 6

Perla

— Allez, lève-toi !

— Hein ? Quoi ? Quoi ? gémit Perla en émergeant brutalement, les yeux bouffis, le visage chiffonné et la chevelure rousse en bataille.

— Tu n'entends pas Kenzo ? Il pleurniche depuis tout à l'heure pour qu'on lui apporte un verre d'eau. Vas-y, toi. Moi, je suis fatigué.

La mère, exténuée, serra son coussin entre ses bras en enfouissant le nez dedans.

— Oh, mais Bernard… Je bosse, moi, demain, pas toi… Et je me lève dans… (elle consulta sa montre) dans trois heures…

— T'en as pas marre, de te plaindre ? Franchement, si j'avais su que c'était cette qualité de mère que j'allais offrir à mes fils, j'aurais réfléchi à deux fois avant de te faire des gosses.

Perla, habituée à ses récriminations constantes, ne l'écoutait plus.

Assise sur le bord de son lit, elle enfila ses

chaussons, avant de se lever lourdement et d'aller servir à son petit le verre d'eau qu'il réclamait.

Comme elle l'avait prévu, il lui fut ensuite impossible de retourner dormir. Elle allait devoir rejoindre son poste d'infirmière à la clinique, avec un trou de trois heures dans son capital repos. Il lui faudra effectuer des gestes de précision, ne pas se tromper dans les posologies, faire preuve de vigilance, d'organisation et d'écoute, en traînant une fatigue qui s'accumulait sur celle, déjà, des nuits précédentes.

Alors, debout dans sa cuisine, Perla se prépara un café et le sirota pensivement, le regard scrutant vaguement le ciel à travers le rideau de sa fenêtre, pour en apprécier la pâle obscurité.

Elle pensa à l'époux qui partageait sa couche. À la passion que ce garçon lui avait fait vivre lorsqu'ils s'étaient rencontrés. À ces mots doux dont il l'avait abreuvée, soûlée même, et qui lui avaient si bien donné le tournis qu'elle n'avait pas compris qu'elle perdait la tête pour un homme qui la flétrirait. Pour lui, elle avait été plus belle que toutes celles qu'il avait connues avant, assez inspirante pour devenir sa muse, suffisamment brillante pour qu'il soit fier de l'avoir à son bras.

Elle émit un soupir silencieux, en réalisant que tous ces compliments ne s'étaient jamais adressés à elle, mais à lui. Comme si elle avait gagné un concours dont il aurait été le premier prix. Et quel prix… un talent méconnu en attente de succès, un esprit supérieur qui savait mieux que tout le monde ce qui était bon pour elle, qui raillait ses amis, dénigrait sa famille, qui la surveillait sans cesse, qui la ridiculisait dès qu'elle tentait d'exprimer une opinion. Oh, jamais frontalement, bien sûr. Toujours calmement, avec un aplomb si manifeste que cela faisait douter Perla, au point qu'elle finissait par se ranger docilement à ses arguments.

Elle but une gorgée de son café, en secouant la tête.

Non, elle n'avait pas le droit de penser cela... Il était le père de ses enfants, et un bon père, d'ailleurs. Il faisait du mieux qu'il pouvait. Il savait se montrer si tendre, parfois, et si rassurant. Elle aimait ces moments-là, ces moments qui lui rappelaient les premiers mois de leur relation. Des moments de plus en plus rares...

Et c'est vrai qu'elle aussi avait des défauts. Elle n'était pas parfaite, loin de là. La maison pouvait être mieux rangée, les enfants mieux éduqués, sa tenue plus soignée. Peut-être avait-il raison d'être aussi impitoyable avec elle. Pour son bien. Preuve en était qu'il l'avait incitée à reprendre des études pour avoir un «vrai métier». Une carrière dans la danse, selon lui, n'en étant pas un. Les tournées étaient incompatibles avec la vie de famille dont elle rêvait, disait-il. En avait-elle rêvé? Oui, sans doute, comme toutes les jeunes filles, mais peut-être pas si tôt...

Le ventre de Perla se serra douloureusement. Sa tête tentait de s'accorder à la logique édictée par Bernard, mais ses entrailles, elles, essayaient d'exprimer autre chose... quoi?

Que venant d'un autre homme, elle n'aurait pas toléré le quart de ses mots blessants ? Que s'il n'y avait pas eu les enfants, elle l'aurait déjà quitté ? Qu'à ses côtés, elle était devenue une marionnette exsangue, vidée de toute énergie, incapable de se faire confiance, de penser par elle-même ?

Et puis après ? Qu'aurait-elle pu faire de toute façon ? Pas divorcer, tout de même. Non, elle ne pouvait pas agir ainsi. Car il l'aimait, au fond. À sa manière bizarre. Il avait besoin d'elle. Il ne cessait de le lui répéter. La preuve : malgré tout, il rentrait à la maison presque chaque soir…

La jeune femme n'entendit pas son mari pénétrer dans la cuisine. Il vint se placer derrière elle, et déposa sur ses épaules sa vieille robe de chambre en pilou.

— Tiens, je savais que tu aurais froid. Ça gèle, dans cet appart.

— Non, non, ça va. Mais merci, répondit-elle avec une ébauche de sourire.

Son attention la toucha, et elle se sentit ingrate d'avoir pu penser du mal de cet homme.

— Tu as de la chance que je sois là.

— Pourquoi dis-tu ça ? demanda-t-elle en se tournant vers lui.

— Pour te permettre de passer un peu de temps avec les gosses. À cause de tes horaires décalés, ils ne te voient pas suffisamment.

— Hum… ça doit être parce que je suis une mauvaise qualité de mère.

Bernard se servit à son tour un café. Il s'assit sur un tabouret.

— Qui a dit ça ?

— Toi, tout à l'heure.

— N'importe quoi, je n'ai jamais dit ça.

— Bien sûr que si, tu m'as dit… attends, ta phrase exacte, c'était… bredouilla Perla en se creusant la mémoire.

— Tu prends tes rêves pour des réalités. T'es vraiment fatiguée, toi, en ce moment. Tu devrais te reposer un peu, ma pauvre chérie, fit-il avec une compassion exagérée.

Perla acquiesça, tellement habituée à sa duplicité qu'elle lui était devenue transparente. Comme une vitre contre laquelle on se cogne sans jamais la percevoir. C'est vrai qu'elle était épuisée, en ce moment.

Peut-être avait-elle besoin de vacances ?

Chapitre 7

Tom

— Tu comprends, c'était la femme de ma vie. On s'aimait comme des fous. Elle était tout pour moi.

S'il continuait comme ça, il allait devenir timbré. Et pourtant, son métier de flic lui avait souvent donné l'occasion de perdre la boule. Mais là, il avait perdu l'amour.

Et consacré des heures à faire le guet dans sa voiture, cherchant à apercevoir Emma et son nouveau mec. Pour quoi faire, au juste ? Pour rien. Pour avoir la confirmation concrète qu'entre son ex-femme et lui, c'était vraiment fini. Même s'il enchaînait les aventures comme on enchaîne les shoots de pop-corn dans la bouche. Régulièrement, sans y penser. Des grains de maïs sautés, parfois trop sucrés, parfois trop salés, mais pour lui toujours sans saveur.

Même si Emma lui avait dit en face, articulant

soigneusement pour qu'il intègre bien l'information, qu'elle ne l'aimait plus.

Depuis des années déjà, leur couple s'était grippé. Mais il n'avait pas voulu l'admettre, ne sachant juste pas comment faire pour le réparer. Emma avait fini par être plus courageuse que lui. Ou plus malheureuse, peut-être.

Tom ne la harcelait pas, ce n'était pas son genre. Elle ne savait même pas qu'il l'épiait parfois, après ses heures de boulot, pleurant en silence derrière son volant.

Inévitablement, un jour, il eut la confirmation qu'il était venu chercher. Le choc de la voir sortir de chez elle enlacée avec un autre fut si violent qu'il le ramena sur terre.

Emma semblait incroyablement radieuse. Depuis combien de temps n'avait-il pas vu un tel sourire éclairer son visage?

Il avait fallu se rendre à l'évidence. Même s'il l'aimait encore, le moment était venu de lâcher l'affaire. Autrement, il ne lui restait que deux options: sortir de sa voiture, casser la gueule à son mec, déclencher la haine d'Emma, et cautériser, peut-être à jamais, l'amour qu'elle avait un jour éprouvé pour lui. Ou bien jaillir de sa voiture, et aller vomir son angoisse, sa douleur et sa peine sur sa roue arrière, telle une gerbe déposée sur leur couple terminé.

L'idée de la savoir épanouie fut son pansement gastrique.

Il l'aimait sincèrement, et si la rendre heureuse

signifiait sortir de sa vie, alors tant pis pour lui, il la rendrait heureuse.

Tom avala une gorgée de sa bière.

Accoudé au bar, il se perdit un instant dans la contemplation de sa chope ambrée, et d'un coup de langue effaça la mousse sur sa lèvre supérieure.

Ce soir, à ses côtés, une blonde magnifique, vêtue d'une robe noire trop habillée pour l'occasion, acquiesçait avec patience à son radotage de vieil amant aigri, les mains caressant distraitement le pied de son verre de martini.

Un serveur s'approcha d'eux.

— Une table s'est libérée. Vous me suivez ?

— Après toi, Catherine, fit Tom en quittant son tabouret.

Il passa la main dans le dos de la blonde, la laissant le précéder. Elle tiqua, mais sans perdre son sourire poli.

— C'est Christine.

— Pardon ! Christine, oui, bien sûr ! C'est ce que je voulais dire.

À peine eut-elle avancé qu'il se mit une claque sur le front en murmurant plusieurs fois : «Christine, Christine…»

Le serveur les accompagna jusqu'à une petite table, au fond, faiblement éclairée par la lueur d'une bougie émanant d'un photophore. Il leur tendit deux grandes cartes plastifiées, avant de s'éclipser.

— Mais je cause, je cause, et je ne sais toujours

rien à ton sujet… Donc, Christine, parle-moi de toi. Je veux tout savoir.

— Eh bien, dit la jolie blonde en reposant son menu. Par où commencer ?

— Tu es une amie de l'épouse de mon collègue Yann, ça, c'est un fait établi. Pour le reste, déclinez votre identité, mademoiselle. Je vous écoute.

Il accompagna son jargon de flic d'un hochement de tête bienveillant.

— OK, alors, je m'appelle Christine, comme tu le sais…

Tom sourit et cligna lentement des paupières, pour lui signifier qu'il avait compris.

— J'ai plus de trente ans, mais moins de cinquante…

— Trente et un ? Ah ! Ah !

— J'ai un fils de douze ans…

— Donc plutôt trente-sept ou trente-huit. Ah ! Ah !

Imperturbable, elle but une gorgée de son martini. Puis elle se cala contre le dossier de sa chaise, et continua.

— Je suis divorcée depuis trois ans…

— Ah, tu es divorcée ? Et ça se passe bien ? Moi, je suis seulement séparé, le divorce devrait bientôt être prononcé. Il faut juste trouver un ultime accord sur la pension alimentaire. Non seulement ma femme me quitte, mais en plus elle me braque tout mon blé. Pas facile de décrocher, pour une droguée de la mode…

— Tu as des enfants ? demanda Christine avec douceur.

— Oui, deux fils. Quinze et dix-sept ans. C'est elle qui en a la garde.

Christine se demanda si le moment était bien choisi pour lui expliquer à quoi servait la pension alimentaire, elle qui bataillait pour joindre les deux bouts avec la somme ridicule que lui versait chaque mois le père de son fils.

— Sans rire, se plaignit-il. C'est tout de même pas à moi de payer ses épilations et ses manucures. Tout ça pour qu'elle aille faire la belle devant son nouveau mec…

Christine ne répondit pas. Tom, qui avait râlé en fixant sa chope, releva les yeux et comprit que la conversation avait dévié. Il hocha la tête plusieurs fois, réafficha un sourire avenant, et agita sa paume en guise de drapeau blanc.

— Mais pardon, excuse-moi, je t'ai interrompue… on parlait de toi. Je ne sais même pas ce que tu fais, dans la vie.

— Je travaille dans un institut de beauté.

— Pas un de ceux dans lesquels on propose des massages érotiques ? Ce type d'affaires illégales pullule, à Paris. Attention, ce soir, tu risques une arrestation ! déclara-t-il, fanfaron.

— Ah non, non, non, mes massages à moi ne sont pas du tout érotiques ! le rassura Christine avec empressement.

— Dommage, murmura Tom, sans réaliser qu'il avait pensé à voix haute.

Il laissa son regard s'égarer derrière la jeune femme. Un bar en chêne massif, des éléments en cuivre et quelques affiches défraîchies donnaient à ce bistrot à l'ancienne de faux airs de pub anglais. Les gens y dînaient dans un halo de babillages indistincts, et l'éclairage tamisé n'en facilitait pas l'observation.

— Sinon, mes goûts... continua Christine. J'aime le chocolat, la lecture, surtout de romans policiers... J'adore les chats. J'en ai un, c'est un persan. Il s'appelle Rex, il a trois ans, et c'est un sacré coquin ! J'aime le thé vert. C'est bon, ça, le thé vert, ça draine bien les toxines. J'aime les musées, et aussi aller au théâtre. Et puis je collectionne les jolis flacons de parfum.

— Emma aussi elle aimait ça, les parfums.

Le serveur, voyant qu'ils avaient posé leurs menus, s'approcha de la table pour prendre leur commande. Ils se tournèrent vers lui. Elle choisit une salade César, sans sauce ; Tom préféra un steak tartare, avec beaucoup de frites. Et une bouteille de bordeaux, aussi.

Lorsque le serveur s'éloigna, ils reprirent leur échange.

— Pardonne-moi, mais qui est Emma ? demanda Christine.

— Ma femme.

— Ah... ton ex-femme ?

— Oui... ma femme, quoi, dit Tom le front douloureusement plissé, une main pressant nerveusement son poignet par à-coups.

Christine n'insista pas. Refrénant un soupir, elle se dit simplement que cette soirée, qui n'avait pas commencé sur les chapeaux de roues, risquait de se finir lentement mais sûrement dans le mur. Elle marqua une pause, ne sachant pas comment relancer la conversation face à ce type déchiré par sa séparation.

Dommage, il lui plaisait bien, pourtant, ce géant aux yeux tristes, avec sa coiffure de manga et sa cravate ringarde nouée n'importe comment. Elle aurait voulu lui refaire son nœud, qui était de travers. Elle y pensait depuis qu'elle l'avait rencontré, tout à l'heure, mais n'avait pas osé le lui proposer. Ça l'obsédait presque, ce besoin impérieux qu'elle avait de rectifier son look.

Il semblait qu'il y eût pas mal de choses à retoucher, dans la vie de cet homme.

Un petit coup de repassage sur sa joie de vivre, pour en effacer les plis d'amertume. Un raccommodage de sa passion, pour qu'il puisse la revêtir encore une fois. Quelques gouttes de sourires pour diluer l'ombre dans ses yeux. Frotter un chiffon humide contre la vitre de ses souvenirs, pour laisser à nouveau entrer la lumière. Sa lumière à elle…

Elle détailla ses mains immenses, son menton trop long et ses épaules délicieusement carrées. Baraqué, de beaux pectoraux se dessinant sous sa chemise serrée et le visage constellé de petites coupures, vestiges d'un rasage émotif.

Le chantier de réparation semblait énorme, mais, si elle s'y attelait, il y avait du potentiel.

— Et sinon, euh… Christine, reprit Tom après s'être éclairci la voix. Tu portes toujours les cheveux lâchés ? Tu ne voudrais pas les relever, comme ça, juste pour voir ? Je suis sûr que ça t'irait très bien…

— Ah ? Toi aussi, tu as envie de m'améliorer ? Ah ! Ah ! Eh bien, pourquoi pas…

Elle glissa la main dans la poche de sa veste, chercha, puis fouilla dans son sac, sans succès.

— Zut… je n'ai pas d'élastique.

Fasciné, sans la quitter des yeux, Tom sortit un stylo de sa veste, et le lui tendit.

— Tiens, utilise ça…

— Ah oui, bonne idée !

Christine attrapa ses cheveux blonds mi-longs, les entortilla à pleines mains, et planta le stylo de Tom dedans pour immobiliser son chignon éclaté, haut sur la nuque.

— Alors, comment tu me trouves ? lança-t-elle triomphalement, en prenant la pose.

— Magnifique… magnifique… balbutia-t-il, visiblement ému.

Le serveur les interrompit en déposant leurs plats devant eux. Lorsqu'il se fut éloigné, Tom attaqua sa viande crue de bon appétit, tandis que Christine chipotait des morceaux de sa salade iceberg en le couvant du regard. Ses compliments l'avaient touchée. Il se laissait aller. C'était bon signe.

— À ton tour, Tom, de te mettre à table, comme vous dites chez les policiers ! Quels sont tes hobbies, tes préférences ?

Il haussa les épaules, et parla sans cesser de mâcher.

— Moi ? Eh bien, pas grand-chose… Sorti du boulot, tu sais, c'est pas toujours facile de décompresser.

— Mais il y a bien des trucs que tu aimes faire ?

— Ouais… j'aime bien les concerts. On y allait souvent, avec Emma, elle était dingue de musique classique. Partir en week-end aussi, quand c'est possible. Emma adorait que je l'emmène au bord de la mer. Je cuisine un peu, j'apprends en ce moment. J'ai acheté des bouquins. Je ne serai jamais du niveau de ma femme, mais, depuis qu'elle m'a quitté, c'était ça ou les conserves, alors…

Il émit un petit rire avant de porter sa fourchette piquée de frites à sa bouche, et de les enfourner, le regard dans le vague. Christine se dit que ça allait être dur, vraiment dur. Mais elle se concentra très fort sur la rénovation qui révélerait les merveilles qu'elle soupçonnait, et décida qu'il était temps d'embrayer sur des choses plus concrètes.

— J'ai envie de te poser une question… minauda-t-elle en repoussant une mèche blonde sur son front.

— Vas-y, je t'écoute.

— Est-ce que… tu es déçu, par ce blind date organisé par nos amis ?

— Non, non, pourquoi ?

— J'ai bien aimé, quand tu as dit que tu m'avais trouvée magnifique…

Ses compliments, elle en voulait encore. Qu'il se

mouille. Qu'il cesse de se planquer derrière le cul de son ex. Elle l'attaqua donc frontalement. Peut-être était-ce ce dont il avait besoin, finalement, qu'on le secoue un peu, qu'on le sorte de la torpeur dans laquelle il s'était embourbé. Il sourit en lui répondant. Un sourire naïf et sincère, qui décrispa les traits un peu tendus de son beau visage.

— Les cheveux longs, retenus par un stylo, je trouve qu'il n'y a rien de plus sexy au monde.

D'abord, le rose monta aux joues de Christine, la peau de ses bras frémit, et son pouls s'accéléra. Puis Tom et elle échangèrent un bref regard. Et elle pâlit. Elle venait de comprendre. Trembler pour un compliment qui ne lui était pas destiné… Ce chantier serait au-dessus de ses forces. C'est lui qui allait la démolir. Ce type était brisé, mieux valait qu'elle se casse. Mais sans faire d'esclandre. Alors, d'un geste leste, elle saisit son sac, se leva et lui dit :

— Tu m'excuses, une minute ?

— Bien sûr, je t'en prie.

Il reposa sa fourchette, tamponna ses lèvres avec sa serviette, et la regarda s'éloigner en direction des toilettes. Il en profita pour apprécier ses jolies jambes et les courbes harmonieuses de ses hanches se balançant sous sa petite robe noire.

Tom était content, il trouvait que la soirée ne se déroulait pas si mal. Cette fille était charmante. Bon, pas autant qu'Emma, bien sûr. Emma surpassait toutes celles qu'il avait pu croiser depuis son départ, de très loin. Mais enfin, cette Christine était jolie, douce, et c'est vrai que les cheveux relevés lui allaient plutôt bien. Emma s'était toujours coupé les cheveux trop court, tandis que lui fantasmait sur le fragile équilibre d'un stylo maintenant une masse de cheveux longs menaçant à chaque instant de s'écrouler sur les épaules.

Christine était partie depuis quelques minutes lorsqu'il saisit son verre de vin, et en but une gorgée qu'il savoura longuement, les yeux fermés sur un état d'apaisement qui commençait à poindre, là, doucement, au creux de ses entrailles.

Non, vraiment, cette soirée ne se déroulait pas si mal que ça.

Chapitre 8

Tom

Christine ne revenait pas. Tom, qui avait fini son verre de vin, en avait entamé un second, et commençait à s'impatienter. D'autant qu'à la table derrière lui, le ton montait entre une jeune femme et l'homme qui dînait avec elle.

Au début, il n'y avait pas prêté attention, mais leurs échanges commençaient à être suffisamment virulents pour qu'il puisse désormais en profiter.

— Régine, s'il te plaît… tu te donnes en spectacle… mon amour…

— Et… ? Tu as peur d'attirer l'attention sur nous, mon « amour » ?

La fille avait prononcé « amour » comme si elle l'avait mis entre guillemets. Tom sourit. Pauvre gars en train de se faire démonter en public. Pour rien au monde il n'aurait voulu être à sa place.

Cela étant, la Christine semblait être tombée dans le trou des toilettes. Que se passait-il ? Un embarras gastrique ? La recherche en urgence d'une protection périodique ? Le policier soupira en regardant sa montre. Derrière lui, les échanges reprirent de plus belle, mais, s'il les entendait toujours, il ne les écoutait plus vraiment.

— Je suis fou de toi et tu le sais. Mais il ne faudra jamais attendre de moi que j'abandonne ma femme.

— Mais au contraire, je veux absolument que tu restes avec elle ! Surtout, ne la quitte pas !

— Pa… pardon ? bégaya l'homme.

La fille éclata d'un rire si haut perché qu'il fit brièvement se retourner Tom.

Comme elle était dos à lui, il n'aperçut d'elle que de longs cheveux châtain clair bouclant sur une veste rouge.

— Mais tu crois quoi ? lança-t-elle un peu trop fort. T'es en train de m'annoncer tranquillement que j'ai gagné le casting de ta nouvelle pute gratuite. Soit ! Amusons-nous ! Mais tu ne voudrais tout de même pas que j'encombre ma vie de manière officielle avec un type comme toi ?

— Enfin, mon amour, je ne…

— Tu profites de moi ? Je profite de toi aussi, figure-toi. Disons que tu as meublé agréablement quelques moments de libres, en attendant mieux. Mais dans un véritable cadre amoureux, j'ai de plus hautes ambitions que de fréquenter un loser infidèle, sache-le.

Ils continuèrent leur mise au point musclée, tandis que Tom faisait signe au serveur, qui s'approcha d'un pas vif.

— L'addition, monsieur ?

— Non, un café. Et... pourriez-vous vérifier si personne n'a eu de malaise dans les toilettes pour dames, s'il vous plaît ?

Le serveur haussa les épaules, embarrassé.

— Si c'est à propos de la personne qui vous accompagnait, elle a quitté le restaurant il y a vingt bonnes minutes.

— Ah bon ? Vous en êtes sûr ?

— Certain. Je l'ai vue partir. Elle était au téléphone, elle appelait un taxi. Je vous apporte votre café ?

— Laissez tomber. Juste l'addition, ça ira.

Tom était déçu. Il ressentit le départ de Christine comme un abandon, presque une trahison. Et il commençait à en avoir un peu assez qu'on le jette comme un yaourt périmé.

Le serveur revint et lui présenta la note. Il la régla. Maintenant, il n'avait plus qu'une envie, rentrer chez lui et tenter d'oublier cette soirée misérable devant une bonne série B.

Le géant se leva de sa chaise en la repoussant brusquement, au moment précis où la fille derrière lui effectuait le même mouvement. Les doigts fermement agrippés au dossier de leurs sièges respectifs, ils se cognèrent fortement la main. Seulement Tom, qui en avait marre qu'on le blesse, n'était plus d'humeur à prendre sur lui.

— AOUTCH ! Faites attention, un peu ! s'énerva-t-il.

— Non, VOUS, faites attention, un peu ! lui répondit la jeune femme sur le même ton.

Le pauvre type à sa table gémissait encore ses promesses dérisoires en espérant la retenir, et le grand couillon derrière elle venait de lui faire rater sa sortie théâtrale. Ils étaient au beau milieu d'une scène de rupture, tout de même ! Un peu de savoir-vivre n'aurait pas été de trop au sein du public ! Au lieu de planter là celui qui, comme tous les autres, lui expliquait tranquillement que les sentiments n'étaient pas fournis avec les galipettes, au cas où elle y aurait cru, voilà qu'elle devait subir l'engueu-lade d'un parfait inconnu.

Soirée de merde.

Tom saisit sa veste en cuir qu'il enfila d'un mouvement leste. Il tira d'un coup sur son nœud de cravate pour le défaire. Une cravate ! Ça faisait des années qu'il n'en avait pas porté. Voilà ce qu'on gagnait, à vouloir se montrer conventionnel.

Il se détesta de se sentir si vulnérable. Alors, il planta froidement ses yeux couleur de glace dans les prunelles émeraude de la fille qui l'avait hous-pillé. Du haut de sa stature monumentale, il n'était qu'un volcan d'exaspération qui grondait son risque imminent d'implosion.

— Vous n'avez pas envie de me mettre hors de moi. Je vous assure. Pour votre sécurité, un conseil, ne me chauffez pas.

La fille, nullement impressionnée par ce colosse fulminant, saisit son sac et le passa sur son épaule en lui jetant un « Ah oui ? » effronté. Puis elle fit un pas vers lui, planta un index menaçant sous son nez, et hurla :

— Non, VOUS ! Ne me chauffez pas !

Et elle tourna les talons.

Tom demeura sidéré. Jamais personne ne s'était permis de lui parler ainsi. C'était quoi, son problème, à cette gonzesse ? Elle était suicidaire ? Elle en avait marre de la vie ? Elle était au courant qu'il existait des façons moins douloureuses de quitter cette terre ? Mais bordel, qu'est-ce qu'elles avaient toutes avec lui, ce soir ?

Il prit quelques longues inspirations pour se calmer. Concrètement, elle n'aurait rien risqué, il aurait préféré se piétiner la main plutôt que de la lever sur une femme. Mais là, oui, là, il avait juste furieusement envie qu'on soit gentil avec lui. Était-ce vraiment trop demander à cette existence déprimante dans laquelle il pataugeait depuis des mois ?

La harpie s'éloigna, et le regard de Tom se posa sur le mec largué, resté assis à sa table, en train de pianoter convulsivement sur son portable. Un message destiné à la fille ? À sa femme ? À une autre de ses maîtresses ? C'en fut assez pour ce soir. Il se pencha sous sa table à lui, saisit son casque qu'il passa à son bras et quitta l'établissement.

Dehors, la nuit était tombée et il pleuvait des trombes.

Resserrant le col de sa veste, il se hâta en scrutant la rue pour y repérer sa moto. Il ne remarqua pas la flaque devant lui qu'il investit d'un pas pressé, noyant lamentablement ses chaussures neuves en daim. Et allez ! Décidément, l'univers avait clairement décidé de lui faire sa fête.

Les pompes lestées de pluie, les chaussettes imbibées jusqu'aux chevilles et les orteils marinant dans cette eau glacée, il atteignit son engin, une Suzuki noire au châssis rutilant. En se pressant, il retira l'antivol, le rangea, enfourcha sa bécane avec la délectation qu'il aurait eue à monter un pur-sang, et glissa la tête dans son casque.

La moto étant sur le trottoir, il avança lentement sur la route, mit le contact, démarra, tourna à droite et… freina net, à quelques centimètres d'une personne qu'il avait failli renverser. Une femme qui s'apprêtait à traverser sans regarder, gênée par un parapluie tordu qu'elle n'arrivait pas à maintenir au-dessus de sa tête. La femme glapit de peur, et Tom retira son casque intégral pour l'invectiver.

Il la reconnut aussitôt. C'était l'hystérique à la veste rouge.

Son sang ne fit qu'un tour.

— Mais bordel, on regarde, avant de traverser ! Ho ! s'époumona-t-il avec de grands gestes désordonnés.

— J'ai regardé ! C'est juste vous que je n'ai pas vu ! Ça va, hein ! cria-t-elle en tremblant.

— Quelle gourde, ma parole ! fit-il en claquant sa main sur sa cuisse, énervé.

— Hé, ne m'insultez pas, gourde vous-même ! Abruti !

— Non, là, c'est VOUS qui m'insultez !

Elle n'eut pas le temps de lui répondre, car elle venait d'apercevoir un taxi en train de ralentir quelques mètres plus loin. Vite, elle batailla en secouant ce parapluie si cassé qu'il ne parvenait plus à se refermer et, n'arrivant à rien, de rage elle le jeta dans le caniveau. Il s'envola illico, et finit plaqué contre une colonne Morris.

Aveuglée par ses cheveux mouillés, la veste trempée et le maquillage ruisselant, elle entreprit de courir vers la voiture dont une cliente s'extrayait. Mais soudain elle s'immobilisa net, perdit l'équilibre et chuta lourdement au sol. Dans son petit trot, elle venait de coincer un de ses talons aiguilles dans une grille d'aération. Le mugissement d'irritation qu'elle poussa fut si sonore qu'il réveilla quelques habitants du quartier. Elle tira de toutes ses forces pour libérer sa chaussure, jusqu'à ce qu'elle casse son talon qui, lui, resta solidement fiché dans la grille.

La fille était encore vautrée par terre, son escarpin inutilisable à la main, lorsqu'elle se fit doubler par un couple qui s'engouffra dans le taxi qu'elle visait, et le lui souffla sous le nez.

La voiture s'était déjà éloignée lorsqu'elle parvint à se relever. Ce qui ne l'empêcha pas de hurler dans sa direction :

— HÉ ! MAIS C'ÉTAIT MON TAXI ! JE L'AI VU LA PREMIÈRE ! HÉÉ !

Tom, qui avait assisté à ce pluvieux spectacle, la trouva ridicule à agiter son poing en couvrant le chauffeur d'insultes. Mais lorsqu'une voiture passa à hauteur de la virago et projeta une immense gerbe d'eau qui la doucha intégralement, cette fois, il ne put s'empêcher d'éclater de rire. Son premier rire de la journée, franc, saccadé et libérateur.

Bizarrement, la fille se tut. Il la vit baisser piteusement la tête, sa chaussure amputée à la main. Il se demanda si elle n'était pas en train de pleurer, notant que de toute façon, avec ce déluge, c'était vraiment gâcher de l'eau pour rien, et cette pensée l'amusa tellement qu'il repartit dans un fou rire.

Cependant, Tom, qui n'était pas un mauvais bougre, commença à avoir pitié d'elle. Alors, il fit démarrer sa moto et, prenant garde à ne pas soulever d'eau en s'approchant, se posta face à la serpillière humaine qui l'avait traité d'abruti quelques minutes plus tôt.

— Hé… lui dit-il, sans crier cette fois.

— Quoi encore ? aboya-t-elle, en rejetant ses cheveux en arrière, avec un petit quelque chose au niveau des tressaillements du menton qui lui fit comprendre qu'effectivement, des larmes se mêlaient aux gouttes de pluie.

— Vous voulez que je vous raccompagne ?

Elle s'essuya les yeux du revers de la main, ils se remouillèrent aussitôt. La pluie était drue et le nuage au-dessus de leurs têtes n'avait pas fini d'exprimer sa sollicitude. La fille considéra cet étrange individu qui venait de retirer son casque. Machinalement, elle entreprit de tordre les pans de sa veste rouge, qui se rengorgèrent aussitôt.

— Non, merci. Vous êtes un inconnu. Je ne grimpe pas sur la moto d'un inconnu.

Tom avait anticipé cette réponse. Il ouvrit sa veste et dégaina son insigne de policier.

— Je suis flic. Vous ne risquez rien avec moi.

Elle secoua la tête en s'essuyant les yeux, à nouveau.

— Si justement, je suis en danger avec vous. Parce que je suis une voleuse.

— Une voleuse ? Et vous volez quoi ? demanda le motard, amusé.

— Les maris des autres.

— Ah ! mais c'est très grave, ça !

— Et je n'ai pas l'intention d'arrêter, sachez-le, crâna-t-elle.

Tom réfléchit. Il se dit qu'il avait peut-être un autre objet à lui montrer, pour la convaincre. Un objet qu'il aurait dû ne plus porter depuis longtemps, mais qu'il ne se résolvait pas à retirer. Il brandit sa main gauche, à l'annulaire de laquelle brillait son alliance.

— Alors, c'est moi qui suis en danger ? OK, je cours le risque. Volez-moi, si vous en êtes capable.

Elle le regarda fixement, sans faire aucun mouvement vers lui. Cette fille respirait la détresse et la lassitude. La solitude, aussi. Cette fille lui ressemblait.

La pluie crépitait sur eux, exaltant les parfums de la nuit. Le froid avait bleui leurs lèvres, l'eau avait plissé leurs doigts, noyé leurs cheveux, glacé leurs os, un trouble naissant acheva de les faire frissonner.

Tom ne prononça pas un mot de plus, et lui tendit son casque. Elle le saisit, l'enfila, puis elle grimpa derrière lui, passa les mains autour de sa taille, et se plaqua contre son dos.

La moto démarra.

Chapitre 9

Félix

Félix vérifia une deuxième fois la porte à laquelle il venait de sonner.

Était-ce bien l'appartement de sa grand-mère ?

Pourtant, oui, il ne s'était pas trompé, c'était effectivement de derrière ce blindage brun que provenait cette musique de rap tonitruante.

Une voix familière brailla « Oui ? », puis, tout de suite après « Qui c'est ? », ce à quoi il hésita à répondre. Pour qu'elle l'entende à travers un tel vacarme, il aurait dû crier, et par conséquent s'annoncer en même temps à tout l'immeuble. Il choisit à la place de murmurer un faible « c'est Félix, mamie ! », qui eut pour effet de n'avertir personne.

Après un temps relativement long, qu'il employa à tenter quelques mouvements de breakdance avec les bras, sa grand-mère apparut en poussant un petit cri de ravissement.

— Ah, mon Félix ! Fallait le dire, que c'était toi ! Entre, mon petit, entre, entre...

— Ça va, mamie ?

Félix embrassa le petit bout de femme, qui en profita pour lui palper les épaules et lui pincer les joues. Il se laissa faire avec délectation, avant de l'étreindre à son tour.

— Ça va, ça va... j'étais en train de faire mon stréchingue.

— Ton quoi, mamie ?

— Mon stréchingue. Mes étirements, quoi.

La vieille dame était effectivement en tenue de sport. Un look idéal si elle avait voulu participer à une séance d'aérobic avec Jane Fonda : justaucorps rose fluo qui dévoilait sa poitrine maigrelette, short blanc en nylon unisexe – voire asexué tant il ne ressemblait à rien, collants bleu turquoise assez opaques pour ne pas révéler ses varices, jambières noires qui faisaient « toutouyoutou » rien qu'en les regardant, et bandeau de front en éponge noir aussi, sur sa coupe à la lionne couleur neige.

Elle se dirigea à petits pas vers la chaîne stéréo, appuya sur « stop », et retira précautionneusement la cassette, qu'elle glissa ensuite dans son étui et posa sur une étagère.

— Je te dérange, peut-être ? Tu veux que je passe à un autre moment ? demanda Félix, en s'installant sur son canapé recouvert d'une housse en plastique, tant il connaissait par avance sa réponse.

Laquelle fusa tel un boulet de canon, détruisant toute tentative d'échappatoire sur son passage.

— Comment ? Mon petit-fils ? Me déranger ? Ça va pas bien, dans ta caboche ?

Sans lui laisser le temps de répliquer, elle s'éloigna à petits pas vifs vers sa cuisine en lançant :

— Tu as mangé ? Attends, je te sers un petit quelque chose… Tu n'as que la peau sur les os, ça me fait mal au cœur ! Viens t'asseoir à table, mon chéri !

— Mais non, mamie, tout va bien, j'ai mangé, dit Félix en retenant un rire gêné, car il savait que toute protestation serait parfaitement inutile.

— Tu veux un bon petit thé, ou je te sers un café au lait, mon amour ? Dis à mamie…

À cet instant précis, Félix avait huit ans et n'était pas de taille à pouvoir affronter l'ouragan de nourriture et d'attentions qui allait s'abattre sur lui. Alors, il choisit de se laisser emporter sans résistance par ce souffle d'affection, et accepta de planer, le temps de sa visite, en apesanteur sur une brise de volupté régressive. Il fit donc ce qu'on lui demandait, se leva du canapé, et alla s'asseoir à table, résigné mais content.

Sa grand-mère Lutèce réapparut les bras chargés de victuailles, et déposa sur la table un quatre-quarts entamé, un sachet de madeleines au chocolat, une brioche qui fleurait bon le beurre frais, et une tarte aux pommes faite maison. Elle lui tendit une assiette, une fourchette et un couteau, l'invita fermement à se servir d'un « tiens, mange ! » autoritaire, pendant que le café se préparait, et qu'elle allait se changer.

Retirer ses vêtements de gym tonique pour enfiler des habits d'aïeule relax ne lui prit que quelques minutes. Elle réapparut, trottinant comme une petite tortue qui se hâte, vêtue d'une robe-tablier chasuble passée sur un chemisier bariolé, les pieds glissés dans des pantoufles brodées de deux inattendues têtes de zombies. Déguisée juste comme il fallait, pour l'occasion. Sage comme une image. Insoupçonnable petite vieille dame. Discrète mamie fluette.

Car, en réalité, Lutèce était une punk, une guerrière, une anarchiste. Sous ses dehors de grand-maman gâteau et le poids de ses soixante-douze printemps, cette femme incarnait l'absence de résignation. Ce n'était pas qu'elle vivait avec son temps, c'était qu'elle vivait au temps, et même autant, qu'il lui plaisait.

Otage libérée d'une union asphyxiante avec un riche bourgeois de vingt ans son aîné, elle n'avait désormais plus de comptes à rendre à personne.

Son vieil époux étant disparu depuis deux décennies, et avec lui les obligations, les compromis, la loyauté, les renoncements et la solitude, aussi, elle croquait chaque heure, chaque minute de sa délivrance avec l'élan que l'on emploie à dévorer un éclair au chocolat quand on n'a eu droit qu'à de la laitue toute sa vie.

S'il lui prenait l'envie d'utiliser un vieux radio-cassette, juste parce qu'elle adorait le « clac » que faisait le petit volet coulissant en s'ouvrant, alors elle ne s'en privait pas. Et peu importait qu'elle soit suffisamment douée pour manipuler n'importe quel gadget audio dernier cri avec la virtuosité d'un pianiste faisant ses gammes. C'était son choix à elle.

À son âge avancé, Lutèce avait connu plusieurs époques, et se régalait de ne sélectionner que ce qui lui plaisait dans chacune d'entre elles.

Par exemple, d'un côté, elle ne s'était jamais servie d'un congélateur de sa vie. Pour sa cuisine, elle n'utilisait que les produits frais du marché, du fait maison à sa façon, inventant des recettes, modifiant les proportions, déclinant les préparations.

D'un autre côté, elle possédait un de ces petits robots aspirateurs ultramodernes, qui faisait le boulot tout seul, façon animal de compagnie utile au ménage, à défaut de l'être aux caresses.

D'un côté encore, elle conservait une machine à laver maintes fois réparée, car elle ne pouvait se résoudre à jeter ce qui ne nécessitait qu'un changement de pièces, en particulier si l'objet en question possédait une valeur sentimentale. Et celle-ci lui avait été offerte par sa sœur, pour ses soixante ans.

D'un autre côté, elle avait fait installer dans sa salle d'eau une baignoire balnéo, et se délectait des pétrissages de ses jets relaxants. Tant pis si son linge devait, lui, se contenter d'être remué par un lave-linge rafistolé montant péniblement à 300 tours-minute.

D'un côté enfin, elle savait parfaitement utiliser les potentialités de son fidèle Mac, mieux encore que les petits-enfants de ses copines, grâce à Félix qui l'y avait initiée. Elle y passait des heures, à retoucher des photos, à créer des vidéos pittoresques ou nostalgiques, à se promener dans les rues de pays où elle n'irait sans doute jamais, à visiter tous les musées de la terre, à apprendre de nouvelles langues, qu'elle mettait en pratique avec les correspondants qu'elle se faisait à l'autre bout de la planète, à jouer au bridge contre des adversaires du monde entier.

Chaque mois, elle se passionnait pour une nouvelle médecine douce, et elle étudiait, lisait, assimilait tout ce qu'elle trouvait sur le sujet. Sa soif de culture était inextinguible. Tous les jours, il fallait qu'elle apprenne quelque chose, peu importait le domaine dont elle tirait cet enseignement, c'était devenu pour elle une tradition intellectuelle. Cela pouvait être la particularité étonnante d'un animal aquatique, l'art de survivre à une avalanche, les paroles d'une chanson paillarde médiévale, la technique pour se dessiner le sourcil au crayon sans trop ressembler à Édith Piaf…

À la fin de la semaine, elle retrouvait ses amis autour d'un thé, d'un café, ou même d'une petite bière. Et chacun racontait ce qu'il avait appris aux autres. Ça leur permettait d'éviter les sempiternelles et insupportables jérémiades autour de leurs ennuis de santé, qu'ils avaient unanimement décidé d'épargner aux copains, afin de ne conserver de leurs échanges qu'un féroce positivisme.

D'un autre côté, Lutèce écrivait tous ses courriers à la main. Et à la plume. Trempée dans un encrier. Avec du papier buvard. Elle choisissait un beau papier à lettres, et consacrait à sa correspondance des minutes bien plus nombreuses qu'il n'en eût fallu si elle s'était saisie d'un bête stylo. Lutèce était, en outre, d'une génération qui ne faisait pas la moindre faute d'orthographe, ni la plus petite rature. Son écriture était ronde et pleine, agréable et douce, magnifiée par l'usage de cette plume qui lui donnait un côté rare, donc précieux. Elle en tirait d'ailleurs une fierté coquette.

Elle avait également pour habitude de ne pas lésiner sur les colis qu'elle expédiait par la poste. Jamais elle n'oubliait une fête ou un anniversaire. Ceux de tous ceux qu'elle aimait étaient soigneusement consignés dans un cahier à spirale, qu'elle n'ouvrait de toute façon jamais, tant elle les connaissait par cœur. Et entre les fêtes ou les anniversaires, elle envoyait encore ses petits paquets, remplis d'une surprise, d'une attention, d'une pensée, qui ravissait toujours leurs destinataires. Peu de gens autour d'elle songeaient à lui rendre la pareille, c'était tellement plus simple de recevoir. Mais elle n'en avait cure. Elle aimait distribuer des rayons de bonheur. C'était pour elle un plaisir égoïste. Un jour, elle avait confié à son petit-fils que ces envois lui permettaient de laisser des traces dans la vie de ceux qui lui étaient chers. Elle croyait fermement aux souvenirs imprégnés sur les objets, telles des toiles recevant l'essence d'une émotion, la substance d'une intention, le parfum tactile d'un sentiment. Compte tenu de l'hypersensibilité dont il était pourvu, ce n'était pas Félix qui allait lui donner tort. Lutèce espérait humblement qu'on penserait à elle en regardant le bibelot qu'elle avait choisi, le mets qu'elle avait préparé, l'accessoire qu'elle avait cousu, comme un transfert d'énergie bienfaisante. Car tous les objets qu'elle conservait chez elle, peu importait leur valeur, lui étaient précieux de cette façon-là.

Le téléphone sonna.

Non pas son téléphone portable, mais le poste fixe que Félix lui avait offert, un modèle rétro de couleur orange, à cadran rotatif. Il avait vu juste en lui faisant la surprise de cet appareil, sa grand-mère se délectant à le manipuler.

Elle alla décrocher, et se mit à converser avec une de ses voisines. Félix en profita pour se resservir une deuxième part de tarte aux pommes.

En la grignotant, il laissa son regard s'égarer sur la décoration qui l'entourait, comme s'il voulait la photographier mentalement. Il faisait cela chaque fois qu'il venait chez elle. Impossible pour lui de s'en empêcher.

Il observa les murs peints en abricot tendre, le mobilier hétéroclite, le buffet rustique, la table basse moderne, d'autres meubles récupérés et restaurés, mais tous soigneusement entretenus. Les objets usuels, ceux inattendus (une mini-haltère, une boîte contenant des carreaux de mosaïques à assembler, de petits sabres de Tolède façon brochettes d'apéritif, un mortier et son pilon en laiton, une casquette imprimée léopard, une figurine de tortue en résine, une collection d'œufs décorés et peints à la main, un vase new-yorkais design, une lampe en verre teinté dans le style Art nouveau, une boule à neige avec un Père Noël dedans, une paire de rollers, un éventail japonais…), les cadres photo accrochés aux murs, innombrables, envahissants, témoignages visuels de presque un siècle de connivences, de lieux, de rencontres, de gens aimés ou de visages adorés…

Lutèce habitait une petite rue du centre de Paris, dans un immeuble modeste de sept étages comportant quatorze appartements. La plupart étaient occupés par des gens âgés, qui avaient investi les lieux il y a une trentaine ou une quarantaine d'années de cela, en pleine force de l'âge, et qui depuis ne les avaient jamais quittés.

Cela faisait longtemps que cet endroit avait trouvé un rythme qui lui était propre.

Personne ne s'ignorait, tout le monde se connaissait, chacun prenait des nouvelles des autres, tous se réunissaient régulièrement autour d'activités diverses. L'entente n'était pas universelle, attention. Il y avait, comme partout, des casse-pieds, des râleurs, des médisants et des antipathiques. Mais cet immeuble ressemblait d'une certaine façon à une famille. On s'aimait bien, on se tolérait, on s'engueulait, mais on restait liés, même si on ne s'était pas choisis, à la base.

— Pardon, mon chéri, dit Lutèce après avoir raccroché, en venant s'asseoir à table. C'était Arlette, tu sais, ma voisine du quatrième… Elle avait rendez-vous avec son kiné à l'heure de la répétition de samedi. Elle voulait nous faire faux bond, mais je lui ai remonté les bretelles ! Je lui ai dit : « Sois sérieuse, Arlette ! Soit tu ne loupes aucune répète, soit je te vire du groupe ! »

— Ah oui, dit Félix, la fameuse chorale que tu as montée…

— Qué chorale ? Un GROUPE ! J'ai monté un groupe, qui chante et qui swingue ! On déchire, mon p'tit pote ! Faudra que tu viennes nous voir, un de ces quatre…

— Bonne idée. Ça me fera découvrir les musiques de ton époque, mamie.

— Qué de mon époque ? On joue du Radiohead, du Donna Summer, du Queen et du Beyoncé ! Et y a même la Monique, quand son arthrose le lui permet, qui agrémente le tout d'un petit jeu de jambes sur *Single Ladies*… Attends, je te fais une démonstration.

Lutèce se leva de table, et plaqua sa main bien à plat sur la toile cirée. De l'autre main, elle effectua un geste circulaire rivalisant de grâce et de majesté. Puis elle prit une inspiration, et, d'une voix mélodieuse, haut perchée et vibrante de trémolos, entonna : « *Wèque mi eupe, bifôre you go-gooOOooo…* »

Son chant fut brutalement interrompu par des cris provenant de l'appartement d'à côté.

Au jugé, quelqu'un était en train de se faire rosser.

C'étaient des cris à vous ficher une sacrée chair de poule. Des cris à vous faire dresser les cheveux

84

sur la tête. Ça se battait. Les appels qui parvenaient jusqu'à eux étaient éloquents.

Lutèce sursauta, tandis que Félix se recroquevillait. Il fallait faire quelque chose, appeler la police, donc se saisir du téléphone portable qui se trouvait sur la table et composer le 17, il fallait agir d'une manière ou d'une autre, mais il ne fit pas le moindre geste. Sa grand-mère posa les yeux sur lui, interdite, et ce qu'elle vit la sidéra.

Félix, la tête rentrée dans les épaules, le visage livide, tremblait, tétanisé.

Chapitre 10

Félix

Lutèce posa sa main sur celles de Félix, jointes sur la table.

Tel un voile de tendresse les recouvrant, elles cessèrent de trembler et se détendirent.

Le jeune homme, lentement, ferma les yeux et s'appuya contre le dossier de sa chaise. En lui se répandit une onde de paix et de bien-être, qui le parcourut comme si un souffle de chaleur avait ravivé son corps frigorifié.

Elle avait ce talent-là, Lutèce. Un talent rare qu'elle tenait de sa propre mère, et de sa grand-mère avant elle. Un talent qui avait à voir avec d'inexplicables échanges d'énergie par le toucher. Lutèce avait lu des dizaines d'articles sur le sujet sans jamais comprendre d'où lui venait ce don. Mais c'était ainsi. Elle tâtait : elle guérissait. Lutèce était une reine Midas de l'équilibre. Une fée de l'harmonie. Une magicienne de l'eurythmie. Il lui suffisait d'effleurer pour calmer. De presser pour soulager. D'étreindre pour rétablir. Elle était bien plus qu'une mamie tactile, elle était une mamie habile.

Ce n'était pas une chose qu'elle aimait divulguer. Elle redoutait plus que tout de se voir assaillie de demandes irrationnelles. Car enfin, il fallait être raisonnable, elle ne pouvait pas l'impossible. Aussi seuls son petit-fils et certains de ses proches étaient-ils au courant de ses providentielles facultés.

— Tu vas mieux, mon petit ? dit-elle en se penchant vers lui.

— Oui... mais les cris, à côté, il faut... il faut... bégaya Félix.

— Oh, ça ? Oublie ! C'est le André et la Marie-Paule qui font du barouf. Rien de grave.

— Mais... mais il la brutalise, mamie, il faut pré... prévenir...

— Il ne la brutalise pas, voyons, ils font juste une sieste crapuleuse.

— Tu es sûre ? Pourtant, on aurait dit...

— Mais oui, je suis sûre ! Le André il retire toujours son appareil auditif avant de faire la chose, et la Marie-Paule en rajoute dans les beuglements, sinon il n'entend rien. Il est sourd comme un pot, ce vieux schnock !

Félix secoua la tête, en se pinçant l'arête du nez.

— Mais ça ne te dérange pas ? Ça doit être abominablement gênant pour toi... reprit-il en grimaçant, tant les feulements exagérés, derrière ce mur qui manquait d'épaisseur, lui semblaient inconvenants.

Lutèce émit un petit rire ironique en levant les yeux au ciel.

— Dis donc, mon garçon, tu crois que ta grand-mère est tombée de la dernière pluie ? Leur cinéma, c'est de la roupie de sansonnet. J'ai parfaitement compris que le André essayait de me rendre jalouse. Vu que je l'ai plaqué. Et qu'il en pince encore pour moi. Même que c'est la Éliane, du deuxième étage, qui me l'a confirmé. Même qu'elle l'a vu acheter des pilules bleues chez la pharmacienne. Alors qu'avec moi, le André, il en a jamais eu besoin !

Et elle se frotta les mains, comme pour activer leur pouvoir magique. Des étincelles invisibles auraient pu en jaillir tant le geste s'y prêtait, ce qui la fit glousser comme une lycéenne.

Félix ne répondit rien, abasourdi par l'information, assailli par l'image choquante de sa petite mamie toute frêle, en porte-jarretelles et talons aiguilles, vérifiant son dentier d'un geste discret avant d'embrasser goulûment son amant adoré.

— Ah ! T'en restes comme deux ronds de flan, que des hommes aient encore le béguin pour ta grand-mère à son âge, hein ! Ça t'en bouche un coin !

— Oui, non, viens, on parle d'autre chose, mamie…

— Regardez-moi cette sainte nitouche ! Qu'est-ce que tu croyais, mon petit ? Elle a déjà vu le loup, ta mamie ! Et elle compte bien le revoir… Zieute un peu les belles roses rouges que m'a offertes Guy, mon charcutier. C'est qu'il me fait du gringue, le bougre ! Et il est plutôt bien de sa personne. Il a même des cheveux ! Mais je ne sais pas, j'hésite… Qu'est-ce que tu veux que je fasse d'un petit jeune de soixante ans ?

— Mamie…

— … à part tout lui apprendre, je veux dire.

— Mamie ! Par pitié !

— Bon, bon, te casse pas la nénette, j'arrête, j'arrête, t'es rouge comme une tomate… Allez, raconte-moi plutôt comment va ta vie à toi. Tout se passe bien ?

Félix se rembrunit, ses épaules s'affaissèrent, et son visage s'effondra sur ses mains en conque qui le recueillirent, les coudes posés sur la table. Il poussa un soupir las, et lui confia d'une voix basse ses difficultés au quotidien, sa peur de tout et de rien, surtout de tout, son ras-le-bol de Iolanda qu'il ne parvenait pourtant pas à quitter, son envie de changer de vie, son besoin de changer d'envies… Les vannes s'ouvrirent, des larmes perlèrent, et Félix parla sans discontinuer pendant de longues minutes. Il s'épancha, volubile, se confia en toute franchise, raconta ce qu'il avait sur le cœur, s'allégea les tripes et le souffle en évacuant ce qui lui prenait la tête. Sa vie sentimentale désespérante, sa vie d'homme navrante, ses projets pénibles… Félix était une publicité vivante pour une marque d'antidépresseur. Plus précisément, pour la version placebo de la marque.

Il conclut, avec une moue peinée :

— Quand je pense à tout ce qui m'a manqué, à cause des parents que j'ai eus…

Lutèce sirotait le thé chaud qu'elle s'était préparé en écoutant le flot de confidences douloureuses de son petit-fils. Ça lui faisait mal de le voir s'enfermer tout seul dans ses inhibitions. Elle savait ce qu'était la contrainte, la vraie. Profiter de sa liberté en le voyant cadenassé de partout ne l'amusait pas du tout.

Elle décida qu'il était temps de le secouer un peu, et de balayer sa fâcheuse et néanmoins si contemporaine tendance à l'auto-apitoiement.

— Et ? le coupa-t-elle.

— Et rien. J'aurais sans doute évolué autrement, j'aurais été plus fort, plus serein, plus sûr de moi, si j'avais eu des géniteurs différents, tu sais, des gens équilibrés, comme ceux qu'on voit dans les séries télé…

— Donc, tu leur en veux ?

— Oui, évidemment !

— Mazette… Tu leur en veux d'être ce qu'ils sont ?

— Eh bien, oui. C'est ça. De ne pas avoir fait d'efforts pour se corriger, pour s'améliorer en devenant parents, en tout cas.

— Regarde-moi comment tu te montes le bourrichon…

— Pourquoi tu dis ça ? demanda Félix.

— Mais parce que tu attends de tes parents qu'ils soient des divinités infaillibles ! Hé-ho, mon coco, ce ne sont ni plus ni moins que deux zigotos ayant eu un rapport sexuel fécondant, tu sais. Ils n'ont pas suivi de cours avant de faire crac-boum-hue, ni passé de diplôme pour t'obtenir, non. Ils t'ont juste bricolé à partir de la matière dont ils étaient faits : un patrimoine génétique, et un patrimoine émotionnel. Fût-il névrotique. Alors, fais avec. Et remercie-les de t'avoir fabriqué pour pouvoir les critiquer ensuite, triple andouille.

Simple, direct, sans chichis. La soupe qu'elle lui avait servie, c'était une pleine assiette de bon sens à l'ancienne. Mange, mon fils, mange. Même si c'est amer, même si c'est ta mère. Même si c'est trop salé, même si ça a le goût de tes larmes. Ce bouillon-là, mon petit, c'est de la sagesse aux petits oignons, c'est de la jugeote aux échalotes, c'est plein de bonne vitamine « sait » qui va t'assainir les humeurs, tu verras.

Pourtant, Félix baissa le menton, abattu.

Lutèce se leva de sa chaise et vint s'asseoir près de lui.

Elle lui mit une petite claque sur la joue, affectueusement, en le couvant d'un regard tendre. Le visage du garçon s'illumina d'un sourire. Il leva son index, et nota :

— Je crois que tu viens de me guérir une carie, là.

Alors, elle l'attrapa plus vivement et lui frotta les cheveux avec son poing en grommelant :

— Et là, je te les ai guéries, tes idées noires ? Hein, mon zigoto ?

Chapitre 11

Félix

Lutèce, installée confortablement dans un fauteuil, les jambes allongées et les pieds nus croisés sans complexe sur la table basse, se souvint d'une anecdote qu'elle voulut partager avec son petit-fils.

— C'était il y a quelques années, dans un train qui reliait Perpète-les-Oies à Paris. Une jeune femme était assise seule dans un compartiment à six places, tu sais, un de ceux fermés par une porte. Deux zèbres sont entrés dans le compartiment, et se sont installés l'un en face de l'autre, près de cette porte. Les places étaient libres et non attribuées, ils pouvaient se mettre où ils voulaient. Ils ont choisi exprès cet endroit.

— Hum-hum, acquiesça Félix qui était en train de débarrasser, et faisait des allers-retours salon-cuisine.

— Aussitôt assis, ils se mirent à fixer la donzelle. Comme ça, sans une parole, ils ne la quittaient pas des yeux. Bon. Pour échapper à ces regards oppressants, elle a sorti un livre de son sac et s'est plongée dans sa lecture. Peine perdue. L'un chuchotait des mots salaces à l'autre, sans la quitter du regard, et l'autre répondait à l'un de la même manière. Elle se sentit mal à l'aise. Pourtant, elle ne portait pas de minijupe ni de vêtement provocant…

— … et quand bien même, ça n'aurait rien changé ! On n'importune pas une femme à cause de sa tenue, voyons, mamie ! s'écria Félix en sortant la tête de la cuisine.

— À la bonne heure, mon chéri. Ta mère n'a pas élevé un imbécile, tu me le confirmes une fois de plus. Donc, elle a considéré un instant la perspective de se lever et de quitter les lieux, puis elle s'est ravisée. Cela aurait été pour elle un aveu de faiblesse. Qui étaient-ils, ces vauriens, ces blousons noirs, pour qu'elle leur cède la place ? Elle continua alors à les ignorer, pensant qu'ils finiraient par se lasser de la dévisager. Mais l'un des deux loubards a décidé de bloquer l'accès à la porte avec sa jambe en posant son pied sur la banquette d'en face. Si elle avait voulu sortir, elle aurait dû soit l'enjamber, ce qui aurait été grotesque, soit lui demander la permission, ce qui était inenvisageable.

— Et personne d'autre ne rentrait dans le wagon ?

— Tu parles ! En voyant le compartiment occupé et difficile d'accès à cause de cette jambe, ils passaient tous leur chemin. La pauvrette était donc coincée, seule avec ces gangsters, qui la reluquaient sans relâche. Elle ne savait pas quoi faire, qui appeler, et a commencé à avoir sérieusement les pétoches. Mais comme elle ne voulait pas leur faire l'honneur de son affolement, elle restait impassible, et s'absorbait plus encore dans la lecture de son bouquin, même si elle lisait encore et toujours la même ligne. Une demi-heure s'est écoulée, puis il y eut un arrêt, ainsi qu'un petit miracle : les deux hommes décidèrent d'aller s'acheter de quoi se rincer le gosier au wagon-bar. Ils se sont levés et ont quitté le compartiment, non sans la marquer d'un ultime coup d'œil possessif.

— Les saligauds, nota Félix, qui était revenu s'installer près d'elle.

— Tu l'as dit, bouffi. Donc… la fille pousse un soupir de soulagement, range à la hâte son livre dans son sac et s'apprêtait à partir elle aussi pour s'installer ailleurs, lorsque j'ai pénétré dans le compartiment, en lui demandant s'il était libre. Elle a hésité, puis m'a parlé de ces deux crapules menaçantes, qui n'allaient pas tarder à revenir. J'ai haussé les épaules, et l'ai invitée à rester. Ils ne me faisaient pas peur. À deux, nous serions de taille à les affronter. L'idée qu'une mamie comme moi puisse la défendre la fit sourire, et la jeune femme, pourtant inquiète, accepta de se rasseoir. L'une après l'autre, d'autres femmes nous ont rejointes. En les voyant passer devant les portes vitrées, nous leur adressions un sourire, un signe de tête bienveillant. Voyageant seules elles aussi, elles sont venues instinctivement s'asseoir à nos côtés. Et, à chacune, nous racontions l'histoire de ces deux voyous.

94

— Bien joué, mémé !

— Motus, minus. Donc… le compartiment fut vite complet, les six places occupées par des femmes de tous âges, et de toutes conditions. Je n'oublierai jamais la binette stupéfaite des deux scélérats, lorsqu'ils revinrent et trouvèrent une ambiance bien moins vulnérable que précédemment. Cette fois, ce fut une armée de guerrières déterminées qui les fixèrent, les scrutèrent, les déshabillèrent avec autant d'affront et aussi peu de pudeur qu'ils l'avaient fait précédemment. Pas un mot ne fut échangé. Juste une douzaine de lasers accusateurs qui taillèrent des franges de bienséance à leur manteau de provocation. Piteusement, ils ont attrapé chacun leur sac de voyage glissé dans le porte-bagages, et, baissant les yeux pour la première fois, ont quitté les lieux sans demander leur reste.

— Waouh !

— Je ne t'explique pas l'onde de joie qui nous a emportées. La première jeune femme, celle qui s'était retrouvée coincée avec eux, émue et reconnaissante, s'est présentée. Puis chacune en a fait autant, tout naturellement. Une chaîne de solidarité innée et inouïe venait de se constituer, telle une barrière pour tenir les loups en respect. Il restait de longues heures, avant d'arriver jusqu'à Paris. Nous les avons passées à échanger des anecdotes, à nous laisser aller à la confidence, d'abord un peu timidement, puis de plus en plus librement. Ce fut un partage entre parfaites inconnues aussi imprévisible qu'émouvant et même réparateur. Cette connivence instinctive nous a fait du bien à toutes. Ensemble, nous nous sommes senties en sécurité, protégées par le groupe, un groupe qui se comprenait pour avoir eu affaire, un jour, à la brutalité d'un comportement indigne, hostile, ou carrément traumatique. Et vas-y que l'une raconte le pelotage de fesses subi dans un bus, et vas-y que l'autre raconte la main sur le sein attrapé en pleine rue, toutes confiaient leurs émotions outragées aux mots qui salissaient, crachés de nulle part, comme un compliment dégénéré, si on passait devant la mauvaise personne. Pffiouh…

Félix avait écouté le récit que lui avait fait sa grand-mère, consterné et songeur. Il chercha à rationaliser ce qu'il venait d'entendre. À y apporter un début d'explication, une amorce de solution.

— Peut-être qu'on n'a pas appris à ces types comment se comporter avec le sexe opposé ? Leurs parents auraient pu leur dire qu'une femme, ça ne s'appréhende pas de cette façon-là, qu'on n'entre pas dans l'espace intime de l'autre sans y être autorisé ? Qu'il leur serait insupportable que l'on traite ainsi leur sœur ou leur mère ? Que ces femmes sont leurs égales, et que, s'ils ne se permettaient pas de céder à leurs pulsions en allant, par exemple, se servir, au restaurant, dans l'assiette d'hommes inconnus juste parce que leur plat leur faisait envie, il était tout aussi inconcevable qu'ils se servent en caresses en croisant des filles qui leur faisaient envie…

— Bah... Je ne sais pas, mon garçon. Peut-être aussi que le monde change, que les gens ont le sentiment d'avoir tout à portée de main, à profusion, et si possible gratuitement... Et que ce qu'ils ne peuvent pas avoir, ils le cassent par frustration, et que celle qui ne se laissera pas approcher, ils la salissent, pour se donner l'illusion qu'elle n'avait aucune valeur, puisqu'elle ne leur en a accordé aucune. Quel monde, mon petit, quel monde... On est si peu de chose...

— C'est dingue, tu l'as dit, mamie.

— Alors, tu vois, mon chéri, pas besoin de porter une cape pour être un super héros.

Félix se gratta la tête, puis la gorge, sourit, réfléchit un instant, et demanda :

— Bon, bon, bon... mais je t'avoue que je n'ai pas bien compris pourquoi tu me racontais ça...

Lutèce, qui était en train d'observer minutieusement l'évolution de l'oignon saillant à son pied droit, tourna le visage vers lui, et s'exclama, comme si c'était stupéfiant d'évidence :

— Bonté divine ! Mais parce que la fille dans le train, c'est toi, et que les deux gredins qui la bloquent et l'empêchent de sortir, c'est Iolanda ! Tu n'as pas saisi l'allusion ?

— Ben, non, avoua-t-il piteusement. Tu veux dire que tu as inventé toute l'histoire ?

— Pas du tout, grand benêt ! L'histoire est authentique. Mais ne change pas de sujet, s'il te plaît. Tu veux rester souper avec moi, ce soir ?

— Hein ? Mais c'est toi qui passes d'un sujet à l'autre, mamie ! rigola-t-il.

— C'est parce que tu es trop lent pour me suivre !

Et elle éclata de son délicieux rire haut perché, qui carillonnait comme si on avait secoué des grelots célestes dans la pièce.

Lutèce, c'était une tornade. Pour parvenir à suivre le cheminement du salmigondis qui constituait ses pensées, il fallait se lever de bonne heure.

— Ça dépend, demanda Félix, soudain intéressé. Il te reste de la blanquette ?

— Jamais entre les repas ! s'écria-t-elle. Non, je pensais plutôt à un bon pain brioché toasté, dans lequel j'aurais glissé un savoureux bifteck haché, recouvert d'une tranche de comté, de jeunes pousses du marché, de petites rondelles de tomates, d'un velours de confit d'oignons fait maison (elle embrassa le bout de ses doigts) que tu m'en diras des nouvelles, d'une petite sauce au miel de derrière les fagots, le tout accompagné de patates sautées minute.

— Hummm…

— C'est ta réponse ?

— Toutes les autres sont noyées dans ma bave.

— Alors, en voiture Simone ! C'est moi qui conduis, c'est toi qui klaxonnes !

Une demi-heure plus tard, ils étaient attablés devant deux savoureux « amburgés » comme disait Lutèce, dégoulinants de fromage fondu, suintants de confit d'oignons, embaumant la salle à manger d'une odeur à vous stimuler les sucs gastriques jusqu'à ce que votre estomac s'autodigère goulûment.

— Maintenant, écoute-moi bien, petit. Je vais te proposer un marché, dit Lutèce en tenant à pleines mains son sandwich, dont les sauces succulentes lui coulaient sur les doigts.

— 'n 'a'ché ? émit Félix, la bouche pleine et les papilles au paradis.

— Je veux que tu quittes Iolanda.

Félix manqua de s'étouffer, mais elle n'y prêta pas attention, et continua.

— Je le veux, et tu le veux aussi, mais tu ne t'en sens pas capable, alors je vais t'aider. Si tu passes une semaine dans ma maison de campagne, inoccupée pour le moment mais que je vais bientôt mettre en vente... alors, je t'offrirai une fortune immense.

— Mais tu n'as qu'une petite retraite ?

— Bon, alors, disons une grosse surprise. Ça te va ?

Félix se gratta la tête. Il n'aimait pas les surprises. Elles étaient rarement à son goût. Mais il ne voulut pas contrarier sa grand-mère. Sans compter qu'il pressentait que c'était peut-être important pour lui.

— Une semaine ? Dans une maison vide ?

— Une semaine. Tu devras juste me rapporter une cassette, qui est planquée là-bas. Il te faudra fouiller, peut-être creuser pour la retrouver, car je n'ai pas le moindre souvenir de l'endroit où elle se trouve. Elle date de ma jeunesse, autrement dit, la préhistoire... et les fouilles, les fossiles, c'est ton domaine, il me semble ?

— Oui, oui...

— Voilà, c'est tout.

— C'est tout ? demanda-t-il.

— Ah non, j'ai oublié de préciser : la maison est hantée.

— QUOI ?

La vieille dame se renversa en arrière sur sa chaise, et éclata d'un rire qui fit s'étioler de honte Félix. Elle s'administra une claque sur le genou, ravie de sa bonne blague. Il aurait voulu s'en flanquer une sur la figure, tant il se trouvait stupide.

— Eh bien, je ne sais pas... il faut que je réfléchisse... répondit-il.

— Réfléchir à l'idée de vivre seul une toute petite semaine ? À ton âge ? Tu crains quoi, de te faire attaquer par un téro... un téromactine...

— Un ptérodactyle ?

— Voilà. Si tu as peur de rester seul sept petits jours, eh ben, mon vieux... (elle soupira, en secouant la tête) t'es coincé avec ta Iolanda encore un bon moment.

— Mais non ! Je peux le faire. Mar... marché conclu...

Lutèce se leva de table, trottina jusqu'à une commode, et fouilla dans un des tiroirs un long moment. Elle finit par y trouver ce qu'elle cherchait : un écrin en carton, tapissé de coton, duquel elle tira un long et lourd bijou. Félix, qui l'avait suivie du regard, mangea une frite en attendant la suite.

Lutèce prit sa paume, y déposa le bijou, et lui referma les doigts dessus.

— Tiens, mon petit. C'est un talisman, très ancien, que je tiens de mon père, qui le tenait de son père, et du père de son père avant lui.

— Pour moi ? Merci, mamie.

Félix ouvrit sa main, et observa l'objet. Il s'agissait d'un médaillon doré assez lourd, peut-être en or, de forme carrée et à peine bombée sur le dessus, large d'environ cinq centimètres sur cinq, très affûté sur les côtés, presque coupant, limite dangereux. Il était relié à une chaînette épaisse, dorée elle aussi, très masculine. Le genre de bijou dont la discrétion n'aurait pas déplu à un rappeur américain. Au centre de la breloque étaient gravés des signes indéchiffrables, ressemblant à des plantes, des planètes, peut-être une étoile…

À son contact apparut dans l'esprit de Félix un kaléidoscope d'images du passé et de personnages qu'il reconnut pour les avoir vus en photos.

— Quand tu passeras cette semaine dans la maison abandonnée…

— Hum…

— … garde cet objet précieusement dans une de tes poches. Ce bijou est une amulette qui a traversé les siècles, et qui a protégé des hommes très courageux. Tiens, tu vois cette petite cavité, là ?

Le jeune homme se pencha, et regarda ce qu'elle pointait avec son ongle.

— Première Guerre mondiale. Ton arrière-arrière-grand-père, Honoré, se retrouve pris au piège sous le feu nourri d'une embuscade de Boches. Il est coincé derrière un talus, avec ses camarades. Sa seule chance de s'en tirer serait de s'approcher, de contourner l'ennemi et de leur balancer une grenade dans la gueule. Mais ils sont mal placés, et personne n'ose faire un geste. Alors, perdu pour perdu, il décide de sortir de sa cachette et de ramper jusqu'à eux. Planqué dans les hautes herbes, Honoré parvient au plus près, se redresse à demi, dégoupille sa grenade, se fait repérer par un Allemand, se mange une balle dans le cœur, a le temps de lancer sa grenade, et sauve ainsi les poilus qui l'accompagnaient.

— Il est mort en héros, donc…

— Pas du tout, ce médaillon l'a sauvé ! Le petit cratère que tu vois, là, en forme d'encoche… c'est l'endroit qui a arrêté la balle.

— Énorme ! s'exclama Félix.

— C'est pas fini… Octave, mon propre père et ton arrière-grand-père, reçoit ce fétiche en cadeau l'année de sa majorité. Quelques semaines plus tard, il traîne dans les rues de Paris en compagnie de Shlomo, son ami d'enfance. La police les arrête et leur demande leurs papiers. Octave en possédait des faux, mais pas Shlomo Lew, immédiatement identifié comme Juif, avec un nom pareil. Aussitôt, on lui demande où est l'étoile jaune qu'il est censé avoir cousue sur sa veste. Le garçon, voyant que ça risquait de tourner mal pour lui, tente de s'enfuir, mais il est ceinturé par les deux policiers. Octave essaye de calmer le jeu, et se mange une droite pour le calmer lui.

— Ouille. Pourquoi son pote ne portait-il pas d'étoile jaune ?

— Par esprit de rébellion, j'imagine. À cet âge-là, on est un peu couillon… Shlomo est sur le point d'être arrêté, et toute sa famille avec lui. Alors, il feint l'évanouissement. Comme ça, direct, il s'écroule sur place les yeux révulsés. Mon père en profite pour tenter d'amadouer les policiers. Il est tôt, il y a peu de monde dans les rues, donc peu de témoins. Il sort son médaillon doré, le présente comme étant en or massif, et tente de le négocier auprès des flics. Au culot, il propose de l'échanger contre la libération de son ami. Les flics hésitent, Shlomo est toujours à terre, mais comme ils sont concentrés sur le bijou qu'Octave laisse scintiller entre leurs doigts, ils ne remarquent pas que le gamin, soi-disant dans les vapes, noue les lacets des chaussures de l'un à ceux des chaussures de l'autre. Octave et Shlomo échangent un bref coup d'œil de connivence. Finalement, un des deux flics annonce que non seulement il garde la breloque, mais qu'en plus, il les arrête tous les deux, l'un pour tentative de corruption de fonctionnaire, l'autre pour circoncision de saucisse. C'est alors qu'Octave lui lance un « J'crois pas, non ! » intrépide, lui chope le bijou des mains, tandis que Shlomo se relève, rapide comme l'éclair. Les deux gosses piquent le sprint de leur vie, alors que derrière eux, les flics qui s'apprêtaient à leur courir après s'écroulent violemment au sol, et se cassent les dents sur les pavés.

— Oh !

— Si, si ! On a retrouvé des bouts d'incisives dans une flaque de sang ! Shlomo a pu rejoindre sa famille et fuir avec elle hors de Paris. Il n'a jamais oublié son meilleur pote, qui lui a sauvé la vie. Octave et lui se sont retrouvés après la guerre, et leur amitié est restée indéfectible.

— Vraiment émouvantes, ces histoires.

— Attends, il y en a d'autres… dit Lutèce avec un geste blasé de la main. Je ne te raconte pas quand ton grand-père s'est blessé à l'autre bout du monde, et que la chaîne a servi pour lui faire un garrot, ou quand ton père a sauvé une fillette enfermée dans une voiture en plein soleil, et qu'il a utilisé ce bijou pour couper le joint de la vitre arrière et la libérer…

— C'est beau… mais tu me parles de gens ayant eu un comportement héroïque. Et moi… moi, je suis tout sauf un héros. (Il lui tendit le médaillon.) Je ne le mérite pas.

— Ce n'est pas à toi de dire si tu es courageux ou pas. Je te connais par cœur, et j'estime que tu l'es suffisamment pour recevoir ce présent. Alors tu fais ce que te dit mamie, et tu prends ce bijou. Il est à toi, maintenant.

— Bon… OK… soupira Félix, en le rangeant dans la poche de son jean.

— Allez. C'est bien. Je te ressers des patates frites ?

Chapitre 12

Tom

Tom ouvrit un œil, puis le referma. Pas envie d'émerger. Il était trop tôt, beaucoup trop tôt. Il papillota des cils, grogna indistinctement, et rabattit la couette sur sa tête.

Une minute passa. Il bâilla, et son visage émergea subitement de sous sa couverture.

D'où venait toute cette lumière ? Quelle heure était-il, au juste ? Toujours allongé, il leva la main pour scruter la montre à son poignet, se prit une montée d'adrénaline en découvrant l'heure, qui retomba net lorsqu'il se rappela qu'il ne travaillait pas aujourd'hui. Son bras perdit toute consistance, et sa main chuta lourdement sur sa figure, lui aplatissant le nez au passage.

Il grommela, déplia son autre bras sur le côté, palpa le matelas vide, fronça les sourcils, se tourna, et replongea dans les limbes de sa somnolence.

Une demi-heure plus tard, Tom se levait enfin, d'excellente humeur.

Il se dirigea tout naturellement vers les toilettes, mais la porte était fermée. La lumière allumée filtrait à travers le carreau en verre pommelé.

Il se rendit alors à la cuisine en fredonnant un air qu'il avait dans la tête, et mit en marche la machine à café, qui exhala bientôt un parfum familier. Puis il plaça des toasts à griller, des tranches de bacon à frire dans une poêle, y rajouta des champignons qu'il fit sauter, et confectionna une grosse omelette aux herbes séchées. Il dressa soigneusement deux belles assiettes, qu'il déposa sur un plateau avec deux mugs de café brûlant, et s'en alla vers la table du salon. Il glissa un CD de jazz dans le lecteur, un bon vieux crooner efficace. Affalé sur son canapé, il attendit en feuilletant un magazine qui traînait là.

La soirée d'hier s'était terminée de façon divine.

Cette Régine, c'était tout à fait le genre de fille dont il avait besoin en ce moment. Pas le style sangsue qui espère la bague au doigt après deux baisers avec la langue, non. Elle, au contraire, fuyait l'engagement, et ne s'était apaisée que lorsqu'il lui avait laissé croire qu'il était marié. Vraiment étrange, comme comportement. Mais ça ne lui avait pas déplu.

Régine habitait à l'autre bout de Paris, et lui, juste à côté de ce restaurant où ils s'étaient rencontrés. Rouler à moto sous un déluge torrentiel ne leur avait pas paru approprié. Alors, elle avait accepté de monter chez lui un instant, pour se mettre à l'abri.

Tout naturellement, le bref instant envisagé s'était mué en longues heures, débutées en savourant un chocolat chaud qu'il avait confectionné sous ses yeux. Dans la cuisine, à ses côtés, elle lui avait conseillé de verser un peu de cannelle dans sa mixture. Cette intervention avait tout changé. Un parfum d'enfance et de fêtes de Noël envahit la pièce, et Tom avait siroté sa boisson avec un plaisir supplémentaire.

Pieds nus, les mèches de ses cheveux mouillés rejetées en arrière, le flic immense était allé passer un tee-shirt noir et un jean sec. Une cigarette au coin des lèvres, ses tatouages s'exposaient le long de ses bras, en d'hypnotiques arabesques colorées rebondissant sur les bosses de sa musculature. Le genre de type d'autant plus sexy qu'il ne donnait pas l'impression de s'en rendre compte, avait noté Régine en évitant soigneusement de poser les yeux sur ses dessins.

Ses vêtements à elle tournaient dans le sèche-linge. Quand elle lui avait demandé si elle pouvait emprunter un peignoir à sa femme (censée être en déplacement pour son boulot), il avait bredouillé qu'il ne s'autorisait pas à disposer de ses affaires, ce que Régine avait bien évidemment compris. À la place, il lui avait prêté un de ses pulls en coton à lui, si long que, lorsqu'elle l'avait enfilé, il lui était arrivé aux genoux. Tom l'avait trouvée rudement craquante dedans, mais s'était astreint à ne pas trop la mater pour ne pas l'embarrasser.

Peu à peu, Régine s'était détendue. Sa colère

brûlante vis-à-vis de son ex-amant s'étant refroidie, elle appréhendait maintenant cette seconde partie de soirée avec curiosité.

Dans la salle de bains, elle avait envoyé un texto à Bethsabée, pour lui donner le nom et l'adresse du type chez qui elle se trouvait. Une précaution dont elles usaient entre copines, lorsque l'une ou l'autre sortait avec un nouveau mec. Ça l'avait rassurée. S'il lui arrivait quelque chose, que Bethsabée sache au moins où venir récupérer son corps. Pourtant, elle avait dû admettre se sentir en confiance, l'attitude de Tom ayant été jusqu'à présent irréprochable, chaleureuse et attentionnée.

Tasse à la main, l'avocate avait inspecté la tanière du maître des lieux. Elle avait longé les meubles de son salon à la déco soignée, regardant un instant à travers son aquarium. Puis, elle avait laissé courir ses doigts sur son piano droit, avait observé une bougie saugrenue en forme de grosse bonne femme préhistorique, avait ralenti devant une photo de son hôte en compagnie de son épouse, avant de s'arrêter face à son étagère à CD, pour en étudier le contenu.

D'habitude bordélique, Tom avait fait l'effort de ranger son appart un peu plus tôt, au cas où Claudine aurait voulu finir la soirée chez lui. À moins que ce ne soit Chrystel… Ou Camille ? Mais comment s'appelait cette blonde, déjà ?

Peu importait. Il était allé s'asseoir auprès de Régine, qui avait enturbanné ses longs cheveux châtains dans une serviette-éponge. Le canapé était neuf, confortable, et assez large pour qu'ils ne s'y sentent pas à l'étroit. Régine avait ramené ses jambes sous elle et posé sur ses genoux pliés le plaid qui recouvrait un coussin.

— Ça va mieux ? lui avait-il demandé.

— Oui, merci. (Une pause.) On est bien, là.

Ils avaient échangé un sourire. C'est vrai qu'ils étaient bien, tranquilles, dans cet appartement dont seule une lampe allumée tamisait l'éclairage. Les gouttes de pluie qui tambourinaient contre les carreaux, leurs paumes réchauffées par le mug brûlant qu'elles pressaient, et cette ambiance sereine de calme après la tempête cicatrisaient leurs contrariétés. Il ne manquait plus qu'un feu de bois, une musique douce, et pourquoi pas une peau de bête synthétique au sol, pour que le tableau romantico-kitsch soit complet.

À la place, en sourdine, le bruit du sèche-linge qui s'activait.

— Pas trop déçu de ne pas être rentré avec la bonne ? avait demandé Régine, goguenarde.

— Qui ça ?

— Votre partenaire, au restaurant… Comment s'appelait-elle, déjà ?

Il avait tiré une bouffée de sa cigarette, moue inspirée et regard énigmatique, sur cette question à laquelle il avait renoncé à trouver la réponse.

— Ah oui, Céline. Non… Je n'ai pas apprécié la façon dont elle m'a parlé toute la soirée, cette pimbêche. Du genre calme, qui n'élève pas le ton et qui s'adresse à moi poliment. Et puis quoi encore ? J'ai ma dignité, merde.

Régine avait émis un petit rire étouffé, qu'elle avait masqué en buvant une gorgée de son chocolat chaud. Il l'avait fixée, l'œil brillant d'une lueur de malice.

— Vous, je ne vous pose pas la question… avait-il repris. J'imagine que demain, au commissariat, votre, comment dirais-je, votre amoureux viendra porter plainte pour coups et blessures sur son petit cœur ?

Elle avait haussé les épaules.

— Encore aurait-il fallu qu'il en eût un. Donc, vous êtes un flic préposé à l'accueil, c'est ça ? Peu d'action, beaucoup de paperasses, limite secrétaire. Ça doit vous frustrer de ne pas arrêter de vrais bandits ?

— Et qu'est-ce que vous croyez que je fais en ce moment ? avait-il répliqué en souriant.

— Oh… si je suis le seul genre de délinquant que vous coffrez, ça confirme ce que je viens de dire.

Il avait aspiré une longue bouffée de sa cigarette, et l'avait exhalée à travers ses dents serrées, le coude posé sur le dossier du canapé, l'air totalement pince-sans-rire.

— J'avoue, avait-il acquiescé, j'attends toujours ma promotion. Pour l'instant, je mets un point d'honneur à verbaliser les gens qui marchent sur les pelouses municipales. À quoi ça sert de planter des panneaux « pelouse interdite » si personne ne les respecte ? Et ne venez pas me dire que vous avez moins de dix ans, que vous êtes un chien ou que vous faites du tourisme et ne comprenez pas le français, hein. Les prétextes, ça marche pas avec moi. Sinon, récemment, j'ai fait mettre sous les verrous un gars qui avait jeté son papier de chewing-gum à côté de la poubelle. Une sale affaire, vous pouvez me croire. L'adrénaline et les courses-poursuites, je les trouve en capturant les piétons qui traversent quand le petit bonhomme est rouge. (Il avait encore tiré sur sa cigarette, en émettant un rire crâneur.) On parle d'adapter ma vie quotidienne en série télé, mais je sais pas, j'hésite… Et vous, ma p'tite dame, à quoi servez-vous, dans la vie ?

— Moi ? avait demandé Régine.

Elle s'était mise à l'aise, laissant tomber sur ses épaules la serviette qui maintenait ses cheveux. Désormais épongés et bien que complètement emmêlés, ils sécheraient à l'air libre. Son visage gardait les traces du maquillage qui avait été douché par la pluie, en particulier au niveau des yeux, charbonneux de mascara fondu. Une fille désarmante de naturel et de vulnérabilité, avait pensé Tom en la voyant attraper un mouchoir en papier sur la table basse, pour y souffler dedans son début de pneumonie.

C'est lorsqu'elle saisit le stylo qui se trouvait à côté qu'il se figea. Il la vit regrouper la masse de sa longue chevelure humide en la tirant en arrière, l'entortiller, et planter le stylo dedans. Tom, devant ce geste, ne fut plus qu'une flaque d'émotions.

— Moi, je suis… (elle avait laissé son regard s'égarer autour d'elle, jusqu'à tomber sur le petit aquarium de Tom), je suis dermatologue.

— Ah bon ?

— Pour poissons.

— Tiens donc ?

— Oui, j'ai hésité, quand j'étais jeune, à suivre des cours de coiffure pour chevaux, mais finalement, c'est tombé à l'eau. J'avais envie de soigner, de me mettre au service des gens, des thons, des truites… Oh, je vous vois rouler des yeux de merlan frit ! Ce n'est pas une activité très lucrative, je l'admets. Tant pis pour moi, les poissons ne règlent jamais en liquide, et refusent le paiement en ligne…

— Pourquoi donc ?

— Une certaine méfiance vis-à-vis de la pêche, j'imagine. Raison pour laquelle je couple ce métier avec un second job. Faut bien vivre.

— Qui est ? avait demandé Tom, amusé.

— Taxidermiste.

— De chèvres ? D'ornithorynques ? De sauterelles ?

— Taxidermer un être vivant ? s'était-elle exclamé, faussement outrée. Et puis quoi encore ? Non, moi, je fais uniquement dans les ours en peluche.

Tom avait écrasé sa cigarette dans le cendrier posé sur l'accoudoir, et l'avait dévisagée, un sourire en coin.

— Je peux vous demander quelque chose, Régine ?

— Bien sûr, faites comme chez vous.

— Vous êtes sous substance ?

Elle avait rejeté la tête en arrière, et éclaté de rire. Il s'était esclaffé également, complice de son hilarité. Il se souvenait s'être dit n'avoir jamais rencontré une fille aussi délicieusement timbrée.

Posant sa tasse sur la table basse, elle lui avait lancé :

— Mais c'est quoi, toutes ces questions, aussi ? Vous êtes de la police ?

— Pas du tout, je suis juste de la police. Mais, je ne sais pas… disons que ça nous permet de faire connaissance.

Régine s'était aussitôt rembrunie. En ce qui la concernait, mieux connaître ce type n'était pas sa priorité, car contre toute attente, plus elle parlait avec lui, plus il lui plaisait. Et son but, en fréquentant des hommes maqués comme lui, était précisément de ne pas s'attacher.

Flairant le danger, elle avait conclu :

— Bon… il se fait tard, je ne vais pas vous déranger plus longtemps. Mes vêtements ne doivent pas être complètement secs, mais je crois que ça sera suffisant pour rentrer en taxi. Merci pour tout, vraiment.

Elle avait commencé à repousser son plaid, et Tom s'était senti pâlir. Le quitter ? Déjà ? Mais pourquoi ? Tout se passait bien, il se sentait à l'aise avec elle, serein, sur la même longueur d'onde.

Pas comme avec cette… Caroline, là, qui n'avait cessé de fixer son nœud de cravate comme pour lui signifier qu'il était mal serré. Il l'avait bien vu, Tom, qu'il était mal fait, ce putain de nœud ! Il détestait les cravates et se foutait de savoir les nouer correctement, c'était pas une raison pour loucher dessus comme une grenouille immobile devant une mouche.

— Écoutez, vous ne pouvez pas partir tout de suite. Vous courez un risque terrible.

Elle s'était tournée vers lui, la tête légèrement penchée sur le côté. Pas inquiète, mais dubitative.

— Ah oui, comment ça ?

— C'est très simple.

Dès ce moment, Tom avait joué le tout pour le tout. Il s'était lancé dans une improvisation en roue libre. Direct. Sans filet. Lâché de trapèze !

— Ce soir, vous ne portiez pas de chaussettes, avait-il commencé.

— Oui ?

— Sans chaussettes, vous avez renoncé aux baskets. Vous me suivez ?

— Ai-je le choix ?

— Bien. Sans baskets, vous ne pouvez pas courir. Raison pour laquelle vous vous êtes vautrée tout à l'heure, et tordu la cheville. Or, avec votre cheville bousillée, vous risquez d'arriver en retard demain à ce qui vous tient lieu de travail, quel qu'il puisse être. Et si vous arrivez en retard, vous serez probablement virée.

— Probablement, avait-elle souri.

— Si vous vous faites virer, vous ne gagnerez plus d'argent. Tout le monde sait bien que gagner de l'argent permet d'acheter de quoi se nourrir. Mais si vous ne vous nourrissez pas, vous risquez d'avoir faim. Et fatalement, si vous avez faim, il est fort à parier que vous serez de mauvaise humeur. Le cas échéant, les hommes ayant une légère inclinaison pour les filles aimables, je vous fiche mon billet que vous aurez du mal à trouver un nouveau fiancé, même temporaire comme vous les aimez.

— Mais c'est horrible !

— J'en tremble pour vous. Car si vous ne harponnez pas de nouveau fiancé, en toute logique, vous allez déprimer. Si vous déprimez, bam, vous risquez de tomber malade. Et si vous tombez malade, je vais terriblement m'en vouloir de vous avoir laissée partir maintenant. Tout ça, à cause d'une histoire de chaussettes.

Hop, réception à l'endroit, salutations, révérence.

Régine avait hoché la tête plusieurs fois, l'air absolument estomaqué par cette annonce.

— N'aurais-je pas pu tomber malade juste en attrapant froid à cause de mes pieds mouillés, puisque je ne portais pas de chaussettes sous ce déluge ?

— Oui, ça aussi. Bon diagnostic, docteur Poiscaille.

— Je vois, je vois… et que me conseillez-vous alors, lieutenant Delapelouse ?

Tom s'était levé d'un coup pour passer derrière le bar de la cuisine ouverte, en clamant :

— Un bon jus de chaussette ! Je nous en fais un, le temps que le sèche-linge finisse de faire ce pour quoi on l'a allumé, d'ici une bonne demi-heure.

Régine n'avait eu d'autre choix que de capituler.

— Va pour le jus de chaussette, alors. Sans sucre et sans lait pour moi, merci, Tom.

La demi-heure avait filé, puis celle d'après, et encore la suivante. En réalité, le linge de Régine aurait pu sécher plusieurs fois de suite, tant ils ne s'en étaient plus préoccupés.

Passant d'un registre à l'autre, Tom et elle s'étaient mis à discuter musique et cinéma. Des thèmes qui évoquaient leurs prédilections, sans réellement parler d'eux.

Le flic avait bien compris que Régine éprouvait des réticences à se livrer. Il respectait sa discrétion et profitait de tous les autres aspects de leur conversation, à commencer par leurs fous rires fréquents, évidents, naturels et sans enjeux. Il ne l'avait pas ramenée chez lui pour la séduire, mais parce qu'elle lui avait fait penser à un oisillon blessé, avec sa patte cassée, sa silhouette maigrichonne et sa grande gueule qui hurlait au monde sa fringale d'intérêt. Et Tom, les éclopés de la vie, il ressentait instinctivement le besoin de les protéger.

Régine, quant à elle, n'avait pu s'empêcher d'apprécier l'attitude dévouée de son hôte, dont elle avait remarqué la bienveillante délicatesse. Sa façon de se lever pour allumer le radiateur sans rien dire, quand elle avait frissonné. Le coussin qu'il avait retiré de son dos pour aller le placer derrière son dos à elle, quand elle s'était massé la nuque en fronçant les sourcils. Son attitude gentleman consistant à ne pas l'embarrasser par des vannes grivoises ou des attitudes explicites, puisqu'elle était chez lui pour qu'il la dépanne, à sa merci, et sans ses vêtements.

Cet inconnu prenait soin d'elle, et c'était une sensation exquise. Il faisait preuve d'une galanterie un peu surannée qui aurait pu la faire fondre, si elle ne s'était pas rappelée que tout n'était que cinéma de la part de cet homme marié pour la mettre dans son lit. Si ce n'était pas ce soir, ce serait plus tard.

Elle ne pouvait pas savoir qu'il avait à sa disposition tout ce dont il avait besoin en matière de copines motivées à lui faire du bien. Mais que c'était un tendre, un romantique, qui en ce moment avait juste besoin d'un peu plus. Que ses deux mètres de haut l'avaient longtemps complexé, car les filles, lorsqu'il ne les intimidait pas au premier abord, finissaient avec un torticolis à trop le fréquenter. Que ses tatouages impressionnants masquaient en réalité les nombreuses cicatrices qu'il conservait d'un accident de moto remontant à quelques années en arrière.

Au fil de leur bavardage, l'un comme l'autre avaient toutefois noté de troublantes similitudes dans leurs goûts respectifs. Ils aimaient se faire des marathons de séries télé, les sous-vêtements en coton, les spaghettis bolognaise avec beaucoup de parmesan, les films avec Tom Hanks, et, chose incroyable, ils avaient tous les deux passé leurs vacances d'enfance à Saint-Mandrier. Ils adoraient aussi dormir avec une peluche, changer régulièrement de couleur de cheveux, Tex Avery, nager les yeux ouverts à la piscine, recevoir des compliments, et lire des magazines people aux toilettes.

Tous ces points communs étaient affolants, s'étaient-ils dit en mimant l'émerveillement, avant de s'esclaffer et d'attaquer un paquet de chips, qu'ils s'étaient partagé.

Le temps avait passé, et ils s'étaient oubliés dans ce qui ressemblait finalement à une soirée pyjama sans pyjamas. Tom et Régine parlaient la même langue, et c'était si rare d'éprouver une telle connivence, qu'ils en avaient savouré l'aubaine. Lui l'avait trouvée cultivée, intelligente, téméraire, et un peu siphonnée. Elle l'avait découvert passionnant, drôle, incroyablement gentil, et un peu fêlé.

À ce souvenir, Tom sourit.

Non, vraiment, ç'avait été une fin de soirée incroyable, inespérée, magique.

Mais les assiettes de petit déj refroidissaient, et Régine était toujours aux toilettes.

— Régine ?

Pas de réponse. Il regarda autour de lui, et remarqua son pull, soigneusement plié à l'autre bout du canapé.

Alors, il alla ouvrir le sèche-linge, et le trouva

vide. Il commençait à comprendre. C'est sans grandes illusions qu'il s'en fut toquer à la porte des toilettes et, devant l'absence de réponse, activa la poignée. La porte s'ouvrit, la lumière était bien allumée, mais il n'y avait personne.

— Putain, pas encore... murmura-t-il.

Profondément déçu, il alla récupérer son portable, abandonné sur la table basse, et chercha dans le répertoire à la lettre R. Il y trouva Roger, Rachel... et rien.

Il allait le reposer, lorsqu'il eut une intuition, et fouilla dans sa galerie de photos. Bingo !

Y figurait le selfie d'un tiers du visage de Régine, photographié en gros plan avec un pouce levé, tel un remerciement muet.

En zoomant un peu, il remarqua les paillettes d'or qu'elle avait dans l'iris. En arrière-plan, sa silhouette géante étalée sur son lit avec la grâce d'une crêpe imitant une étoile de mer. Il avait sur lui le plaid qui s'était trouvé hier sur le canapé. C'est elle qui avait dû le couvrir avec.

Tom se gratta la tête, et se pressa la mémoire pour tâcher d'en extraire son dernier souvenir éveillé. Lorsqu'elle s'était dirigée vers sa chambre, l'aurore pointait déjà, non ? Lui s'était allongé sur son lit, elle était partie aux toilettes, et puis... plus rien. Il avait dû s'endormir comme une masse.

Et là, maintenant, ce désir impérieux de la revoir. De revoir une fille qui ne lui avait pas laissé son numéro, et dont il ignorait le nom de famille.

Ça n'allait pas être simple.

Chapitre 13

Ava

— Je démissionne.

Je lui avais balancé cette phrase d'un coup, sans préambule. Sans l'enrober d'une pellicule de miel, sans pommade pour faire glisser mes mots. Je m'étais présentée à lui simplement harnachée de ma désarmante sincérité.

Il ne m'avait pas vue venir. À en croire ses yeux écarquillés et sa bouche entrouverte sur une réplique qui ne fusait pas, je l'avais assommé net. Bam ! Crochet du droit de reprendre ma liberté.

Mon patron regarda un instant autour de lui, comme pour y chercher l'aide qu'aurait pu lui apporter son clavier d'ordinateur, son pot à stylos ou sa pile de dossiers à parapher. Mais aucun de ses outils de bureau ne semblait prêt à lui filer le coup de main qu'il espérait, alors il le mit lui-même, le coup. Violemment. Sur sa table de travail. Bim ! Cassage d'engueulade.

— Mais, enfin, Ava, vous ne pouvez pas me

faire ça ! Pas maintenant, pas à cette période de l'année !

— Si, je peux. Et même, je vais. Regardez.

Je glissai vers lui la lettre de démission que j'avais griffonnée à la hâte.

Il la saisit rageusement et la déchira avec une grimace de mépris.

J'avais pris ma décision en un quart de seconde. Pas besoin de réfléchir plus, c'était évident, viscéral, impératif. Un peu plus tôt dans la journée, j'avais envoyé un e-mail à Clovis-Edmond pour lui demander de me recevoir sans tarder. Étonné par le ton un peu sec de mon envoi, il m'avait trouvé un créneau dans les deux heures qui suivaient.

Peu importait que je n'aie rien préparé de précis, peu importait aussi que je n'aie pas laissé mûrir ma décision. C'était, j'en étais convaincue, le premier luxe que je voulais m'offrir. Lui faire sa fête.

En attendant, j'avais accueilli quelques clients, et leur avais présenté la nouvelle collection de chaussures de luxe qu'ils étaient venus découvrir.

Il y avait eu une bourgeoise blasée qui essaya tout et n'acheta rien, une touriste en goguette entrée juste pour lécher les vitrines de l'intérieur, et un homme élégant qui choisit une paire d'escarpins haute couture en pointure 43. Lorsqu'il s'assit pour défaire son soulier, retirer sa chaussette et essayer le pied droit, je ne fus pas surprise. Il avait parfaitement le droit de vouloir, lui aussi, se tordre les chevilles sur du douze centimètres.

Je fis mon travail mécaniquement, sans y penser. J'étais déjà ailleurs. Loin d'ici.

Le moment de retrouver Clovis-Edmond arriva. J'avais pris le temps de regrouper mes affaires, et d'envoyer quelques e-mails bien ciblés. J'avais embrassé les collègues que j'appréciais et snobé les autres avec un manque d'élégance qu'en temps normal je ne me serais jamais permis. Mais nous n'étions plus en temps normal.

Dans son bureau, mon boss me fit sourire, avec ses petits yeux de taupe furieuse, ses pommettes flamboyantes et l'unique mèche de son crâne dégarni inexplicablement en bataille. Alors, je haussai les épaules. Eh bien, quoi ? On fait moins le malin, maintenant qu'on a perdu toute capacité à m'impressionner ? On arrête de se la jouer, vu que j'ai les cartes en main ? Eh, Clovis-Edmond, ne me dis pas que tu reconnais ma valeur ? Ho ? Quand j'ai dû te supplier pour obtenir un salaire équivalent à celui de Jean-Casimir, arrivé après moi dans la boîte (alors que j'y suis depuis plus de dix ans), que j'ai formé (surprise ! il a menti sur son CV, j'ai dû tout lui apprendre !), qui s'absente dès que tu as le dos tourné quand moi je ne compte pas mes heures ? (Toi non plus, d'ailleurs.)

Je ne l'ai jamais eu, ce salaire équivalent. Tu n'as jamais souligné mes qualités de rigueur, d'organisation, d'efficacité et d'initiative. Tu n'as jamais loué mes compétences. Tout ce que je faisais n'était pas seulement normal, c'était insuffisant.

En tout cas, c'était ce que tu exprimais, puisque

tu savais que je ferais plus encore pour atteindre ce compliment après lequel je courais désespérément. Idiote que j'étais.

Je n'ai rien dit quand tu t'es approprié mon travail auprès de ton propre patron. Ces primes qui me sont passées sous le nez, alors que j'avais dépassé mes objectifs de vente, quand tu prétendais le contraire. Eh oui, je l'ai su, qu'est-ce que tu crois. J'en ai pleuré d'injustice et d'écœurement, tellement c'était dégueulasse. Et toi, avec un aplomb dénué de la moindre trace de scrupules, voire (attention : mot nouveau !) de culpabilité, tu as remplacé mon nom par le tien, et reçu à ma place des sommes qui m'étaient destinées.

Seulement, comme toute maman solo, j'avais besoin de conserver mon poste, alors je n'ai pas protesté.

Je ne me suis jamais plainte de tes coups de colère, de tes coups de gueule, de tes coups de sang. Ils ont toujours été aussi excessifs qu'inappropriés, mais je les ai ignorés avec la patience que l'on déploie face à un enfant capricieux. Ce n'est pas dangereux, un enfant capricieux. On a juste envie de lui apprendre la politesse avec un bon coup de pied au cul.

Je n'ai pas bronché non plus, quand tu m'as refilé ta crève en me parlant très près du visage, avec ton nez qui coulait et tes quintes de toux humides que tu ne prenais pas la peine de couvrir de ta main. Je me rappelle, c'était juste avant une réception exceptionnelle, à laquelle tout le personnel de la marque avait été convié. On aurait dit que tu le faisais exprès, tu ne m'avais jamais autant collée. Tu revenais de congés, tu étais en forme. Je n'en avais pas pris, j'étais épuisée. J'ai loupé la réception. Une fièvre volcanique a grillé mes dernières forces, et je suis restée couchée plusieurs jours à agoniser.

Je me souviens de ton appel. Pour prendre de mes nouvelles, ai-je pensé avec une pointe de reconnaissance. Que nenni ! Tu as eu, au téléphone, cette phrase magnifique : « Allez, Ava, assez flemmardé, ne faites pas l'enfant. On a besoin de vous, à la boutique. »

Enfin, tu le reconnaissais. Même si l'aveu t'avait probablement échappé. Vois donc à quoi j'en étais réduite, Clovis-Edmond de mon cœur. À me satisfaire d'un compliment récupéré dans la poubelle de ton inconscient.

Mais aujourd'hui, les choses ont changé. Et bien changé.

— Clovis-Edmond, voyons, ne faites pas l'enfant. Ma lettre de démission vous parviendra par la poste, le temps que vous soyez calmé. Démission qui prend effet immédiatement.

— Mais... mais... vous ne pouvez pas... Ava ! Revenez ici ! REVENEZ, J'AI DIT !

Je m'étais éloignée de quelques pas, quand je me suis dit que j'avais bien mérité moi aussi de me défouler. Oh, sans violence, sans insultes et sans même hausser le ton. Ça n'aurait pas été mon genre. Alors, je me retournai et me dirigeai vers mon ex-patron.

Lentement, très lentement et sans le quitter des yeux, je fis tomber les présentoirs qui trônaient le long des murs de son bureau. L'un après l'autre.

Tchac ! Jetées au sol, les bottines aux talons de verre. Klong ! Dégringolés, les escarpins fragiles incrustés de pierreries. Vlam ! Renversés, les souliers rehaussés de calligraphies à la main, entremêlés avec les talons aiguilles vertigineux en peau de requin. Oups… Fendue, la boucle de la ballerine en cristal de Bohême. Aïe… Défaite, la lanière en perles colorées sur le soulier précieux en édition limitée…

Ce n'étaient que des chaussures, bon sang ! Des objets sans âme. Des outils de marche calibrés pour empêcher de déambuler correctement. Des godasses hors de prix pour se donner de la valeur. Des accessoires qui m'avaient fait me prosterner devant des pieds puants, parfois osseux, aux orteils tordus, pleins de cors ou aux ongles griffus. Mais surtout, des accessoires qui m'avaient fait m'agenouiller devant cet homme.

Ses yeux s'agrandirent d'effroi et de colère. Il se mit à trembler, à suer, à bafouiller. Je posai les mains sur sa table, bras tendus, et, me penchant, je lâchai :

— J'en profite pour vous prévenir, mon petit Clovis-Edmond, que j'ai envoyé au créateur de la marque une liste détaillée des ventes que vous m'avez volées, et lui ai suggéré de s'attendre à une baisse significative du chiffre d'affaires de la boutique, après mon départ. Ah! Et avant que j'oublie : mon collègue Jean-Casimir, celui que vous appréciez tellement. Il se tape votre femme. Je les ai surpris en pleine action dans le fauteuil même où vous êtes assis. J'espère que vous lui avez bien octroyé la énième augmentation qu'il vous a demandée ? Franchement, il la mérite. Il met un tel cœur à l'ouvrage…

Puis je quittai son bureau, portée par un sentiment de triomphe si considérable que j'adoptai malgré moi une démarche de conquérante.

À quoi ça ressemble, une démarche de conquérante ? À quelqu'un qui déploie un port de reine, et ne baisse plus les yeux. Car j'avais dans ma poche la clé de la liberté.

À quoi ça ressemble, une clé de la liberté ?

À une rivière en diamants de plusieurs millions d'euros glissée dans mon sac à main.

Chapitre 14

Ava

— Je ne suis pas sûre d'en avoir assez, dit Lotte, ma fille aînée, en piquant un gâteau au chocolat de petites bougies multicolores.

— Mets-en juste vingt, personne ne verra la différence, répondis-je.

— Tu crois vraiment que tes amis t'aiment à ce point ?

— Oui, ben, justement… si on pouvait annuler mes amis, pour ce soir… j'ai un truc à vous annoncer, à ta sœur et à toi, et j'aimerais autant que nous soyons seules.

Mona, ma cadette, crinière somptueusement ébouriffée et mains croisées derrière le dos, supervisait les opérations. Pragmatique, elle nota :

— Ben dis-le maintenant, y a personne.

— C'est que…

Je partis dans un gloussement, qui se transforma en fou rire, puis en rire complètement dément que je ne pus arrêter. Je me tenais les côtes en me mettant de grosses tapes sur les cuisses, et plus mes enfants semblaient consternés, plus mon rire s'échappait en vrilles.

Mes filles, habituées à mes sautes d'humour aussi excessives qu'imprévisibles, ne s'en formalisèrent pas. Lotte continuait de planter ses mini-chandelles dans la mousse au chocolat du gâteau, tandis que Mona cherchait tranquillement au fond du tiroir de la cuisine le briquet que je n'utilisais que lorsqu'il y avait des bougies à allumer.

— J'ai démissionné ! lançai-je joyeusement.

— De ta jeunesse ? ricana Mona.

— Non, de son espoir de savoir cuisiner un jour, répondit Lotte, pas impressionnée pour un sou. Après toutes ces années, elle avoue enfin que ses plats surgelés, c'était pas du temporaire.

Je soupirai, aussi agacée qu'excitée. On n'allait pas encore repartir sur cette histoire de canapés que j'avais achetés chez Picard. Je n'avais ni le temps ni l'envie d'en faire beaucoup pour cette célébration de ma décrépitude. Cela faisait déjà la cinquième année consécutive que je fêtais mes trente-huit ans. À un moment, quelqu'un allait bien finir par se douter de quelque chose.

De toute façon, même ainsi, c'était déjà trop. Il y avait dans le frigo une montagne de petites choses à grignoter, et j'avais reçu plusieurs annulations par textos, aux prétextes aussi divers que panne de voiture pour Pedro (et le métro, c'est pour les chiens ?), intoxication alimentaire pour Sandrine (pourtant, elle n'avait encore rien mangé), bouffée de phobie sociale pour Félix (il confondait toujours : échanger avec quelqu'un risquait de transmettre de l'affection, pas UNE affection), entorse du poignet pour Franck (je crois que son célibat commence vraiment à lui peser), ou encore dossier à boucler en urgence pour Vanille (qui est chanteuse, donc).

Non, moi, ce que je voulais, c'était que mes filles soient les premières à apprendre la formidable nouvelle. Encore fallait-il parvenir à capter leur attention.

— De mon boulot ! J'ai démissionné de mon boulot ! dis-je en agitant les mains.

— Ah, bon ? demanda Lotte en essuyant une trace de chocolat qu'elle avait sur la manche. T'en as trouvé un meilleur ?

Mona, aussi tranquille que sa sœur, compléta :

— Tu as bien fait. Ton patron te rendait folle, et ensuite, le soir, c'est nous que tu rendais folles.

— Venez, on va s'asseoir sur le canapé. Il faut que je vous parle.

J'attrapai par les épaules ma Lotte de dix-neuf ans, ma grande liane à la mèche rouge ornant ses cheveux bruns, qu'elle avait gagnée en obtenant son bac. Elle aurait préféré un piercing ou un tatouage, mais je ne lui avais accordé que de pouvoir toucher à ses cheveux. (Comme quoi, mine de rien, je savais plutôt bien le gérer, le temporaire.) J'entrepris de lui mordiller la joue tandis qu'elle me repoussait, exaspérée, en me rappelant son âge.

L'adolescence me privait inéluctablement de ces bisous que j'aimais cueillir sur le pelage de mes chatons. Enfin, si on pouvait appeler «bisous» les agacements que je leur faisais subir, avec ma délicatesse de maman lionne qui adorait pincer, chamailler, mettre des petites tapes, grogner et câliner ses petits. Je me rabattis alors sur Mona, dont je regroupais les longs cheveux mousseux en un chignon approximatif avant de les humer délicieusement.

— T'es chiante, maman, me lança mon autre ado, de seize ans et demi celle-là, avant d'aller s'affaler sur le canapé, aux côtés de sa frangine déjà plongée dans la consultation de son Smartphone.

— Pas chiante. Riche. Je suis riche. NOUS sommes riches !

Mona se tourna vers Lotte.

— Elle est riche, mais elle est au chômage. Logique.

— Ah, mais si tu veux nous apprendre comment gagner de l'argent sans travailler, me répondit sa sœur, on t'écoute !

Houla. Lotte commençait la fac dans quelques semaines, et elle était aussi motivée qu'une huître à l'idée de rencontrer un jet de citron. Était-ce donc ce message-là que je voulais leur faire passer ? Que le travail était moins gratifiant qu'un illusoire coup de bol ? Certainement pas. Mais pour l'heure, je n'avais pas la tête à les éduquer, j'avais juste envie de partager ma joie.

Je saisis une chaise et m'assis face à elles.

Inspiration. Expiration.

— Bon... surtout, pas de panique, hein, les filles. Restez calmes. Par-dessus tout, restez calmes. Alors, voilà. Comment vous réagiriez, si je vous annonçais que j'ai en ma possession un objet valant une immense somme d'argent ? Je vous en prie, pas d'affolement, vous restez bien détendues, hein !

— Ben, la seule qui est excitée, ici, c'est toi, souligna Lotte.

— Ouais, précisa Mona. Et puis de quoi est-ce que tu parles ? T'as gagné au Loto ?

— Presque ! Disons que je n'ai pas eu besoin de jouer... car cet objet, on me l'a offert...

— Va droit au but. C'est quoi ? Une dent en or ? Un solitaire de doigt de pied ? Il est où, ton objet ? demanda Mona, légèrement intriguée.

Je ne répondis rien, ouvris le sac à main posé sur mes genoux, et sortis doucement la rivière de diamants qui se trouvait dedans. Quand je la leur présentai avec un sourire extatique, elles se turent. Puis, l'instant d'après, se mirent à piailler en me bombardant de questions.

— C'est une vraie ? demanda Lotte, en passant les doigts dessus.

— Un peu, mon neveu ! je répondis, tout excitée.

— Comment tu l'as eue ? demanda Mona.

— On me l'a filée pour mon anniversaire !

— Ne me dis pas que c'est Raoul... Impossible que ce soit lui. Il est tellement radin ! dit Lotte.

Je me recroquevillai sur mon siège.

— Ah, non, je confirme. Ce n'est pas Raoul. J'ignore d'ailleurs ce qu'il va m'offrir ce soir. Je m'attends au pire…

— Le pire n'est jamais suffisant, avec Raoul, lança Mona. Sans compter qu'il a un petit rire de chèvre, que je ne supporte pas. Et puis soyons honnêtes, il n'est pas hideux, non… à ce stade de mocheté, il est hitrois.

— C'est vrai, maman, tu mérites tellement mieux… soupira Lotte.

Je tentai d'en placer une, mais elles étaient remontées à l'encontre de ce prétendant qu'elles n'avaient rencontré qu'une ou deux fois seulement. N'était-ce pas à moi que revenait le rôle de critiquer leur petit ami, et de les protéger si elles fréquentaient un individu qui n'était pas à la hauteur de leurs innombrables qualités ? Alors, certes, « fréquenter » était un bien grand mot, concernant Raoul. Nous sortions ensemble depuis à peine trois mois. Et pour tout dire (mais elles n'avaient pas à tout savoir), il ne s'était encore rien passé de concret entre nous. Juste quelques baisers, et basta.

— Tu te souviens de la fois où il est venu dîner à la maison en t'offrant une plante qui n'était pas emballée ? dit Mona. Et le lendemain, en discutant avec la voisine, tu as appris qu'on lui avait cueilli le bégonia sur sa fenêtre… Et le coup du joli stylo, dans un écrin de luxe, pour ta fête ? Tu étais super contente, jusqu'à ce que tu repères, écrit en minuscule, « offert par votre supermarché Bidule »…

— Oui, oui, je sais... Raoul est un peu, comment dire...

Il n'était pas évident d'argumenter, car elles n'avaient pas tout à fait tort.

— Non, mais le plus beau cadeau qu'il t'ait fait, c'est pour la Saint-Valentin, assura Lotte.

— Qu'est-ce qu'il lui a offert pour la Saint-Valentin ? Je me rappelle pas, s'enquit Mona.

— L'espoir ! Il lui a dit qu'il avait voulu lui acheter cette paire de boucles d'oreilles qu'elle avait vue en vitrine, mais que, lorsqu'il s'y était rendu, la boutique était fermée. Maman avait été super touchée ! Et puis les jours ont passé, et lui est passé à autre chose. Et comme elle ne se serait jamais permis de les lui réclamer, elle n'a jamais eu ses boucles d'oreilles.

D'un geste de la main, je balayai leurs chipotages.

— Les filles, est-ce que je ne vous ai pas appris que dans la vie d'une femme, l'important était de toujours rester indépendante financièrement ? Ne rien attendre de personne. Eh bien, voilà. Je n'attends rien de lui sur ce plan-là.

— Maman... soupira Lotte. Tu ne vois pas que ta générosité est récompensée par la pingrerie de ce type ? Moi, je dis qu'à trop vouloir être digne, tu en deviens poire.

— Bon, bon... éludai-je, agacée par son acuité. De toute façon maintenant, j'ai bien mieux qu'une paire de boucles d'oreilles de pacotille. Plusieurs millions de fois mieux.

J'exhibai la rivière qui brillait de mille feux, me la passant autour du cou d'une main tout en esquissant quelques mouvements dansants et lascifs avec le bras qui ne la tenait pas.

Lotte me demanda combien coûtait un tel bijou. Je l'estimai approximativement. C'était une somme si conséquente, que ni mes filles ni moi ne parvenions à la concevoir. Nous étions dans l'abstraction totale. Un peu comme si on avait discuté d'une étoile. Personne n'en avait jamais vu de près, ni évidemment touché. Mais tout le monde savait qu'elles brillaient au loin, et que c'était un spectacle magnifique.

— Alors, raconte ! s'impatienta Lotte. Qui t'a donné ça ?

— Oui, qui ? me pressa Mona, beaucoup moins flegmatique qu'il y a quelques minutes.

— C'est une histoire de dingue ! dis-je en me rasseyant. À la boutique, vous le savez, on a des clientes très riches, et parfois hyper célèbres.

— Oui, oui... me coupa Mona, impatiente.

— C'est Ornella Chevalier-Fields qui m'a offert ce bijou, annonçai-je d'une voix tremblante d'émotion contenue.

— Attends... «LA» Ornella Chevalier-Fields ? articula Lotte. L'actrice qui a joué dans *Nefertiti* ? Dans *Qui a peur du grand méchant wolf* ? Et aussi dans *La Rombière dressée* ? Mais c'est ÉNORME !

Mes filles semblaient plus impressionnées par la star qui m'avait filé ce présent que par le présent en question.

— Elle-même. Le truc de fou ! Elle le portait à son cou, et s'engueulait avec son dernier mari au téléphone. Mais alors, une engueulade… phé-no-mé-nale ! Genre, elle hurlait en l'insultant. Tout le monde faisait semblant de ne rien entendre, bien sûr. C'est une femme colérique et extrêmement capricieuse, vous savez. Il faut voir comment Jean-Casimir rampe devant elle, limite s'il ne jette pas des pétales de rose sous ses pas. Et Clovis-Edmond, dès qu'elle arrive, qui ne se déplace plus que courbé… hilarant ! Or il se trouve que chaque fois qu'elle fait privatiser la boutique, elle passe ses nerfs sur tout le monde, sauf sur moi. Elle m'a dit un jour que je lui faisais penser à la fille qu'elle n'avait jamais eue. Aucune idée de pourquoi, mais bon…

— Elle n'a pas d'enfants ? demanda Lotte.

— Je ne crois pas… En tout cas, je suis gentille, professionnelle, et surtout je n'hésite jamais à lui dire quand des chaussures ne lui vont pas. Du coup, elle exige que ce soit moi qui la serve. Ce que j'étais en train de faire… jusqu'à ce que je reçoive un coup de fil de mamie Martine. Mon téléphone a vibré dans ma poche, elle l'a entendu et m'a fait signe de décrocher. Je l'ai fait. Elle a laissé traîner son oreille quand je demandais à ma mère de me souhaiter mon anniversaire un peu plus tard. Sauf qu'Ornella était encore tremblante de rage de l'engueulade avec son mari. Vous devinez la suite.

— Elle a retiré son collier et te l'a passé, dit Mona.

— Ouaip. En me disant que j'étais OBLIGÉE de l'accepter, car c'était un cadeau de ce minable et qu'elle n'en voulait plus. La tête de Jean-Casimir, planté derrière elle, représentait très exactement *Le Cri*, de Munch.

Mes filles se passèrent le bijou, et l'observèrent avec curiosité.

Il s'agissait d'un somptueux collier composé de deux rangées de diamants, montés en parallèle, avec en leur centre une myriade d'autres diamants d'une taille à peine inférieure formant des motifs compliqués. Un bidule évidemment importable dans ma vie quotidienne, sauf si je me déguisais en coffre-fort.

— Je peux le prendre en photo et la mettre sur Facebook ? demanda Mona.

Devant mon air ahuri, elle éclata de rire.

— Ça va… si on peut plus déconner…

— Je vais le ranger, en attendant de le vendre… Où est-ce que je peux le mettre, à votre avis ?

Nous regardâmes autour de nous. Le salon s'apprêtait à accueillir du monde. Dans la cuisine, il y aurait du passage. Je décidai de le garder dans ma chambre. En le glissant dans le petit coffret en cuivre, que m'avait ramené ma mère de ses vacances au Maroc, et qui trônait sur ma commode. Chambre qui resterait fermée, donc. Je me levai et m'y rendis, tandis que Lotte et Mona se faisaient un high five, en laissant monter l'effervescence. Nous étions toutes les trois en train de réaliser que de grandes choses s'annonçaient.

— Allez, là, tout de suite ! Dites-moi ce que vous voulez, dis-je en revenant dans le salon. N'importe quoi. Le truc dont vous aviez toujours rêvé. Hop. Mère Noël style. C'est vous que je gâte en premier.

À mon grand étonnement, il n'y eut nul emballement, mais au contraire une certaine gêne.

Mona haussa les épaules avec une moue embarrassée.

— Oh là là ! J'en sais rien, moi…

Lotte réfléchissait, le visage entre les mains, avant de conclure :

— Pareil. Aucune idée.

Elles me firent sourire, et j'appréciai au passage leur absence de frustration quant à ce luxe superficiel et vain dans lequel je baignais au boulot.

— Allez, dites au moins un truc !

— Là, tout de suite, si tu me demandes ce dont je rêve… je te dirais, faire un don si énorme à Sea Shepherd, qu'ils donnent mon nom à un de leurs bateaux, proclama Mona. Ils ont bien appelé un de leurs navires le *Brigitte Bardot*, pourquoi pas le *Sublime Mona* ?

— Ah, mais si on va par là, dit Lotte, alors moi, je rêve de jouer, chanter et danser dans une comédie musicale ! Mais ça, ça ne s'achète pas…

— Bon, bon… on peut commencer par un petit don à une association de protection animale, et par trois billets au premier rang pour aller voir un spectacle ?

Ça, c'était du concret. Elles semblèrent apprécier. On se fit à nouveau un high five toutes les trois en rigolant. J'entendis que l'on sonnait à la porte. Houla. Les premiers invités arrivaient.

Je me levai pour ouvrir, en réajustant ma coiffure.

— Bon, et rappelez-vous, on ne dit RIEN à personne, OK ?

Chapitre 15

Ava

— Ton Raoul n'est pas encore là ? J'ai hâte de le rencontrer ! lança Perla, en sirotant sa flûte de champagne rosé.

— Je ne sais pas s'il va pouvoir se libérer…

Guillerette et chaleureuse, je servais à mes invitées une assiette de petits-fours au fromage, en leur expliquant de quelles sortes ils étaient constitués. Ou, en tout cas, ce que je me souvenais d'avoir lu sur l'emballage. Au besoin, j'inventais. Au rythme où elles les engloutissaient, pas sûr qu'elles fassent la différence, de toute façon.

Dans mon salon, nous étions cinq. Sept en comptant mes gamines. Ce n'était pas beaucoup, mais c'était suffisant pour passer un moment convivial, à converser de tout et de rien. Surtout de rien, en ce qui me concernait, car il allait falloir que je tienne ma langue. Je posai donc un canapé dessus.

— Si Raoul ne vient pas, ça lui évitera de faire un cadeau ! lâcha Mona.

— Tu ne veux pas aller dans ta chambre, t'amuser à faire ton lit, par exemple ? répondis-je, piquée au vif.

Puis je me tournai vers ma copine Perla.

— Mona exagère… il m'a appelée tout à l'heure pour me souhaiter bon anniv', et il m'a dit m'avoir fait livrer un gigantesque bouquet de roses rouges à la boutique !

— C'était avant ou après lui avoir annoncé que tu avais démissionné ? ricana Lotte, en refermant la porte de sa chambre derrière elle, sans attendre ma réponse.

Je soupirai en levant les yeux au ciel. Le pire, c'est qu'elle avait raison. Il m'avait parlé de cette extraordinaire gerbe de fleurs après que je lui eus annoncé que je ne retournerai plus à la boutique. Pratique…

— Tu as démissionné ? demanda Régine.

Oups. Improviser, vite.

— Eh bien… oui. Ça faisait longtemps que ça me trottait dans la tête, et que Clovis-Edmond me sortait par les yeux. Je n'en pouvais plus, j'ai décidé de les quitter.

— Mais tu as trouvé autre chose ?

— Disons que j'ai quelques idées de reconversion… tentai-je d'éluder.

Régine, en bonne avocate, ne lâchait pas le morceau.

— Mais tu as forcément un plan B, on ne largue pas son boulot comme ça !

— AH ! Attendez, je ne vous ai pas raconté !

Je criai en tapant une fois dans mes mains, tel un gong sonnant la trêve, excitée par ce scoop magnifique dont je venais de me souvenir et qui n'avait aucun rapport avec le sujet dont nous parlions. Ce qui tombait à pic.

— Non mais finis d'abord, avec ton plan B ! insista Régine.

— Tu ne préfères pas savoir, au sujet d'un plan Q ?

— Toi tu sais me prendre par les sentiments… capitula l'avocate, l'œil égrillard.

Je vins m'affaler aux côtés de Régine, Perla et Bethsabée, sur mon canapé de velours pourpre.

Le salon était petit, mais convivial. À l'image de mon appartement, un peu vieux, un peu cassé de-ci de-là, mais qui me seyait bien. Sauf, bien sûr, si je pouvais m'en offrir un grand tout neuf.

Perla saisit la bouteille de champagne rosé et remplit ma flûte, que j'allai frôler en souriant contre celles qu'elles tenaient.

— Qui se souvient d'Ulysse Eastman ? lançai-je joyeusement.

— Qui est Ulysse Eastman ? demanda Bethsabée. Son nom ne me dit rien.

— Ah oui, c'est normal, toi et moi on se connaît depuis à peine dix ans… Régine ? Sixième B, un rase-moquette qui faisait des blagues pourries ?

— Je vois pas, désolée… fit-elle en tordant sa bouche vers le bas.

— Un gars qui avait recouvert les sièges des toilettes de l'étage de cellophane ? La prof d'anglais qui se retrouve assise dans son propre pipi, et qui l'exclut du cours pendant trois jours ? Ça t'évoque quelque chose ?

— Hum… vaguement, continue… dit-elle en se grattant le sourcil de l'index.

— Un type qui avait vidé un tube de peinture dans la trousse de la prof de maths ? Et qui s'était fait exclure du cours pendant une semaine ?

— Attends, je crois que ça me revient…

Je me mis une claque sur la cuisse en soupirant d'exaspération.

— Un guignol qui avait apporté des beignets à la fête organisée pour la prof d'espagnol qui partait à la retraite, et qui les avait fourrés au dentifrice ?

— Ah, oui ! Je me rappelle maintenant ! J'en avais mangé un ! Quel abruti, ce mioche !

— Voilà ! Eh bien, il m'a recontactée.

— C'est une blague ? s'exclama Régine.

— Pas là, non.

Je fis passer à Bethsabée une assiette de petits feuilletés au saumon et aux épices. Elle en prit un, et tendit l'assiette à Perla. Régine, elle, se gaussait royalement. Elle croisa les jambes et ramena ses longs cheveux châtain clair en arrière d'un élégant mouvement de tête.

— Et qu'est-ce qu'il te veut, ce gros débile ?

— Fais gaffe, tu parles de mon ancien amoureux, là.

— Hein ? Ne me dis pas que t'es sortie avec l'Ulysse aux 31 blagues lourdes ? Genre le chemin vers l'intellect s'est effacé de sa mémoire ?

— Ben, je te le dis pas, alors. Et pourtant… Sache qu'on a été très épris l'un de l'autre.

— Ce moucheron, avec sa coupe à la brosse ? Cette punaise urticante, qui flottait dans les tee-shirts trop larges de son grand frère ? Ah oui, je m'en souviens maintenant… il polluait nos desserts à la cantine, en pressant les cartouches d'encre de son stylo-plume dessus !

— Mais pas en sixième, voyons ! Moi non plus, je ne pouvais pas le blairer. Non, on s'est revus quelques années plus tard, au lycée.

— Et il était moins con ?

Je fis une bouche de canard dubitative, avant d'éclater de rire.

— Moins con, je ne sais pas, mais il avait pris vingt-cinq centimètres, des muscles surgissaient par les trous de ses jeans, et il était beau à tomber par terre, avec sa démarche indolente et ses cheveux blonds en bataille. Dans ces cas-là, qu'est-ce que c'est, trois gouttes d'encre bleue sur une salade de fruits industrielle ? Peanuts.

Régine me fixa avec des yeux ronds. Elle secouait lentement la tête, incrédule.

— T'es sortie avec Ulysse Eastman… Je le crois pas…

— Et il t'a écrit ? intervint Bethsabée, en picorant une noix de cajou.

— Oui, il a repris contact via Facebook. Il vient de divorcer, il avait envie de revoir de vieux potes…

— Parce qu'à l'époque, vous aviez conclu ? demanda Régine, soudain intéressée.

— Un peu, qu'on avait conclu. Ça a même duré un an, avant que je ne le quitte quand j'ai rencontré le père de mes filles. J'avais jeté l'éponge à cause de son immaturité.

— Donc, vous allez vous revoir ? demanda Perla, dont la fibre romantique venait de vibrer d'une note céleste.

— Sans doute, j'imagine, en toute amitié… Pour l'instant, on se donne juste des nouvelles par écrit. Je ne sais même pas à quoi il ressemble, il a mis un portrait de Jim Carrey en photo de profil !

— Laisse tomber, conclut Régine, sûre d'elle. Il a pris cinquante kilos. Ou il a perdu tous ses cheveux. Ou il est recherché par la police. Tiens, d'ailleurs, en parlant de police…

Mais mon portable sonna, interrompant notre échange. Je me levai pour le récupérer. Il se trouvait sur le petit guéridon, à l'autre bout de la pièce. Je souris de toutes mes dents lorsque s'afficha sur l'écran le nom de celui qui m'appelait. D'un signe enthousiaste à mes amies, je leur signifiai que c'était important.

— Ah ! Allô, Raoul ?

Chapitre 16

Ava

Raoul ne passera pas nous voir. Ni maintenant ni plus tard.

Raoul, ce cher, ce tendre Raoul, n'a vraisemblablement trouvé aucun inconvénient à me plaquer le jour de mon anniversaire.

Enfin… plaquer est un bien grand mot, si on considère que nous ne faisions que flirter, comme deux collégiens. Et de bavarder dans des expos gratuites, aussi, ou bien assis sur les bancs de jardins publics, ou encore dans des cafés où, devant la note, il découvrait souvent avoir oublié son portefeuille.

Nous n'aurons plus jamais l'occasion d'aborder son sujet de conversation de prédilection : ma vie professionnelle. Que ce soient les clientes que je chaussais, leurs habitudes, leurs restaurants préférés, ou leurs événements mondains à venir, tout le passionnait. D'une nature discrète, j'en disais pourtant le moins possible, et m'étais amusée parfois à lui révéler, sous couvert de ce secret absolu dont la seule mention lui faisait entrouvrir la bouche d'avidité, leur pointure ou leur couleur favorite. Mais guère plus.

Par cet élégant coup de fil, Raoul venait donc de m'informer que nous n'aurions plus le loisir de nous voir, car il avait rencontré une personne dont il était tombé amoureux. Une attachée de presse dans le milieu du cinéma, à ce que j'avais cru comprendre. (Il avait dit «une» ou «un»? Un doute m'effleura.)

Ainsi, le plaquage à l'annonce du chômage prenait tout son sens.

Ah, j'oubliais de préciser: Raoul était photographe professionnel. Et, l'avais-je appris récemment, il travaillait avec des magazines people pour arrondir ses fins de mois.

Dans un grand éclat de rire, je communiquai la nouvelle à mes invitées.

À quoi bon être triste? C'était une perte de temps. Et j'en avais déjà assez perdu en le fréquentant. Place à l'hilarité, au bonheur et à l'allégresse!

— Et donc, il ne te fera jamais le portrait qu'il t'avait promis? demanda innocemment Perla.

— Bah, pourquoi regretter un hypothétique cliché, quand on trouve de nos jours d'excellents photomatons? lançai-je joyeusement, avec juste un petit chaton dans la gorge. Tu reprends une mini-tomate mozzarella?

Perla se resservit, tandis que Bethsabée lui mettait un discret coup de coude dans les côtes.

— Hé, dit Régine. J'ai une idée: pourquoi ne

proposerais-tu pas à Ulysse de t'accompagner au mariage d'Olive ? Vous pourriez vous retrouver à cette occasion !

— Tu sais quoi ? C'est pas bête du tout, ce que tu dis. De toute façon, j'ai déjà renvoyé mon carton d'invitation, disant que je viendrai accompagnée.

— Yes ! Comme ça, on découvrira sa nouvelle tête, sourit-elle.

On sonna à la porte.

Je quittai mes amies et trottinai pour aller ouvrir.

Les jambes d'Olive apparurent sur le palier, le reste de son corps étant dissimulé derrière un énorme bouquet de fleurs multicolores qu'elle me tendit en pestant contre leur poids. Elle dégaina ensuite une bouteille de ginja, une liqueur de cerise portugaise que j'adorais, planquée dans son sac à main surdimensionné.

Je jubilais en la remerciant. Elle s'excusa d'être venue sans Yokin, retenu à une conférence sur les jeux vidéo dans le salon d'un pote. Après l'avoir serrée dans mes bras, je l'invitai à retirer son manteau. Ce qu'elle fit. Pendant qu'elle allait le déposer dans ma chambre, je me rendis en cuisine, chercher le plus grand vase que je pus trouver pour y planter ce feu d'artifice de fraîcheur. Quel plus éclatant symbole pour célébrer l'épanouissement de la mienne ? Il faudra juste que je m'en débarrasse avant qu'il ne se fane, histoire qu'il ne me pourrisse pas le moral en me rappelant de cueillir dès aujourd'hui les roses de la vie, comme disait l'autre.

Cette soirée débuta agréablement.

Nous étions entre gens d'excellente compagnie, disséquant nos vies avec enthousiasme, débitant des anecdotes, relatant des cancans, les ponctuant de gloussements et de vannes, de confidences et de complicités. Je soupirai en mon for intérieur en réalisant le privilège que j'avais d'être si bien entourée. Nous qui nous connaissions respectivement depuis des années.

Ma Régine, que la vie m'avait fourrée entre les pattes depuis notre prime adolescence, et qui avait en quelque sorte grandi à mes côtés. Au fil du temps, notre relation avait fluctué, nous nous étions éloignées, puis retrouvées, suivant les affectations de nos classes et les fréquentations de nos bandes d'amis. Pour finir par ne plus nous quitter, à l'aube de la trentaine. Parfois, il fallait juste attendre le bon moment pour rencontrer vraiment une personne que l'on croyait connaître. Et tomber en folle amitié avec elle.

Régine avait une vie sentimentale un peu particulière. Il y a très longtemps, elle avait vécu une histoire d'amour si belle, qu'elle la considérait comme indépassable, et qui l'avait tant ravagée lorsqu'elle se fut finie, qu'elle décida alors de ne plus sortir qu'avec des hommes mariés. La garantie, selon elle, de ne plus jamais s'attacher. Force était de reconnaître que la façon dont elle menait sa vie, bien qu'irrationnelle à mes yeux, la rendait plutôt épanouie.

Olive était ma cousine, presque ma sœur, et

ma cadette de peu. Une soirée de dingues passée ensemble dans un karaoké, il y a douze ans de cela, scella entre Régine et elle une complicité indéfectible.

Perla était la fille de la gardienne de l'immeuble dans lequel Olive avait grandi.

Elles partageaient une passion commune pour la danse classique, et avaient suivi les cours du même professeur. J'adorais Perla. Elle avait abandonné son art à la veille d'intégrer la troupe d'un prestigieux ballet, pour se dévouer à son époux et aux trois fils qu'il lui fit. C'était une belle rouquine, fine, gracieuse et, surtout, très douce. Aujourd'hui, le poste d'infirmière qu'elle occupait dans une clinique lui permettait d'être l'élément financier solide de la famille. Son mari, un oisif qui s'obstinait à écrire des ouvrages aux intrigues alambiquées tirés à un nombre symbolique d'exemplaires, ayant des revenus aussi dérisoires qu'aléatoires.

Contente qu'il ne soit pas venu ce soir. Je n'avais aucune affinité avec son Bernard, que je trouvais chiant et vaniteux. Et puis pourquoi Perla devait-elle se cacher pour tricoter les jolis vêtements qu'elle donnait autour d'elle ? A priori, monsieur son époux trouvait ce passe-temps si ridicule qu'elle avait fini par planquer ses aiguilles lorsqu'il était près d'elle. Pourtant, elle était douée d'une créativité impressionnante. Comme en témoignait le pull qu'elle venait de m'offrir pour mon anniversaire. Un chef-d'œuvre. Sa réalisation originale et compliquée avait dû lui prendre des jours. J'en étais raide dingue, et imaginais déjà avec quelle autre pièce je pourrais l'assortir.

Perla était une fille qui aimait rire, danser à perdre haleine, qui appréciait la légèreté de la vie et surtout les choses simples menant à la sérénité. Elle aurait pu s'abandonner à contempler les derniers rayons de tous les soleils qui se couchaient, si elle n'avait pas été tant accablée par les tâches, les corvées et les responsabilités que son mari lui déléguait intégralement.

Il lui avait promis la lune et les étoiles lorsqu'ils s'étaient rencontrés, elle se retrouvait avec une météorite ayant anéanti toute trace de joie de vivre dans son existence.

Bethsabée, enfin, était une ancienne cliente de Régine.

L'avocate s'était occupée de son divorce conflictuel, et avait pulvérisé en à peine quelques semaines l'ex-conjoint qui la terrorisait. Régine était à cette époque dans sa période de grand bouleversement personnel. Les deux femmes s'étaient instinctivement soutenues, s'apportant mutuellement courage et réconfort. Depuis, Bethsabée avait été intégrée à notre fine équipe. Et nos délirantes soirées passées à chanter à tue-tête n'auraient pas été les mêmes sans les accents pittoresques de son inimitable voix de stentor.

Mon cœur s'allégea.

Après tout, j'avais quitté un emploi dans lequel je m'étiolais, et m'étais affranchie d'un type qui m'aurait utilisée. C'était comme d'avoir dénoué les liens d'un corset oppressant, dégrafé les crochets d'un soutien-gorge étriqué, ou libéré le bouton d'un jean d'une taille trop petite. Rien n'avait changé, et pourtant tout s'était amélioré (même si le blues nous gagnait d'avoir pris quelques kilos de trop). Car au fond, tout cela n'était que des attributs dans une vie, pas des fondamentaux. On ne parlait pas de s'être coupé un doigt, là, mais juste d'avoir décoiffé ses boucles ordonnées, et tiré sa chevelure en arrière pour y voir plus clair.

Cerise sur le gâteau, j'avais reçu aujourd'hui le plus inattendu des cadeaux. Un objet de valeur venant d'une star légendaire, qui ferait pétiller les jours à venir de pépites de bonheur. Que demande le peuple ?

Alors, forcément, quand je suis allé faire un tour dans ma chambre, que j'ai machinalement caressé mon coffret, l'ai ouvert pour contempler la parure précieuse et n'ai aperçu qu'un vide intersidéral, j'ai été saisie d'une émotion si intense qu'on pourrait la résumer en un mot :

— … QUOI ?!

Chapitre 17

Ava

Ma grande et ma moins grande s'examinaient devant la glace de l'entrée.

— Tiens, mais… qu'est-ce que j'ai, là ? dit Lotte. Ce ne serait pas un bouton ?

— Non, répondit sa sœur. C'est un miroir.

— Maman, sérieux, j'en peux plus de ta fille ! s'exclama Lotte. Elle me soûle… Un jour, je te jure, elle va créer une secte, et elle l'appellera la chiantologie !

Mes deux adolescentes échangeaient donc comme d'habitude, tandis que, dans le salon, les voix se mélangeaient harmonieusement aux éclats de rire.

Tremblante, je leur fis signe frénétiquement de venir. Il fallait qu'elles me rejoignent dans la cuisine. Lorsqu'elles furent à mes côtés, je refermai la porte derrière elles.

— Le… le collier… balbutiai-je.

— Quoi, le collier ? demanda Mona.

Tout en parlant, elle sortit un plateau du placard, et posa dessus un bol de chips, des olives, une assiette remplie de petits-fours, pendant que Lotte ouvrait le frigo pour y prendre deux canettes de soda, tel un stock d'indépendance à rapporter dans leur chambre.

— Attendez... le collier... attendez, je le crois pas...

Sans m'en rendre compte, je me mis à tourner en rond dans cet espace fermé avec l'élan d'un grand requin blanc reclus dans un bassin à poissons rouges. J'allais tout dégommer. À commencer par ces pourritures de copines, qui n'avaient pas hésité à fouiller dans ma chambre, et à se servir ! Comme si j'en possédais plusieurs, des rivières de diamants, moi qui devais avoir, allez, tout au plus, trois paires de boucles d'oreilles fantaisie, un bracelet en métal doré imitation Wonder Woman, et deux sautoirs en coquillettes, réalisés par mes têtards quand elles étaient en maternelle.

Lotte remarqua combien j'étais livide, et m'incita à me calmer. Elle me retint de justesse d'ouvrir la porte, et de faire un esclandre qui aurait fait exploser d'un coup l'intégralité de ma galaxie sociale.

Non, selon elle, il fallait d'abord rationaliser.

— Le collier a disparu ? Il n'est pas tombé par terre ? me demanda-t-elle en baissant la voix.

— Nan ! Je suis pas dingo, quand même ! J'ai regardé partout. PARTOUT ! Il n'est ni dans le coffret, ni au sol, ni dans mon... mes cheveux, ni nulle part ! répondis-je en chuchotant aussi, mais sans être capable de refréner mon début de panique.

Mona, comme son aînée, demeurait calme et concise.

— Bon. Qui est entré dans ta chambre ?

— J'en sais rien… Tout le monde… La porte était fermée, mais pas à clé. J'ai posé leurs manteaux sur mon lit. Mais elles ont pu s'y rendre pour prendre un truc dans leur poche. Et elles ont pu utiliser la salle de bains pour se laver les mains après être allées aux toilettes. Vu que la salle de bains est dans la chambre…

— Donc, potentiellement, n'importe qui peut t'avoir piqué ton collier, dit Lotte.

— T'as tout compris, Sherlock Holmes !

— Bon. T'en as parlé à qui, de ce cadeau ? demanda Mona.

— À personne, voyons !

— Sérieusement ? Toi, t'as tenu ta langue ? TOI ?

— Oui, moi non plus, j'en reviens pas ! fis-je, énervée.

Sans cesser mes allers-retours fiévreux dans la cuisine, je me tordis les mains, la bouche et l'estomac de nervosité. Mes filles avaient raison. Il allait falloir que j'agisse avec subtilité, pas avec stupidité. Une attitude de bulldozer qui retournerait tout le salon pour débusquer la nuisible serait improductive pour tout le monde, et ne sèmerait que la zizanie.

Faisant un immense effort sur moi-même, je tâchai de recouvrer un peu de calme.

— Je fais quoi, à votre avis ?

Lotte réfléchit un instant, puis suggéra :

— Tu les isoles une par une pour les interroger. Comme ça, elles ne s'y attendront pas, et l'effet de surprise fera le reste.

— Tu rigoles ? Personne n'avouera !

— Exact, susurra Mona en s'approchant de nous. Sauf si tu utilises ta fameuse technique pour nous faire avouer les trucs qu'on t'a cachés.

— C'est-à-dire ?

— Prétendre que tu es déjà au courant. Nous, on ne se méfie plus, et on crache le morceau… Chaque fois, ça a marché.

Cette fois, je cessai mes cent pas, et me tournai vers mes ados, admirative de leur sang-froid et de l'efficacité potentielle de la manœuvre qu'elles me proposaient.

De plus en plus convaincue, je hochai la tête, lentement, réfléchissant à ce plan qui prenait forme dans mon esprit, tandis que Lotte me regardait, encourageante, hochant la tête sur le même rythme, comme pour accompagner ma prise de décision.

Ces gamines avaient raison. Mon Dieu que j'étais fière d'elles !

— Maintenant que tu sais ce qu'il te reste à faire, reprit Lotte, ça te dérange de me prêter ton casque pour écouter de la musique dans ma chambre ? J'ai perdu le mien…

— Ah ? Oui, euh… enfin, je sais pas, c'est-à-dire que j'enfonce les embouts au fond de mes oreilles, alors si ensuite tu les mets dans les tiennes, c'est pas très hygiénique, quand même…

— Pas de problème, je comprends très bien, on oublie… C'est pas comme si j'avais dû passer un jour par ton entrejambe…

— OK, prends-le.

Je souris, mais, remontée comme un coucou, je leur fis également signe de se dépêcher.

— Allez, filez dans votre chambre, maintenant ! J'ai des comptes à régler…, dis-je à mes poussins.

Elles s'éloignèrent en me faisant des clins d'œil et en pointant vers moi des pouces levés d'encouragement.

Bien.

Retenir mes noms d'oiseaux ne signifiait pas que l'une de ces blanches colombes n'allait pas y laisser des plumes.

Hors de question de me faire pigeonner par un vautour sans scrupules, et dans mon propre nid qui plus est !

Rien qu'à la perspective de fondre sur la pie voleuse qui avait cru faire de moi le dindon de la farce, je me sentis pousser des ailes. Prépare ton chant du cygne, cervelle de moineau ! Ça va être épouvantaillement chouette.

Je pris une grande inspiration, saisis la poignée de la porte, et passai à l'attaque.

Chapitre 18

Ava

— Régine, tu peux venir me filer un coup de main en cuisine, s'il te plaît ?

— Bien sûr, ma chérie ! J'arrive…

Régine déplia sa fringante silhouette, se leva du canapé en secouant sa belle chevelure, réajusta son pull fin en tirant dessus légèrement, et vint à ma rencontre dans un bruit de talons aiguilles cognant contre le parquet. Derrière elle, Perla et Bethsabée discutaient d'un film qu'elles désiraient toutes les deux aller voir, tandis qu'Olive, debout, inspectait avec intérêt les rayonnages de ma bibliothèque.

Régine avait des soucis, ces derniers temps. Quelques affaires perdues au tribunal s'additionnaient à des honoraires qu'elle avait du mal à récupérer auprès d'une poignée de clients indélicats. Je savais que son moral n'était pas au top. Pas au point cependant d'imaginer qu'elle en arrive à de telles extrémités. Néanmoins, mon collier hors de prix ayant disparu, je la considérais comme aussi suspecte que les autres.

Régine referma la porte de la cuisine et, se frottant les mains en regardant autour d'elle, me demanda :

— Alors, alors ? Qu'est-ce que je peux faire pour t'aider ?

— Tu peux ne pas nier, espèce de femme méprisable, je t'ai vue, voilà.

J'avais lâché ma phrase d'un coup, brutalement, sans aménité. Elle avait retenti avec la violence d'un claquement de fouet fendant l'atmosphère d'harmonie qui régnait jusqu'alors.

Régine en était restée coite, interdite. Moi-même, je ne me reconnaissais pas.

Mais qu'est-ce que j'étais encore allée inventer ? Dans quelle panade m'étais-je donc mise ? Moi, une vendeuse de chaussures, essayer de coincer une avocate, dont le métier était précisément l'art de la rhétorique et la maîtrise de la dialectique, quand le mien nécessitait tout juste une aptitude approximative au polyglottisme. Elle allait ne faire de moi qu'une bouchée.

Tant pis, je décidai de foncer dans le tas, quitte à casser un peu de vaisselle au passage. J'aurai tout le temps plus tard de ramasser les débris. Ou de les mettre à la poubelle, suivant que je récupère, ou non, l'objet du litige. Enfin… « ou non » n'était pas une option.

Je la lui ferai avaler, la vaisselle, s'il le fallait, pour qu'elle crache le morceau.

— Écoute ma belle, je t'ai prise sur le fait, alors n'essaie MÊME PAS de me mentir !

Ça s'appelle comment, déjà, quand les avocats font de grands mouvements dramatiques dans le prétoire ? Des effets de manches ? Eh bien, moi, j'allais lui balancer mes effets de hanches, en posant fermement les poings dessus et en m'approchant d'elle, l'air menaçant.

— Mais... de quoi est-ce que tu parles ? articula Régine, les yeux écarquillés.

Ma stratégie suivante ? Le silence. Un silence lourd, poisseux, culpabilisant, le regard empreint d'une ombre de dégoût, le visage balançant lentement de droite à gauche, les lèvres subtilement pincées, incarnation parfaite de la déception la plus absolue.

Eh ouais, cocotte. Des années d'expérience dans l'art du mime de messages capables de faire se rabougrir de honte deux marmots en un seul regard, il était là, mon talent à moi.

Nous nous toisâmes ainsi durant de longues secondes. La première qui baisserait les yeux aurait perdu. Il fallait que ce soit elle qui craque. Je n'avais pas le choix, mon plan B étant juste de la menacer avec un rouleau à pâtisserie pour qu'elle vide ses poches. Or je n'avais pas de rouleau à pâtisserie, vu que je cuisinais trop mal (vous suivez, un peu ?).

C'est alors qu'un miracle se produisit.

Régine pâlit et, tout doucement, se mit à acquiescer.

— D'accord… d'accord… OK.

— Pourquoi t'as fait ça ? T'es une amie, et on est en confiance avec une amie ! Bordel, Régine… Comment t'as pu agir ainsi ? m'écriai-je, stupéfaite.

Elle baissa le visage. Adossée contre le meuble de la cuisine, les mains posées en arrière sur le plan de travail, sa voix se fit sourde lorsqu'elle me répondit.

— Je ne sais pas ce qui m'a pris… c'était une folie.

— Ah ! ça, je confirme. Je dirais même que c'était carrément dégueulasse !

L'avocate sortit de sa torpeur, fit quelques pas jusqu'au frigo, y prit une bouteille de vin, l'ouvrit et s'en servit un verre. Elle fit tourner le liquide rouge sombre un instant dans le verre qu'elle tenait, avant de le porter à sa bouche et d'en avaler trois gorgées cul sec.

— Mais elle n'est pas au courant ! De toute façon, je n'arrête pas de lui demander de ne plus m'appeler. J'en ai rien à foutre, de son mec. On a juste passé une ou deux nuits ensemble… C'est un super mauvais coup, en plus. Pff…

Je restais impassible à l'extérieur, mais, à l'intérieur, j'étais comme un puzzle de mille pièces sur le point d'être terminé, qui venait de se faire secouer et remélanger sauvagement.

Hein ? Quoi ? Qu'est-ce qu'elle était en train de me raconter, là ? Qui n'était pas au courant ? Qui était un mauvais coup ? Je veux dire, elle avait piqué le coup de qui ? Qui était dans le coup ? Qui y était jusqu'au cou ? Au s'cours !

— Tu nous as vus où ? me demanda-t-elle.

— Bah, tu sais… dans la rue…

Elle soupira. Je soupirai aussi. Mais pas pour les mêmes raisons.

— Je vais tout lui dire… Elle mérite de savoir. Son mec est un salaud, et j'en serais une aussi si je me taisais… Mais tu comprends, ils s'étaient séparés, à ce moment-là. Ils faisaient un break. Elle t'en avait parlé ?

— De ce break ? Non, pas du tout…

Si on pouvait imaginer ce que c'était que de marcher en ayant les yeux bandés, j'étais en ce moment en train d'expérimenter la sensation de converser en ayant les idées éteintes. L'angoisse totale. Je conduisais le véhicule que constituait ma bouche en étant planquée non pas derrière mais sous le volant. Pas le moindre soupçon de ce vers quoi je me dirigeais. Je priais juste pour éviter un carambolage.

— Moi et ma manie de fuir les mecs célibataires, pour ne pas m'attacher… Si tu savais comme il m'a collé, cet enfoiré, et vas-y que je t'envoie des fleurs au bureau, et vas-y que je te fasse livrer du champagne et que je bombarde ton portable de mots d'amour… J'ai pas réfléchi…

En orbite autour de ma raison, à l'abri de toute gravitation pouvant m'ancrer à cette conversation, je lui balançai quelques phrases contenues dans un coup d'œil éloquent, sans trop savoir lesquelles.

Mais elle parut les avoir comprises, car elle déclara soudain :

— J'adore Perla. Je ne lui ferais jamais de mal.

L'ombre d'une résolution déterminée voila son regard.

Abasourdie, je fus incapable de prononcer la moindre parole. Alors, Régine quitta la cuisine, me laissant derrière elle, sonnée par cet aveu, et aussi allégée de ma rivière de diamants que précédemment.

J'allai jusqu'à l'évier, et me passai un peu d'eau sur la figure.

Oh, pas grand-chose, trois fois rien, juste assez pour me ruiner le mascara et dissoudre toute trace de blush. Lorsque je réalisai que j'avais effacé sans le vouloir mon déguisement de jolie fille, il était trop tard. Mais au moins, l'eau fraîche sur mes pommettes et sur mon front avait apaisé le bouillonnement de mes pensées. Il fallait que je me reprenne. Avant que je LE reprenne, ce fichu bijou.

Je respirai à fond plusieurs fois. Je soulevai ma longue chevelure brune, l'ébouriffai en quelques claques dedans, et me redressai.

C'est bon. On pouvait reprendre.

Poussant la porte, je retournai dans le salon et vis Régine, mutique, enfoncée dans le canapé, qui considérait Perla avec gravité. Laquelle, ne se doutant de rien, était plongée dans la conversation qui avait lieu entre Bethsabée et Olive.

Il me vint à l'esprit que si un clash éclatait là, tout de suite, elles s'entre-déchireraient, quitteraient les lieux en s'invectivant, et que je pourrais dire adieu à mon collier.

Alors, je fis un geste de la main à Perla pour lui demander de me rejoindre, et l'emmenai dans le couloir conduisant à ma chambre. À Régine qui fronçait les sourcils, interrogative, je répondis par un mouvement négatif de la tête, orné d'un sourire paisible et d'un baissage de paupières supposé indiquer qu'elle n'avait rien à craindre, je n'allais pas prévenir Perla d'affaires qui ne me concernaient pas. Décidément, ce n'était pas « Mes mains ont la parole », là, on nageait plutôt en plein « Mon visage fait du breakdance ».

Perla crut que je voulais lui montrer les nouveaux tableaux que j'avais réalisés, accrochés dans mon petit couloir. À la place, je lui soufflai un mystérieux « viens, il faut que je te parle », et l'invitai d'un signe à me précéder dans ma chambre. Je l'y suivis, et refermai la porte derrière nous.

— Oui, qu'est-ce qu'il y a ? me demanda-t-elle, candide.

— Il y a que tu me dégoûtes. Tu n'as pas honte ? Et pas la peine de nier, hein, c'est Lotte qui me l'a dit !

Perla prise la main dans le sac par ma fille. Quelle inspiration magnifique je venais d'avoir. Perla, cette douce Perla, qui avait trois enfants intenables, un mari infidèle, et qui se débattait avec des considérations économiques sans doute difficiles. La pauvre.

Oui, mais bon, en attendant, c'était moi qui

étais pauvre, alors trêve d'apitoiement. Il n'y avait aucun scrupule à avoir avec les gens sans scrupules.

— Quoi, hein, quoi ? Qu'est-ce que Lotte t'a dit, j'ai pas compris ?

— Tu as parfaitement compris, au contraire.

Je croisai les bras contre ma poitrine, et la toisai de l'air le plus impitoyable que les muscles de mon visage purent produire. Je semblais si furieuse et si sûre de moi qu'elle se liquéfia et perdit son expression ahurie, maintenant qu'elle se savait prise sur le fait.

Mon Dieu, quelle déception. Ma Perla en voleuse de diamants. Ça n'avait aucun sens !

Avec un prénom pareil, piquer des bijoux, c'était d'un trivial…

— D'accord, avoua-t-elle, c'est certainement Enzo qui l'a dit à Lotte… Je savais bien que ce gosse ne pourrait pas tenir sa langue…

Hein ? Enzo ?

Mais son fils était chez elle, comment aurait-il pu dire à ma fille que sa mère était une détourneuse de rivières ? Elle ne lui avait tout de même pas téléphoné en lui chuchotant : « Chéri, préparez-vous tes frères et toi ! Ce soir, on oublie le McDo, je vous emmène dîner au Fouquet's ! »…

— Tu me pardonnes, dis ? me supplia-t-elle en attrapant mes mains.

— Je ne sais pas… répondis-je, le plus sincèrement du monde.

— Je suis désolée, Ava, vraiment désolée… À

164

l'époque, il m'avait semblé plus simple de te dire que ton hamster s'était enfui de sa cage…

Quoi, mon hamster ? De quoi elle me parlait, là ?

Mon petit Hamtaro ? Ma terreur en peluche, mon rongeur riquiqui, que je lui avais confié lorsque nous étions parties en vacances en Italie, mes filles et moi ? Mais qu'est-ce qu'elle en avait fait ?

— Alors, c'était donc vrai, il ne s'était pas enfui de sa cage… mentis-je pour en savoir plus.

Depuis quelques heures, j'étais devenue une experte dans l'art d'accoucher les secrets les plus clandestins, les plus enfouis, les plus barricadés. Autant préciser que ce talent m'était aussi peu agréable à utiliser que celui de savoir extirper les comédons sur des peaux tierces.

— Non, ton hamster ne s'est pas enfui, dit-elle en soupirant de tristesse. C'est le chat qui l'a bouffé.

— Oh ?

— Bernard était… en déplacement. Je dormais seule. Tu n'imagines pas le cauchemar que ce fut pour moi de découvrir au petit matin le cadavre d'Hamtaro sur l'oreiller de mon mari. Et ce con de chat qui était venu l'y déposer et qui attendait que je le félicite ! Je te jure, j'en tremble encore.

— Oh…

— Mais j'ai engueulé les enfants, attention ! C'est eux qui avaient laissé la cage de ta bestiole ouverte… Ava, mon Ava, tu m'en veux de t'avoir menti ?

Elle attrapa à nouveau mes mains et les serra, bouleversée. J'espérais qu'elle ne remarquerait pas combien elles étaient moites de culpabilité.

— Non… non, ma Perla. Non pas que je cautionne le mensonge, bien sûr, dis-je sans ciller. Mais c'est du passé. J'aurais juste préféré que tu m'en parles. On ne devrait jamais avoir de secrets entre véritables amies.

Comment faire pour demander à mon inconscient de la boucler ? Je nageais dans un océan de lapsus, non pas révélateurs, mais pire, autoaccusateurs.

Je choisis donc ma bonne vieille technique de breakdance du visage : je lui souris avec indulgence et, pour faire bonne mesure, la pris dans mes bras en l'étreignant brièvement.

Bientôt, ce serait Régine qui déposerait les restes exsangues de son mari sur son oreiller.

Ce n'était donc certainement pas le moment de lui en vouloir pour les agissements d'un pauvre chat psycho-à-quatre-pathe.

Certes, depuis la fugue supposée d'Hamtaro, je n'avais plus jamais pu me résoudre à adopter un nouvel animal domestique. Mais si on regardait le bon côté des choses, lui parti, ma rhinite allergique n'était plus qu'un humide souvenir.

Perla quitta la chambre pour rejoindre les autres, tandis que je m'effondrais sur mon lit. C'était fou, quand même. La technique suggérée

166

par mes filles fonctionnait parfaitement et, pourtant, elle ne m'était d'aucune utilité.

Ah, mais personne ne sortirait de cet appartement tant que je n'aurai pas remis la main sur cette saleté de rivière de diamants ! Je m'en fis la promesse solennelle.

Dussé-je pleurer en tapant des pieds, s'il le fallait.

Chapitre 19

Ava

Ça faisait un long moment que j'étais retournée dans le salon. Il me fallait bavarder, trinquer, rire avec mes amies comme si de rien n'était. Pour donner le change. Pour ne pas que des conciliabules trop fréquents avec l'une ou l'autre ne paraissent suspects.

Lotte et Mona étaient venues s'asseoir un instant près de moi, faisant semblant de s'intéresser à la conversation tout en grignotant des bouts de tortilla.

Elles restèrent juste le temps de prendre des nouvelles de l'enquête de la façon la plus discrète qui soit. Un bref « ça y est ? » murmuré à mon oreille, un subtil « non, pas encore… » chuchoté à la leur, et voilà mes coachs inventives me reboostant à coups de « Vas-y, maman ! », « Ne lâche pas l'affaire ! », et autres « Je peux prendre dix euros dans ton porte-monnaie ? Je retrouve mes copines au Starbuck, demain, après les cours… ».

Lorsqu'elles retournèrent dans leur chambre, je restai seule avec les miennes, de copines, et avec mes interrogations.

Il n'y avait plus que deux coupables potentielles. Soit Olive, ma cousine, dont je pensais qu'il fût inenvisageable, compte tenu de nos liens familiaux, qu'elle me dévalise, soit Bethsabée, une amie moins intime, donc forcément moins chère à mon cœur.

Je misai tout sur Bethsabée.

Tandis que je cogitais une stratégie afin de la coincer, elle se leva pour se rendre aux toilettes.

C'était le moment ou jamais.

Je murmurai, assez haut pour que l'on m'entende et assez bas pour sembler me parler à moi-même : « Où j'ai mis mon sac, déjà ? », prétexte astucieux, me sembla-t-il, pour me lever à mon tour et rejoindre ma chambre à coucher, dans laquelle se trouvait la salle de bains que Bethsabée emprunterait forcément en sortant.

Postée sur mon lit, tel un guépard épiant sa proie au sommet d'un rocher, je l'attendis.

Elle mit un certain temps avant d'arriver, et je sursautai en comprenant soudain qu'elle avait peut-être bifurqué vers l'évier de la cuisine.

Lorsqu'elle poussa enfin la porte de ma chambre, elle me trouva assise le dos droit, les jambes croisées, les mains posées sur le haut du genou, et le visage mimant l'impénétrabilité la plus totale. Elle sourit poliment, et dit en entrant dans la salle d'eau :

— Ah, Ava, tu es là… Je me lave juste les mains une minute…

— Je t'en prie, fais donc, lui répondis-je.

Lorsqu'elle eut fini, elle repassa devant moi, toujours plantée, impassible, sur mon lit, et s'arrêta à ma hauteur.

— Tout va bien ?

— Non. Tout ne va pas bien. Pas bien du tout.

Je me levai et m'approchai d'elle, en la toisant de haut en bas.

— Tu sais que c'est mon anniversaire, aujourd'hui ? Et t'as voulu me laisser un chouette souvenir de cette journée, n'est-ce pas ?

— Oui, je sais Ava que c'est ton anniversaire...

Son sourire s'estompa. Je devais faire une drôle de tête, car elle recula d'un pas.

— Tu as des soucis d'argent, Bethsabée ? C'est ça ?

— Oh !

Choquée, elle porta la main à sa bouche.

Eh bien, voilà. Je venais de la trouver, la fève moisie dans ma galette de reine.

— Parce que si tu avais des problèmes de fric, hein, fallait le dire, j'aurais pu comprendre ! C'était pas la peine de te comporter avec si peu d'élégance... dis-je sans la moindre trace de douceur.

— Ah, OK. Si tu le prends comme ça... me répondit-elle ulcérée, en saisissant son sac qui gisait au milieu des manteaux sur l'édredon.

Elle en défit si précipitamment la fermeture Éclair que mon pouls s'accéléra.

Bon, bon, bon, ENFIN. Mise devant l'évidence, il fallait être une crapule professionnelle pour pouvoir encore se défiler. Ce qu'elle n'était pas. Elle avait peut-être agi sur un coup de folie, pensant que je ne m'en rendrais pas compte immédiatement, elle avait peut-être…

De son sac, elle sortit son carnet de chèques, un stylo, et commença à griffonner frénétiquement.

Qu'est-ce qu'elle me faisait, là ? Elle me remboursait ma rivière de diamants ? Ho ?

— Mais… attends, Bethsabée, c'est quoi, ça ?

— Ça ? C'est ton cadeau d'anniversaire ! Je t'avais commandé une jolie robe sur un site anglais, et la livraison a été retardée par la poste. J'avais l'intention de te la donner la semaine prochaine ! Mais si tu trouves INDIGNE de ma part d'être venue les mains vides, qu'à cela ne tienne ! VOILÀ.

Et elle me tendit son chèque, que je ne voulus pas prendre, alors elle le jeta sur le lit, les yeux humides, remit son chéquier et son stylo dans son sac, le referma, et passa sa lanière à l'épaule. Elle se pencha ensuite pour saisir sa veste, et la posa sur son avant-bras.

— Oui, me lança-t-elle émue, le menton tremblant. J'ai effectivement des problèmes d'argent en ce moment. Mais ce n'était pas une raison pour me le jeter à la gueule de cette manière. Je me sens humiliée, Ava. Vraiment humiliée.

J'éprouvai à cet instant le sentiment exact que l'on ressent en faisant tomber une statue antique dans un musée, alors qu'on voulait juste prendre un selfie avec, à la base.

— NON ! Non, non, non, non, attends Bethsa-bée, je t'en prie ! C'est pas du tout ça !

Je lui bloquai le passage les bras écartés, l'empê-chant d'avancer vers la porte de la chambre.

— Oh là là ! C'est un malentendu, un terrible malentendu ! insistai-je.

— Pour quelqu'un qui a raillé la pingrerie de son ex, j'avoue que je te trouve un peu limite... me balança-t-elle.

Suppliante, implorante, je ne savais plus sur quel bouton appuyer pour annuler la mise à feu de la vexation atomique que j'avais déclenchée.

— Bethsabée, je m'en fous de vos cadeaux ! C'est la présence ce soir de mes copines, le cadeau que je voulais ! Laisse-moi juste t'expli-quer l'imbroglio, par pitié... J'ai reçu un bijou aujourd'hui, et il a disparu après votre arrivée. Je suis comme une dingue depuis tout à l'heure. J'ai paniqué. Du coup, j'ai pensé que ça pouvait être Régine, ou Perla, ou toi...

Bethsabée croisa les bras, sur la défensive.

— ... Ou Olive ?

Je haussai les épaules, découragée.

— Ben, Olive... c'est ma cousine, quand même...

— Tu lui as posé la question ?

— Non, mais... tu as raison. Je vais le faire immédiatement. Juste, je t'en prie, ne pars pas. Je vais dégainer le gâteau.

Mains jointes, doigts croisés sous mon menton, je lui offris ma moue la plus pressante.

Pour faire bonne mesure, j'ajoutai :

— Il est au chocolat.

Elle sourit. Je me penchai alors pour saisir son chèque sur mon lit, et le déchirai en petits morceaux.

— Encore une fois, pardonne-moi de t'avoir heurtée…

Elle soupira, puis haussa les épaules.

— C'est bon, c'est oublié. Va heurter ta cousine, maintenant.

— C'est comme si c'était fait.

Il y eut du bruit derrière la porte, un mélange de grattages et de gloussements, puis j'entendis la voix de Mona crier : « Olive ? Maman t'appelle ! », accompagné du chuchotement de Lotte : « C'est elle, oh là là, c'est elle à tous les coups… »

Quelques minutes plus tard, nous étions Olive et moi face à face dans ma chambre pour LA confrontation ultime. Le dénouement. La restitution. Et sans doute, la condamnation.

— Oui, qu'est-ce qu'il y a, tu voulais me voir ? me demanda-t-elle.

— Olive. Je ne vais pas tourner autour du pot. Vide ton sac.

— Pardon ?

— Je suis sérieuse. Je sais que tu m'as détroussée. Alors, vide ton sac à main.

— Ah, oui ? Tu le prends comme ça, tout de suite les grands mots ? Hé, ho ! On est de la même famille, là, c'est pas grave si je t'emprunte des trucs !

Ne pas la baffer. Ne pas la baffer. Surtout, rester calme et ne pas lui foutre ma main dans la figure. À la place, récupérer mon bijou avant de ne plus lui adresser la parole jusqu'à ce que les poules redeviennent des dinosaures, comme dirait mon cousin Félix.

Je n'y parvins pas. Les digues de ma patience cédèrent, et emportèrent avec elles toute velléité de self-control. J'avais les nerfs tellement à vif qu'on aurait pu les tendre pour y donner des coups d'archet façon staccato dans la scène de la douche de *Psychose.*

— Si, c'est grave ! C'est super grave ! Non mais tu crois quoi, là ? Je l'ai cherché partout, bordel ! Est-ce que je me permets, moi, de me servir chez toi sans te demander ?

Olive, qui saisissait son sac, cessa net son mouvement et se tourna vers moi, outrée.

— Non, mais ça va, hé, Ava ! Je te l'aurais juste emprunté pour la semaine ! J'avais envie de frissons, j'avais envie de me faire peur. J'avais envie de savoir ce que c'était que la vie d'une autre, pour une fois ! J'allais te le rendre, je ne suis pas une voleuse !

— Me le rendre ? Mais encore heureux, que tu me l'aurais rendu ! m'écriai-je, abasourdie. D'ailleurs, tu sais quoi ? Tu vas même me le rendre TOUT DE SUITE !

— ÇA VA ! C'EST BON ! Non mais quelle égoïste, je te jure ! Je te l'aurais même pas abîmé, en plus !

174

Olive plongea la main dans son sac, et en retira énervée un livre qu'elle me tendit.

Devant la couverture bleue des *Tribulations d'une jeune divorcée*, je reculai d'un pas, effarée, posai les mains contre mon nez et ma bouche, et je fondis en larmes.

Chapitre 20

Ava

Régine me tendit un verre d'eau tandis que Perla tamponnait mes paupières avec un kleenex.

— Arrête de pleurer, louloute ! On va le retrouver, ton collier, dit Bethsabée qui vint s'asseoir près de moi et entreprit de me frotter le dos affectueusement.

— Tiens, je vais commencer par regarder dans la bibliothèque, s'il s'y trouve !

Relevant brusquement la tête, je lançai une œillade noire à Olive, qui pouffa :

— Ça va, si on peut plus rigoler...

— Lotte ! Mona ! appela Régine. Le collier de votre mère, il était où la dernière fois que vous l'avez vu ?

— Dans son petit coffret à bijoux, dit Mona.

— Bien, dans ce cas, je propose qu'on fouille toute sa chambre : le sol, le lit, les recoins, la commode, on passe tout au peigne fin... C'est OK pour toi, Ava ?

— Ou… oui… reniflai-je en essuyant mes yeux du revers de la main. Me… merci, les f… filles…

— Alors, go !

Régine donna le signal de départ, et toutes la suivirent.

Je restai quant à moi prostrée sur mon canapé, mâchouillant ma parano les genoux ramenés contre ma poitrine, envisageant très sérieusement l'éventualité d'un drône télécommandé loué par Jean-Casimir, qui m'aurait chouravé mon cadeau d'anniversaire en passant par la fenêtre entrouverte.

Au terme de minutes qui me parurent interminables, j'entendis soudain la voix de Lotte s'écrier : «Je l'ai trouvé !»

Une onde de joie me propulsa, et je bondis dans ma chambre, telle la promise rejoignant son aimé qu'elle croyait parti avec une autre.

Régine était en train de replier mes couvertures, Bethsabée et Perla avaient fini de scruter le sol à quatre pattes, tandis qu'Olive examinait encore mes pantoufles qu'elle tenait dans la main, en demandant où je les avais achetées. Comme seules Mona et Lotte avaient fouillé autour du coffret, c'est ma fille aînée qui comprit ce qui s'était passé : la doublure en soie rouge de la caissette s'étant un peu déchirée, le collier était tombé au travers et s'était retrouvé dans une sorte de double fond.

Incroyable ! Stupéfiant ! Finalement, la coupable, c'était moi.

Je m'étais auto-volée.

Aussitôt, je me précipitai pour embrasser mes enfants sur le front, mes copines sur les joues, ma rivière sur ses diamants, avant de me l'accrocher derrière la nuque, laissant ainsi mes fidèles et incorruptibles amies l'admirer tout leur soûl. Pas besoin de leur demander de quoi j'avais l'air le cou habillé de lumière, je le savais déjà. J'avais l'air d'une conne qui avait failli les perdre, elles.

Nous retournâmes au salon, et je leur racontai tout, tout, tout, portée par une euphorie contagieuse. Le coup de folie venant d'une comédienne légendaire dévoreuse de rois du pétrole, de capitaines d'industrie et autres nababs de la finance, ce cadeau inestimable qui m'avait donné le courage d'affronter Clovis-Edmond et de lui badigeonner ses quatre vérités sur la tronche, mon coup d'éclat en quittant cet emploi dans lequel je m'étiolais depuis trop longtemps.

Il ne me restait plus qu'à me reconvertir, désormais. Dans cette optique, ce bijou devait me permettre de réaliser mon rêve : tenter de vivre des tableaux que je peignais depuis l'adolescence.

— Tu sais…, dit Perla. Toute cette histoire me fait réfléchir, moi aussi. Je réalise que si là, maintenant, tout de suite, on me donnait une grosse somme d'argent, il est probable que je changerais pas mal de choses dans ma vie également.

— Quoi, par exemple ? lui demandai-je en portant ma flûte à mes lèvres.

— Eh bien… je commencerais par mandater

Régine, par exemple, pour qu'elle organise mon divorce d'avec son amant.

Je recrachai en la pulvérisant ma gorgée de champagne sur le petit-four que Régine portait à sa bouche. Laquelle demeura immobile, figée, non parce qu'elle venait de se faire doucher le visage au rosé pétillant, mais parce que l'aveu qu'elle aurait voulu faire à l'une de ses meilleures amies lui avait été confisqué par la meilleure amie en question. Elle était là, la douche froide.

Bethsabée et Olive se regardèrent, ahuries, Régine fixa ses pieds, et moi je ne sus plus où me mettre.

— Tu... tu le savais ? dis-je d'une petite voix.

— Oui. J'ai entendu quelques bribes de votre conversation, dans la cuisine.

Alors là, je pris une inspiration de stupeur, main contre la bouche, en regardant Régine, qui passait alternativement du rouge au vert, avec des pauses sur le jaune.

— Non, mais tout va bien, dit Perla calmement. Ça fait des années qu'il me trompe, qu'il me blesse, qu'il m'humilie et qu'il me ment. Seulement, aujourd'hui, c'est différent.

Elle se tut un instant, semblant réfléchir, les yeux perdus dans le vague.

— Avant, j'étais seule à savoir combien il me rendait malheureuse. Mais aujourd'hui, vous êtes toutes au courant. Et ça, pour moi, c'est insupportable.

Il y eut un nouveau moment de silence. C'est Régine, finalement, qui reprit la parole.

— Et qu'est-ce que tu vas faire ?

Perla se tourna vers elle, la fixant avec intensité.

— J'étais sérieuse, quand je parlais de te demander de t'occuper de mon divorce, dit-elle d'une voix grave.

Alors, Régine s'approcha d'elle, lui prit les mains, et lui répondit :

— Non seulement j'accepte, mais je vais m'en occuper gratuitement, de ton divorce. Tu n'auras pas un centime à débourser. C'est ma façon de te demander pardon.

Perla ne lui répondit pas. À la place, elle lui sourit, les mains toujours dans les siennes et les yeux mouillés de larmes. Régine se mit à pleurer aussi. De culpabilité, peut-être. D'affection pour elle, sûrement.

Bethsabée attrapa un coussin, et le serra contre elle. Tentant d'alléger la chape d'émotion qui venait de toutes nous envelopper, elle lança :

— Hé, moi aussi, si j'avais des sous, je changerais un truc dans ma vie !

— Tu changerais quoi, ma biche ? lui demandai-je.

— Eh bien… je ne sais pas… de silhouette, peut-être. Oui. Je me ferais refaire de partout !

— Mais… quoi, tu ne t'aimes pas ?

— Si, mais j'aimerais bien perdre ce gros cul, et ces cuisses énormes, pour commencer.

Olive l'interrompit.

— Tu fais quoi, dimanche matin ?

— La grasse mat'.

— Plus maintenant. Tu vas venir courir avec moi, tous les dimanches. Et le mercredi soir, j'ai mon cours de fit boxing. Considère-toi comme inscrite !

— Ah, oui, tiens… Faire du sport ensemble, ça me branche bien. Toute seule, je ne suis jamais motivée.

— Dis adieu à tes fesses, d'ici cinq à six semaines, elles auront disparu ! Regarde les miennes : du béton armé !

Et Olive se mit élégamment une claque sur le postérieur.

— Allez, chiche ! répondit Bethsabée.

Elle lui tendit la main, et Olive, qui aimait bien mettre des claques partout, lui en mit une dans la paume.

J'éclatai de rire.

— C'est super, finalement, on se débrouille toutes très bien sans tunes. Je n'aurai pas besoin de vous glisser quelques petits billets, quand j'aurai vendu le collier d'Ornella Chevalier-Fields !

Olive se tourna vivement vers moi.

— De qui ?

— D'Ornella Chevalier-Fields, répétai-je. Je n'ai pas dit que c'était elle qui me l'avait offert ?

— Ah ça, non, tu ne nous l'avais pas dit… confirma Olive, en se mordant la lèvre inférieure, les sourcils froncés.

— Pourquoi, qu'est-ce que ça change ?

Cette idiote commençait à m'inquiéter.

Olive regarda les autres, espérant de l'aide, mais personne ne put lui en apporter, car le problème n'était pas identifié. Alors, elle vint s'asseoir près de moi.

— Tu sais, j'aime bien lire la presse people. Ça me délasse, pendant la récré…

— Oui, bon, et alors ?

— Ava, promets-moi de te souvenir de ce que tu as dit, au sujet de l'argent qui ne fait pas le bonheur, tout ça. D'accord ?

— J'ai dit ça, moi ? Allez, crache ta Valda, punaise, tu me stresses !

— OK. (Elle prit une grande inspiration.) Ce n'est pas la première fois qu'Ornella Chevalier-Fields offre un de ses bijoux, sous le coup de la colère, à quelqu'un de son entourage… La presse l'a déjà évoqué. C'est une femme d'un certain âge, très excentrique et surtout complètement ingérable. Raison pour laquelle ses assureurs lui interdisent de sortir avec ses véritables parures. Sauf en cas de soirée de gala, sous la surveillance d'un garde du corps.

J'ignorais pourquoi, mais je ne fus même pas étonnée de ce qu'elle était en train de m'apprendre. Tout devenait logique. J'aurais dû m'en douter. C'était tellement évident.

Calmement, je lui répondis :

— Tu es en train de me dire que…

— Ava… je crois que la rivière en diamants qu'elle t'a donnée est une simple copie sans valeur.

182

Mes invitées me scrutaient avec inquiétude, Bethsabée et Régine portèrent la main à leur bouche, les yeux de Perla s'écarquillèrent. Seule Lotte murmura un faible « oh, non… » que j'entendis à peine.

Cette situation provoqua chez moi un rire nerveux. Alors, je posai les doigts sur le bijou, à mon cou, et le caressai. J'en trouvais son contact assez désagréable, tout compte fait. Ce n'étaient finalement que des cristaux taillés montés sur une parure en métal. Nulle douceur, nul moelleux, nulle émotion.

Je le retirai, et le posai devant moi, sur la table basse.

— Bon, ben, il ne coûte pas des millions… mais même si c'est une copie, elle doit bien valoir cent mille euros, non ? C'est bien, cent mille euros, on peut faire des trucs, avec cent m… (Olive me fit « non » de la tête.) Quoi, moins ? Soixante-quinze mille ? C'est presque pareil, c'est… (Régine me fit « non » de la tête.) Cinquante mille ? Ah oui, là, c'est déjà moins, mais… (Bethsabée se mordit la lèvre.) Vingt-cinq mille ? Quinze mille ? Dix mille ?

— Oui, plutôt dix mille, dit Olive, ou un peu moins.

— Oh… bon…

— Mais pas euros. Francs.

— FRANCS ? Mais c'est une monnaie qui n'existe même plus ! Ça veut dire… Moins de mille cinq cents euros ? OK. Attends une minute, je m'évanouis, et je reviens.

Je contemplai le bijou prétendument volé qui venait lui-même, à l'instant, de chaparder mes excitantes illusions. Quelle déception.

Cela étant, si on y réfléchissait, finalement, je regrettais quelque chose que je n'avais jamais possédé. Ne valait-il pas mieux tenter de récupérer au moins ma bonne humeur ?

— Très bien, dis-je en poussant un profond soupir. Je vais le faire expertiser, et si ce que tu dis est vrai, alors...

L'objet brillait de mille feux. Je souris.

— ... alors il sera pour moi le joli souvenir du déclic qui m'a permis d'avoir le courage d'épurer ma vie de ce qui ne me convenait pas. Et puis... il y a mille façons de cuisiner les pâtes et les pommes de terre. J'apprendrai !

— Tu le prends plutôt bien, ma chérie, dit Bethsabée.

Je réfléchis un instant, et je lui répondis :

— On passe notre vie à se trouver des prétextes pour ne pas bouger, pour ne pas changer, pour ne pas évoluer. À se frustrer la tête en ne lâchant pas prise. Hé, les filles, c'est ce qui s'appelle un mal pour un bien ! De toute façon, j'aime ma vie telle qu'elle est. Et pour être vraiment sincère...

— Oui ? demanda Olive.

— Il paraît que *diamonds are a girl's best friends* ? OK, alors, je n'en ai pas besoin. Parce que je vous ai déjà vous, mes *best friends*.

Dans un élan mutuel, nous nous levâmes et nous prîmes toutes dans les bras. Ne retentit dans

le salon qu'un concert de «Oooh…» émus, de lar-
michettes, d'étreintes consolantes et de caresses
affectueuses.

Jusqu'à ce que la petite voix de Mona lâche:
«Ouais, mais bon, quand même… ça s'fait pas
d'offrir un collier en toc!»

Chapitre 21

Tom

Bernard avait eu une chance de cocu.

À l'instant où il avait pénétré dans le hall de ce bel immeuble haussmannien pour y rejoindre son cercle de poker clandestin favori, il s'était fait doubler par deux hommes qu'il avait aussitôt reconnus comme étant des flics en civil. Imperturbable, il les avait laissés le devancer, et avait opéré un demi-tour nonchalant, ni vu ni connu.

Certes, a priori, les joueurs risquaient moins que les organisateurs de ces parties de cartes, qui eux étaient visés. Mais plus longtemps il tiendrait secrète sa lucrative petite activité, mieux il s'en porterait vis-à-vis de Perla, son épouse. Après tout, il s'agissait de sa vie, de sa liberté, de son plaisir, de ses gains (conséquents, car il était doué), elle n'avait pas à y fourrer son nez.

Une demi-heure plus tard, Tom, accompagné de son collègue aux cheveux gominés Ramsès, procédait à l'interpellation du propriétaire des lieux, et l'embarquait dans le cadre d'une éventuelle mise en examen.

Les deux flics étaient de bonne humeur. L'affaire avait été bouclée rapidement, le prévenu avait été cueilli en flag, et non seulement il n'avait opposé aucune résistance, mais encore il avait donné sans se faire prier les noms de ses complices. Cette fois, la cagnotte, c'est eux qui l'avaient touchée. Alors, sur le chemin du retour vers le commissariat, la conversation avait été plutôt détendue.

— On a le temps d'attraper un espresso macchiato à emporter, tu crois ? demanda Ramsès.

— On va le prendre, décida Tom, et le café avec. Il est tôt, on l'a bien mérité.

— Ouais, c'est crevant de sauver le monde de bon matin. Un caoua pour vous aussi, monsieur Pietro ?

— Ah, je ne dis pas non, répondit le vieil homme assis sur la banquette arrière du véhicule.

Ils roulèrent un instant dans les rues de Paris, sans parvenir à localiser une des enseignes de cette chaîne américaine qui leur faisait envie. Ramsès, les doigts pianotant sur sa ceinture de sécurité, plaqua son crâne contre le repose-tête de son fauteuil, et sourit paisiblement.

— Tu sais, mon fils m'a dit hier soir que pour lui, j'étais un super héros qui faisait régner l'ordre et la justice dans la ville, comme Batman. Oui, monsieur. Ensuite il m'a poursuivi avec son pistolet laser, et j'ai évité tous ses tirs, parce qu'en vrai, c'est moi Batman !

— Ah, content de voir qu'il fait bon usage du jouet que je lui ai offert, se marra Tom. Brave petit.

— Tu le gâtes trop, dit Ramsès. Il ne travaille pas assez son imagination. Moi, quand j'avais son âge et qu'on jouait aux gendarmes et aux voleurs, j'étais tellement pauvre que mon flingue, c'était une branche d'arbre…

Tom mit son clignotant, avant de tourner.

— Arrête de te la péter. La frustration, je connais mieux que toi ! Quand j'étais môme, mes parents n'avaient tellement pas de fric que quand on jouait aux cow-boys et aux Indiens, dans ma panoplie, je n'avais que le cheval. Et ce cheval, c'était le dos de mon petit frère.

Ramsès, sur le siège avant, se tourna vers lui, scandalisé.

— Tu te fous de moi ? Attends, mec, mais moi, sérieux, quand j'étais petit, mes parents étaient tellement dans la misère qu'à Noël, je recevais une boîte de jouet vide, avec une carte disant « c'est l'intention qui compte ».

Derrière eux, levant un index ridé, monsieur Pietro intervint.

— Vous savez quoi, mes amis ? Je dois avoir un billet de cinquante euros sur moi. Je vais discrètement le laisser tomber au sol. Partagez-le, et gardez la monnaie. Ça me fait plaisir.

Sans l'écouter, Tom insista.

— Tu recevais un cadeau ? La chance ! Alors que moi, quand j'étais gosse, pour mon anniversaire, j'avais droit qu'à une bougie. Et encore, quand celle qui nous éclairait n'avait pas complètement fondu !

— Ah bon ? s'exclama Ramsès, vous aviez de la
lumière ? Parce que nous, on avait le choix entre
utiliser les allumettes, ou les vendre. Et comme fallait bien manger…

Tom lui jeta un regard affamé.

— Manger ? demanda-t-il. Ça avait quel goût ?

— Oubliez le billet, dit monsieur Pietro depuis
l'arrière de la voiture. Prenez directement ma carte
de crédit. Je vous en prie. J'insiste.

Ramsès sourit, et alluma l'autoradio.

Aussitôt retentit une musique disco qui jeta des
couleurs flashy et pailletées dans l'habitacle. Des
coups de batterie rythmèrent une intro immédiatement identifiable, faisant frissonner de plaisir ceux
qui la reconnurent.

Les deux flics, regard sur la route et moue
contractée de satisfaction, se mirent à hocher la
tête comme s'ils battaient la mesure avec.

C'est le gominé le premier qui se lança :

— *Give me a tender kiss, I'll hold you in my*
arms…

Le géant continua :

— *Let me just taste your lips, I fell under your*
charm…

Tom, Ramsès et monsieur Pietro à l'arrière scandèrent en chœur :

— Ha-ha-ha… Ho-ho-ho… Ha-han-ha… Dou-
dou-dou… Da-da-da-da-da … *Give me a tender*
kiss… Let me just taste your…

Tom freina si brusquement qu'ils furent tous projetés vers l'avant.

Il pila net au milieu d'une rue, tandis qu'une camionnette derrière eux manquait de leur rentrer dedans. Comme un fou, il ouvrit la portière avant de s'éjecter du véhicule, sous le regard inquiet de Ramsès qui porta machinalement la main à son arme. Tom venait de se lancer à la poursuite d'une femme aux cheveux châtains et à la veste rouge, qui était entrée dans un café. Donnant la pleine puissance à ses jambes démesurées, le galop qu'il piqua vers sa cible émouvante ne lui prit que quelques secondes.

La femme sursauta lorsqu'il se jeta devant elle, bras écartés et cri de joie aux lèvres, prêt à la réceptionner contre son cœur si elle faisait un pas de plus. Devant ce colosse d'énergie qui lui barrait le passage, elle porta la main à sa poitrine et exhala un petit cri coquet.

— Ha ! Vous m'avez fait peur, vilain garçon !

Les bras de Tom retombèrent d'un coup.

— E... excusez-moi, madame, c'est une erreur, bredouilla l'immense policier décomposé, ses yeux bleus écarquillés devant le visage flétri de cette sculpturale sexagénaire.

— Ce n'est pas une erreur, c'est un coup de foudre... lui lança-t-elle, visiblement sous le charme.

— Encore désolé, marmonna-t-il poliment, avant de reprendre son sprint dans l'autre sens.

Lorsqu'il réintégra son véhicule, un peu plus

loin qu'il ne l'avait laissé car Ramsès avait dû le déplacer, sa bonne humeur s'était envolée.

— C'était qui ? demanda son collègue.

— Laisse tomber. J'ai cru que c'était un miracle, mais c'était juste un mirage.

À l'arrière, monsieur Pietro secoua la tête, désolé pour lui.

— Eh ben mon vieux, murmura-t-il avec compassion, quand on a connu la faim, ça ne nous quitte jamais…

Chapitre 22

Olive

Pour Olive et Yokin, les jours qui avaient suivi leurs fiançailles virent l'apparition chez leurs mères d'un syndrome obsessionnel limite compulsif.

Sans se concerter, chacune décida de faire entendre raison aux futurs mariés. Par tous les moyens. Fussent-ils les plus mesquins.

LUNDI.

En ouvrant sa boîte aux lettres en cette fin de journée, Olive découvrit un mot lui enjoignant de se rendre chez sa concierge récupérer un paquet qui l'y attendait. Ce qu'elle fit aussitôt.

La brave madame de Sousa Mendes délaissa le balayage de la cage d'escalier et lui remit un colis peu large, mais très épais et assez lourd.

Olive le remonta chez elle, pensant qu'il s'agissait d'une surprise de sa grand-tante farfelue, tata Lutèce. Elle le posa sur la table de la cuisine, et le décacheta tranquillement, tandis que Yokin, arrivant du salon un mug de thé à la main, s'approchait pour l'embrasser dans le cou et lui demander si elle avait passé une bonne journée.

Lorsqu'elle ouvrit le carton, Olive découvrit une pile de livres sur un thème unique. Ah. Carrément. Aussi surprise que stupéfaite, elle lut les titres à voix haute en prenant son fiancé à témoin.

— Regarde, mais qu'est-ce que c'est que ça... *J'attends un marmot...* Qui a pu nous envoyer un truc pareil ? *La Gestation pour les cancres...* Ah oui, j'aurais dû m'en douter, c'est ta mère. *Neuf mois pour un petit moi...* C'est cela, oui... *Faites-en un papa, il vous remerciera !*, non, mais je rêve ! Quel culot ! Et celui-là, attends... *365 astuces pour perdre ses kilos de grossesse.* La grande classe, y a pas à dire.

— Range-moi tout ça... dit Yokin en lui retirant les ouvrages des mains. Je vais les lui réexpédier.

— Et l'engueuler aussi.

— Et l'engueuler aussi.

— Promis ?

— Juré.

Olive remit soigneusement les livres dans le paquet. Ce n'était qu'une mauvaise blague, elle était de bonne humeur, elle décida donc de ne pas se gâcher la soirée pour une bêtise. Sans se retourner, elle lui lança :

— Embrasse-moi, mon amour, pour sceller le serment que tu viens de me faire de recadrer ta mère.

Il s'approcha d'elle par-derrière, défit les premiers boutons de son chemisier, déplaça le col, et
lui embrassa l'épaule.

— Ici ?

— Non, pas ici… fit-elle en gloussant, finissant
de replacer le dernier bouquin dans le carton.

Il fit glisser son nez sur sa nuque courte, et posa
les lèvres sur le lobe de son oreille.

— Ici ?

— Non plus…

Elle se retourna pour lui faire face. Il la saisit
par la taille, et la pressa contre lui, finissant de
déboutonner complètement son vêtement. Puis il
se baissa, et déposa un baiser sur son nombril.

— Ici ?

— Attends, je regarde si ta mère ne nous a pas
envoyé un livre qui s'appellerait *Savoir où embrasser pour les sots*…

Alors, Yokin la souleva dans ses bras, et la porta
d'un pas alerte jusqu'à leur chambre, en clamant
joyeusement :

— Celui-là, non. En revanche, je viens de finir
la lecture de *Savoir sauter sa future femme pour les
sots*. Viens, je te montre !

Olive éclata de rire, enlaça son cou et lui roula
une pelle voluptueuse.

JEUDI.

Un autre paquet était arrivé chez eux. Plus petit,
celui-là. Il avait été déposé devant la porte de l'appartement, sur leur paillasson. Yokin, en grande

conversation sur son téléphone portable, ne l'avait pas ouvert, il s'était juste contenté de le ramasser et de le jeter sur le meuble de l'entrée.

C'est Olive, en rentrant du travail, qui le trouva.

— Ta mère, encore ? demanda-t-elle avec une grimace exaspérée.

— Ah non, celui-ci n'a pas été envoyé par la poste. Regarde, il n'y a pas de timbres... C'est quoi ?

— Attends, je l'ouvre...

Elle le posa sur la table du salon, et déplia les feuilles qui emballaient ce qui s'avéra être son propre album photo, de sa naissance jusqu'à ses deux ans. Une cinquantaine de pages sur lesquelles étaient collées les photos d'une petite Olive potelée, souriante et souvent en couches. Qui sait, la vision d'une mini-elle lui déclencherait peut-être une ovulation ?

Yokin, qui s'était approché, découvrit l'album en même temps que sa fiancée.

— Ah ! Je souligne que cette fois, ça ne vient pas de ma môman.

— Ouaip. T'as eu chaud aux fesses.

— Ça vient de la tienne.

— Hélas, soupira-t-elle.

— Devine qui va avoir chaud aux fesses, maintenant ?

— Mais pourquoi c'est moi que tu dois punir ? Punis plutôt ma mère !

Olive s'arrêta net en réalisant ce qu'elle venait

de dire, face à un Yokin qui arbora une expression si horrifiée qu'elle éclata de rire et se jeta à son cou.

— Tu m'aimes, malgré ma famille lourde ? murmura-t-elle en caressant son crâne rasé.

— Je t'aime, malgré MA famille lourde, répondit-il en frottant son nez contre le sien.

Il la plaqua alors tendrement contre la table, laissa ses mains glisser le long de ses hanches, et commença à remonter sa jupe. Elle colla ses lèvres aux siennes et lui retira son tee-shirt. Doucement, ils se laissèrent tomber sur le tapis en se dévorant la bouche, enlacés et fiévreux.

SAMEDI.

Olive était affalée de travers dans le fauteuil de son salon, les jambes pendantes sur l'accoudoir, en tee-shirt long et culotte shorty. Elle corrigeait les devoirs de ses petits élèves, mordillant le bout de son stylo rouge, lacérant de coups de griffes certains passages, félicitant d'une note heureuse d'autres copies. Toute à sa concentration, elle sursauta lorsqu'on sonna à l'interphone. Elle reposa la feuille qu'elle était en train de biffer, se leva, et se dirigea jusqu'à l'appareil.

C'était un livreur qui s'annonçait.

Étonnée, elle enfila un imper accroché sur le portemanteau de l'entrée pour ne pas lui ouvrir dénudée. Visiblement, on lui apportait des fleurs. Étrange, car d'habitude, Yokin les lui offrait en mains propres…

Sauf que ce n'étaient pas des fleurs.

Le livreur lui tendit un joli panier en osier tapissé d'une profusion de paille, dans laquelle se trouvaient disposées deux douzaines d'œufs. Le tout recouvert d'une débauche de cellophane, et orné d'un joli ruban jaune arrangé en un nœud aussi rétro que ravissant.

Olive, étonnée, accepta le panier, signa le reçu et laissa un pourboire à celui qui le lui avait monté. Très intriguée, elle alla déposer l'étrange présent dans sa cuisine.

Pourtant, les parents d'élèves n'avaient pas son adresse… Elle ne connaissait aucun éleveur de poules pondeuses… Peut-être était-ce une erreur de livraison, et le panier était-il destiné à une pâtisserie ? Mais tout de même, ce beau ruban… Elle chercha alors dans les plis du cellophane, et finit par y trouver une carte.

Lorsque Yokin rentra à la maison une heure plus tard, il trouva sa fiancée dans la cuisine, en train de faire des crêpes. Sur le plan de travail étaient posés de la farine, du lait, du beurre, et une pyramide d'œufs nichés dans un panier en osier. Bizarre, bizarre…

Il l'embrassa, mais elle se raidit. Elle semblait furieuse, mais il en ignorait totalement la raison.

— Ça va, chérie ?

— Non, ça ne va pas. Ça ne va pas DU TOUT, figure-toi.

Yokin aurait bien voulu l'écouter, mais il était guidé par le bout de son odorat. Tout son être tendait à se demander s'il pouvait prendre une de ces crêpes moelleuses et parfumées au rhum, sur le haut de la pile en train de se constituer. Juste une (pour commencer).

L'air embaumait d'une senteur qui stimulait tant ses glandes salivaires qu'il crut un moment qu'il risquait de boire la tasse. Quel besoin les femmes avaient-elles de faire brûler des bougies aux parfums synthétiques pour aromatiser leur intérieur, quand il leur suffisait juste de faire la cuisine ? Yokin rigola intérieurement, espérant qu'Olive ne l'avait pas entendu penser trop fort. Il jugea néanmoins plus prudent de refréner ses pulsions, tant il souhaitait éviter qu'on ne le dispute, alors qu'il aurait été incapable de répondre la bouche pleine. Mais tout de même, ces crêpes fines, légères, aux bords délicatement craquelés, tachetées de cratères bruns et de stigmates de bulles éclatées, telles de petites flétrissures fondantes dans lesquelles il sentit monter l'envie pressante de planter ses...

— C'est encore ta mère ! Lis la carte qui accompagnait le panier d'œufs que cette harpie m'a fait porter. C'en est choquant, tellement c'est outrageant ! Ah, je te le dis, un affront pareil, je ne sais pas si je le lui pardonnerai un jour ! Je suis tellement hors de moi que j'en ai fait des crêpes, pour me calmer...

— Non, mais Olive, attends, tu ne peux pas traiter ma mère de harpie, quoi.

— LIS, JE TE DIS !

Olive ne rigolait pas, mieux valait obtempérer.

Yokin saisit la carte, jetée sur la table, et la déchiffra à voix haute.

Vous aimez les œufs frais ? Vous n'aimeriez pas cuisiner avec des œufs bientôt périmés, n'est-ce pas ? Voilà. Vous m'avez compris.

Signé : B. Une mamie qui vous veut du bien.

Yokin éclata d'un petit rire qui se voulut apaisant, dédramatisant, innocent, mais qui se révéla chevrotant.

— Ça te fait rire ? grinça Olive, blessée par le geste de sa moche-mère.

— Pas du tout ! se défendit Yokin. Mais en même temps... euh... ce ne sont que des... (bruit de toux)... œufs...

— Ce ne sont que des œufs... répéta Olive, consternée.

— C'est très con, je te l'accorde, rama Yokin comme un naufragé de la phrase en trop qui commençait d'ores et déjà à entamer un jeûne de crêpes. Mais il ne faut pas que ça te fasse mal, parce que... parce que...

— Il ne faut pas que ça me fasse mal, parce que... redit Olive en s'approchant de lui, une lueur de colère brillant au fond de l'œil.

— Parce que... bredouilla Yokin, dont les propos coulaient à pic lamentablement. Ben parce que ce ne sont que des œufs, quoi...

— Et les œufs, ça ne fait pas mal, termina Olive, soudain conciliante.

— Voilà, voilà… fit Yokin, reprenant espoir en l'idée de peut-être réussir à flotter jusqu'à une crêpe. Tu t'en fous, ça ne doit pas te faire…

Il ne termina pas sa phrase, car Olive venait de lui écraser un œuf sur le sommet du crâne.

— Ça ne fait pas mal, n'est-ce pas ? s'inquiéta-t-elle ironiquement.

Yokin resta immobile, l'œuf lui coulant sur le front, tombant sur son nez, s'égarant sur sa bouche. Il ferma les yeux, résigné. Mais un mouvement pincé des lèvres le trahit, révélant qu'il ne l'était pas tant que ça. Olive lui claqua alors en souriant un deuxième œuf sur la tête.

— J'ai pas bien entendu… ça fait mal, ou pas ?

— Tu veux le savoir ? demanda Yokin, sous son shampooing aux œufs. Ça ne fait rien du tout. Rien. Du. Tout. Mais, arrête-moi si je me trompe, il me semble que par ton attitude, tu veuilles faire parler la poudre…

Et sans lui laisser le temps de répondre, il saisit une poignée de farine sur la table, et la lui balança sur la figure.

— Non… dit Olive figée les yeux clos, le nez plissé, crachouillant un voile de poudre blanche. Tu n'as pas osé faire ça ?

— Faire quoi ? demanda Yokin. Ça ?

Il prit le sachet de farine tout entier, et le lui renversa sur la tête, avant de poser les poings sur ses hanches et d'éclater de rire façon pirate triom-

200

phant, qui ignore encore qu'il s'apprête à perdre une jambe dans les minutes qui suivent.

Olive, plus pâle qu'une boule de neige, poussa des cris de stupéfaction en s'époussetant le visage.

— C'est laid, ce que tu as fait, Yokin ! C'est très, très laid !

Et pour le lui prouver, elle attrapa la bouteille de lait qu'elle venait juste de sortir du frigo, l'ouvrit d'un geste leste, saisit le haut de son jean, le tira vers elle pour laisser un espace, et lui versa sans hésiter la boisson froide, qui se répandit en lui noyant instantanément le caleçon et le service trois-pièces.

— Hou ! Houuuu ! piailla Yokin en sautillant dans une flaque de liquide gelant à présent ses pieds nus. Alors ça, ma cocotte, c'est une déclaration de guerre !

Il se baissa, saisit Olive par les cuisses et la bascula sur son épaule. Sa fiancée ainsi calée, il lui mit une claque sur les fesses, dont elle ne put se défendre qu'en lui martelant le dos tout en riant. Il s'esclaffait aussi, fier de son coup.

— Lâche-moi, espèce d'enfoiré, ou ce sont tes œufs, que je casse !

— On n'a pas fini de cuisiner, clama Yokin. Maintenant, c'est toi qui passes à la casserole ! Où est le beurre ?

— Mais qu'il est drôle ! pouffa-t-elle, ses cheveux saupoudrant de farine le sol derrière eux, tandis qu'ils se dirigeaient vers la salle de bains. Tu ne veux pas une petite crêpe, avant ?

— Trop tard ! C'est plus d'une crêpe dont j'ai faim ! s'écria-t-il, en faisant couler l'eau de la douche, et en y entrant avec elle.

JEUDI.

Quand Olive a reçu dans sa boîte aux lettres un paquet contenant une petite grenouillère craquante taille un mois, elle a commencé à trouver sa mère fatigante. Très fatigante. Et elle n'a pas hésité à prendre son téléphone pour le lui faire savoir. Avec des mots sans doute un peu plus familiers que d'ordinaire, et d'un niveau sonore inhabituel. Puis, toujours énervée, elle a offert la layette à la maman enceinte d'un de ses petits élèves.

Yokin, quant à lui, soulagé d'avoir échappé à une scène, a appelé sa mère pour lui faire un bisou.

MERCREDI.

Yokin n'aurait pas dû appeler sa mère pour lui faire un bisou. Elle a sans doute pensé qu'il manquait de tendresse, de câlins, d'affection, elle a probablement interprété d'une façon bizarre, étrange, voire inattendue l'élan de son fils, car elle a envoyé un paquet-cadeau.

Un paquet qu'il ouvrit lui-même, lorsqu'il le découvrit dans sa boîte aux lettres, même si le nom du destinataire était celui de sa compagne. Il commençait à comprendre la teneur de ces colis piégés, et à réaliser que sous leurs airs a priori rigolos et inoffensifs, ils pouvaient à tout moment faire exploser son couple.

Bien lui en prit. Il trouva dans le paquet un coffret provenant d'une des plus glamours et sulfureuses marques de lingerie. Il n'hésita pas et le décacheta. Dedans il y avait une paire de bas noirs à plumetis, une indécente guêpière à porte-jarretelles intégrés, constituée d'une débauche de rubans, de ficelles et de pièces en dentelle, une petite culotte vraiment très très petite, et même… un boa en plumes ! Il fouilla un peu et trouva la carte qui dénonçait l'instigatrice de ce traquenard :

Aujourd'hui, vous me remerciez, mais demain, c'est moi qui vous remercierai.

Signé : B. Une mamie qui veut que vous vous fassiez du bien.

Il se tint les côtes pendant au moins un quart d'heure, oscillant entre le soulagement d'avoir intercepté à temps le cadeau empoisonné, et la façon dont il comptait désamorcer le présent en s'en attribuant l'initiative, histoire de sauver la peau de sa mère. Au passage, il se questionna sur la raison d'être de ce boa, qui aurait mieux trouvé sa place dans un film olé olé des années 70, que dans un paquet-cadeau sexy destiné naïvement à stimuler la perspective d'un coït aboutissant à un gnome.

Il n'en demeura pas moins qu'il appela l'auteur de ses jours pour lui expliquer, encore et à nouveau, que ses manigances commençaient à lui courir sérieusement sur le haricot, et qu'elle n'avait pas à décider à sa place de ce qu'il comptait faire de ses gamètes. Quand bien même aurait-il choisi de léguer son corps à l'absence. Peine perdue, elle ne le laissa pas en placer une, et le submergea sous un typhon de récriminations, de mises en demeure, de plaintes et d'exhortations. Il n'eut d'autre choix, pour lui clore la bouche, que de lui raccrocher au nez. Et s'en voulut. Donc, la rappela pour s'excuser, ce qui permit à sa génitrice de reprendre son monologue impérieux pile à l'endroit où la tonalité du téléphone l'avait interrompu. Il raccrocha à nouveau, et se flagella d'être aussi perméable à ses ondées de culpabilisation, quand sa mère, elle, était l'incarnation vivante d'une bâche en plastique.

Le soir, après avoir dîné et s'être détendue devant un film avec son amoureux, Olive alla se déshabiller dans leur chambre et trouva la surprise sous son oreiller.

Elle apprécia, même si elle s'étonna toutefois de la présence du boa, que son homme justifia en lui susurrant un hasardeux : « C'est pour attraper les souris comme toi… »

Yokin, sans ciller, lui avait fait croire qu'il célébrait, par cette attention, l'anniversaire de leur premier baiser. Étrange, pour un homme qui avait déjà du mal à se souvenir de celui de sa propre naissance. Qu'elle eût le sentiment que la saison ne correspondait pas à ce dont elle se rappelait lorsqu'ils goûtèrent leurs langues respectives n'eut pas grande importance, car il ne lui laissa pas le loisir de se pencher trop longuement sur la question.

Le drame advint au beau milieu de la nuit, lorsque Yokin s'effondra dans un sommeil comblé, et qu'elle quitta leur lit. Ce fut un bête, un stupide verre d'eau, qui déclencha le tsunami.

Olive eut envie d'eau fraîche, mais il n'y en avait plus dans le frigo. Elle se servit alors du jus d'orange en brique. Il n'en restait qu'un fond, qu'elle se versa dans un verre et but, avant de jeter la brique à la poubelle. Laquelle menaçait de déborder, obstruée en partie par un petit carton, comportant son nom et son adresse, maladroitement recouverts d'un griffonnage au feutre. Il ne lui fallut pas longtemps pour retrouver la carte de sa belle-mère, déchirée simplement en deux, au fond de la poubelle.

Yokin, militaire de profession et fiancé de condition, fut reconnu coupable de haute trahison. N'ayant pas la lucidité suffisante, à trois heures du matin, commis d'office à défendre son cas la bouche pâteuse et les paupières tombantes, il écopa de deux jours de gueule. Une peine ferme et aménageable sur le canapé du salon. S'il envisageait une réinsertion un jour, au moins aussi agréable que celle de cette nuit, il allait devoir se soumettre à des travaux forcés pour leur couple. Comme de casser des cailloux sur la tête de mule de sa mère, par exemple, histoire de lui faire entrer dans le crâne leur décision à tous les deux.

La punition fut exécutée, Yokin fit le serment de ne plus jamais lui mentir.

Ça aurait dû en rester là.

Mais Olive reçut une lettre de son futur beau-père, qui fit voler en éclats leur entente retrouvée.

Chapitre 23

Félix

— Puis-je vous aider ?

— Oui, je cherche un ouvrage sur les mastodontes, c'est pour offrir à…

— Félix ? Qu'est-ce que tu fais là ? demanda
Sofia, lorsqu'il se retourna et qu'elle le reconnut.

— Eh bien, je cherchais un ouvrage sur le pro-
cessus de fossilisation des mastodontes en milieu
glaciaire. C'est pour offrir à mon petit voisin, qui
a quatre ans, dit-il en lui montrant du doigt les
tranches des ouvrages qu'il consultait.

— Ah… bien sûr. Viens, on va regarder
ensemble.

Sofia lui fit signe de la suivre par-delà les rayonnages de sa librairie.

Derrière elle se trouvait un vendeur amorphe,
qui feuilletait les pages d'un catalogue sans se soucier de ce qui se passait autour de lui. C'est-à-dire
pas grand-chose, tant la boutique était vide, à cette
heure de la journée.

Il s'agissait d'un de ces petits commerces comme il en existe de moins en moins à Paris. Son stock ne contenait probablement pas le genre de livres un peu pointus que Félix était venu chercher, mais il s'était dit qu'il y trouverait sans doute son bonheur. Sous une autre forme, puisque le bouquin n'était qu'un subterfuge pour revoir la libraire.

Au fond de la boutique, tout au fond, se trouvait le rayon des bandes dessinées. Il avait été aménagé dans un coin plus obscur, où les albums étaient disposés avec moins de soin que les volumes de littérature générale. Félix allait faire remarquer à la jeune femme que le livre qu'il convoitait n'entrait pas du tout dans cette catégorie, lorsque Sofia se tourna brusquement vers lui.

Elle s'approcha alors très près, le faisant reculer jusqu'à ce qu'il soit plaqué dos à une bibliothèque, et fit courir ses doigts sur son nœud papillon.

— Alors, mon héros… Tu t'es remis de tes émotions au parc d'attractions ?

— Hein ? Ah mais… je ne sais même plus de quoi tu parles… Ah ? Ah oui, la maison effrayante, là, non mais j'ai joué le jeu pour rigoler, tu penses bien… ah-aah…

Il réajusta d'un mouvement de doigts crispés la bonne position de son collier pour homme, tandis que les mains de Sofia, toujours actives et qui ne se détachaient pas de lui, galopaient le long des pans de son gilet.

— Tant mieux. Du coup, je me demandais si

tu ne voudrais pas m'inviter à dîner… Un de ces quatre…

— Oui, oui, avec plaisir, bredouilla Félix qui n'avait trouvé que l'excuse du bouquin pour venir lui tourner autour.

— Par exemple, ce soir. Qu'en dis-tu ?

Elle avait soufflé cette dernière phrase très près de son visage, haletante. Il avait même senti l'arôme entêtant de son déodorant à l'orchidée venir lui chatouiller les narines. Découcher un soir de semaine ? Iolanda allait être furieuse… Il plongea alors ses yeux dans les prunelles bleu lagon de Sofia, et leur lueur ardente ne lui dit rien qui vaille. Il sentit l'envie lui démanger de saisir son inhalateur pour le téter un coup, histoire de s'apaiser, mais il n'en fit rien.

— Eh bien… commença-t-il.

À la place, du bout des doigts, il toucha le pendentif que sa grand-mère lui avait donné, et qu'il conservait sur lui, au fond de la poche de son jean. Ce contact chargé d'énergie bienfaisante lui envoya une giclée de courage.

— J'en dis que je vais aller me prendre un café dans le bar d'en face, et que je passe te chercher à la fermeture, dit-il d'un ton ferme.

Sofia se dressa sur la pointe des pieds, sa main quitta le gilet de Félix pour remonter le long de son cou et aller presser sa mâchoire. Elle lui déposa un long baiser ambigu et appuyé sur la commissure des lèvres. Puis elle ajouta, en se reculant et en tournant lentement les talons :

— Serré, le café…

Chapitre 24

Félix

— T'as aimé ?

— Beaucoup ! Et toi ?

— Pas mal... minauda Sofia en se laissant retomber sur le dos.

Dans son grand lit king size, elle s'étira comme une féline, les bras bien en arrière, délicieusement cambrée, la poitrine tendue, en poussant un cri de contentement.

Félix ne perdait pas une miette du spectacle qu'elle lui offrait, malgré le drap qu'elle conservait entortillé autour de sa jolie silhouette.

Ça avait été une affaire rapidement emballée, et c'est elle qui avait troussé le paquet-cadeau. Au restaurant, Sofia lui avait fait du pied. Il n'avait d'ailleurs pas immédiatement compris pourquoi elle s'obstinait à aller chercher sa Converse sous la table, pour la lui salir en appuyant sa chaussure dessus. C'étaient quand même des Converse custo-misées avec un tricératops, un modèle unique qu'il avait rapporté des États-Unis… Mais quand elle avait en plus posé sa main sur la sienne, tandis qu'il manipulait ses baguettes de l'autre dans son bol de nouilles sautées, il avait commencé à percuter. Quelques paroles sucrées, à base de «Maintenant que je suis séparée, j'ai envie de m'éclater!», de «Dis-moi tout, Félix. Comment me trouves-tu?» et autres «J'ai pas eu le temps de passer chez l'esthéticienne. C'est embêtant… ou non?» finirent de le convaincre que le dîner n'était qu'une mise en bouche avant le festin de plaisirs qui aurait lieu plus tard, dans la soirée.

Et en cela, les textos interrogateurs de Iolanda, qui avaient ponctué ce délicieux tête-à-tête, n'avaient rien pu y faire. Félix avait eu envie de la belle Sofia. Une envie aussi féroce que celle d'un brachiosaure devant un grand plat de ginkgo, de cycas et de fougères bien tendres.

Or il se trouve qu'après le dîner, lorsqu'il l'avait raccompagnée jusque chez elle et qu'elle l'avait entraîné dans sa tanière, c'est elle qui ne fit de lui qu'une bouchée, tel un archelon affamé fondant sur une méduse consentante. Une petite méduse très, très consentante…

Félix et Sofia se revirent plusieurs fois.

On ne peut pas dire qu'une histoire d'amour débuta réellement entre eux. D'une part, parce qu'il ne pouvait jamais passer la nuit entière dans son grand lit king size, obligé qu'il était de rentrer chez lui, même tard, par respect envers celle qui partageait sa vie. D'autre part, car il commençait à émettre quelques réserves quant au tempérament débridé et un peu outrancier de la jeune femme.

C'est elle qui décidait de tout. Des lieux où ils allaient dîner (finis les burgers mariés à une mousse blonde glacée, place aux endroits prout-prout dans lesquels manger signifiait brouter des herbes assaisonnées de graines), des films qu'ils allaient voir (terminé les Spielberg, Ridley Scott et autres performances d'Adam Sandler, place aux séances d'art et essai pendant lesquelles il lui était formellement interdit de s'endormir), du choix des acrobaties qu'ils allaient entreprendre (bon, ça, il aimait bien en revanche), et jusqu'à son nœud papillon, qu'elle lui reprochait de porter, car trop plouc, selon elle. Sofia déclarait que les nœuds ne devaient se trouver que dans les cheveux. S'il tenait tant que ça à ce qu'on lui passe la corde au cou, il n'avait qu'à patienter un peu. Qu'il se contente pour le moment d'être pendu à ses basques.

Félix, dans une dérisoire tentative de résistance, le planqua désormais sous une écharpe lorsqu'ils devaient se voir.

Non, vraiment, le brave garçon faisait tout son possible pour ne pas la contrarier.

Par exemple, il n'avait rien montré de son humiliation lorsqu'elle lui avait ri au nez en découvrant le cadeau qu'il lui avait fait, pour célébrer leur premier mois de relation.

Lui qui avait trouvé follement romantique de lui offrir une étoile dans l'univers qui porterait son prénom (et qui avait peut-être vu les dinosaures) s'était pris en retour, lorsqu'elle eut le certificat entre les mains, une grimace de commisération qui lui avait vrillé le cœur. Sofia lui ayant même demandé s'il avait bien noté qu'elle n'avait plus quatorze ans. Il n'avait pas répondu, car il avait surtout noté, en réalité, qu'elle était émotionnellement trop vieille pour lui. Aussi vieille, aussi éloignée et aussi calcinante que l'étoile qu'il était allé lui décrocher.

Et puis très vite, les appels incessants et les innombrables textos de Iolanda avaient porté sur les nerfs de la libraire. Que la pauvre femme se sente perdue en voyant son Félix s'éloigner ne l'émouvait pas plus que ça. Bien au contraire. Cette intrusion quotidienne dans leur vie sentimentale finit par agacer l'amante pas religieuse pour un sou, au point qu'elle lui lança un jour le fameux ultimatum : « Maintenant tu choisis : c'est elle ou moi. »

Félix eut beau l'implorer, lui expliquer que Iolanda avait besoin de lui, qu'il ne pouvait pas la quitter comme ça, aussi brutalement, Sofia demeurait intraitable : il était temps pour lui de se débarrasser d'elle.

Alors, comme de toute façon il l'avait déjà promis à sa grand-mère, il finit par céder.

Mais il le ferait à sa manière. Sans la blesser. Il se jura qu'elle ne souffrirait pas.

Il lui devait bien ça.

C'était sa mère, après tout.

Chapitre 25

Olive

Cet après-midi-là, Olive passa à la supérette acheter les ingrédients manquants à la recette qu'elle avait choisie pour le dîner. Si elle voulait se lancer dans un magret de canard au miel, il lui fallait au minimum du miel. Et quelques épices. Et aussi des magrets de canard, maintenant qu'elle y pensait.

Elle errait dans les rayons en prenant son temps, comme elle le faisait chaque fois. Ces petites courses équivalaient pour elle à un sas de décompression avant de rentrer. Une sorte de transition nécessaire entre deux états diamétralement opposés : bruit et agitation la journée, à l'école, calme et plénitude la soirée, de retour chez elle.

Traînasser juste un instant, le temps d'oublier que Marie-Liesse, la directrice de la maternelle, s'était violemment fait prendre à partie par un parent d'élève agressif, lorsqu'elle lui a fait remarquer les bleus suspects sur les bras de son enfant.

Et aussi qu'Isobel, la dame de service, avait jeté les pelures de légumes qu'elle avait réservées pour que les gamins nourrissent les lapins qu'elle allait apporter. Tiens… il y avait une promo sur les boîtes de surimi ? Deux pour le prix d'une et demie. Justement, Olive adorait ça. Elle plaça deux boîtes dans son panier, et continua à parcourir les allées.

Elle pensa à Hugo, son collègue instituteur, qui s'était fait jeter hors de leur appartement par son mec. Elle lui avait proposé de venir dîner avec Yokin et elle ce soir. Elle lui aurait même prêté leur canapé, pour y dormir une nuit ou deux, le temps que les choses s'arrangent. Mais, bouleversé, il avait refusé d'être le témoin aigri d'une histoire d'amour aussi belle que la leur. Alors, elle l'avait enjoint d'appeler ses parents. Il semblait si choqué par sa séparation brutale, qu'elle craignait qu'il ne fasse une bêtise. Les avait-il contactés ? Elle sortit son portable et rédigea un texto, qu'elle lui adressa.

Un garçonnet passa près d'elle, la main dans celle de sa maman. Il lui rappela le petit Eyal, qui s'amusait à caresser les cheveux de ses camarades les doigts pleins de peinture. Elle sourit en posant dans son panier un sachet de macaronis artisanaux. La mère à ses côtés portait un pull en mohair rose. Cela lui évoqua la petite Nuage, qui mangeait de la pâte à modeler parce qu'elle trouvait que ça sentait aussi bon que de la barbe à papa. Elle en proposait souvent au petit Amir, qui faisait pipi sur lui sans jamais prévenir personne et restait assis dans sa flaque. Ce gamin avait certainement un problème, mais lequel ? Olive attrapa des yaourts au soja, chercha la date de péremption, les reposa, et alla en saisir d'autres, loin derrière, avec une date limite plus éloignée. Satisfaite, elle poursuivit son chemin.

En parlant de problème, il allait falloir qu'elle rencontre les parents du petit Enzo, qui piquait des crises de nerfs et balançait tous les objets qui se trouvaient autour de lui. Ce n'était plus possible, il allait finir par blesser quelqu'un. Et dire aussi un mot à la maman de la petite Ismérie, qui volait des livres de contes en les cachant sous son pull. Enfin, si elle parvenait à la croiser un jour, la gamine étant depuis le début de l'année scolaire déposée à l'école et raccompagnée par des nounous amorphes, qui jetaient la mioche le matin et venaient la rechercher le soir sans prendre la peine ni de lui fermer son manteau ni de s'attarder devant l'école. Il lui sembla même en avoir vu une, un jour, qui lui boulottait en douce son goûter… Quelle misère. Un peu de vin, peut-être ? Qu'est-ce qu'on boit, avec du canard ? Vin blanc, ou rouge ? Olive soupira. De toute façon, Yokin et elle préféraient l'eau pétillante.

Elle reçut un SMS qu'elle lut aussitôt. C'était Hugo, son collègue, qui dînait chez ses parents, l'assurait que ça allait mieux, et la remerciait d'avoir été là. Soulagée, elle sourit en rangeant son mobile dans son sac. Ah ! Il fallait qu'elle parle à la psychologue scolaire, au sujet de la petite Deepali.

216

Cette gosse était d'une maturité stupéfiante. Il fallait voir les compositions spectaculaires qu'elle créait avec ses gommettes. C'était d'une beauté à couper le souffle. Elle lui raconterait aussi, pour rire, les péripéties du petit Adewale, qui ne savait plus quoi inventer pour qu'elle accepte de se marier avec lui quand il serait grand : bague empruntée à sa maman qu'il lui avait offerte dans une boîte à camembert en guise d'écrin, dessins griffonnés de dizaines de cœurs qu'il glissait dans son sac à main, fleurs arrachées dans le jardinet de l'école, qu'il déposait sur son bureau… d'ailleurs, en parlant de fleurs… Olive se demanda quelle était la différence entre du miel liquide et du miel solide ? Dans le rayon, elle se pencha sur la question en comparant les étiquettes des deux pots.

Soudain, elle sentit qu'on l'observait.

Elle leva la tête, et jeta un coup d'œil autour d'elle. Sur sa droite, elle repéra une jeune femme blonde, qui baissa aussitôt les yeux, et fit mine d'avancer, son panier à la main, aussi insouciante qu'une de ses petites élèves s'efforçant de s'en donner l'air.

Olive n'y prêta pas garde, et continua ses courses.

Au moment de passer en caisse, elle vit l'inconnue faire la queue dans la file d'à côté.

Olive posa devant la caissière son sachet de pâtes italiennes artisanales. Elle remarqua que l'inconnue déposait le même sur son tapis roulant. Or il s'agissait d'une marque assez rare. Elle tiqua, car au fur et à mesure que la jeune fille déposait ses articles, il lui sembla que tout le contenu de son panier était similaire au sien. Elle trouva que c'était une drôle de coïncidence, la caissière lui demanda si elle voulait un sac, Olive lui répondit que non, car elle avait sur elle son sac pliable, et elle n'y pensa plus.

Lorsque sur le chemin du retour elle passa chez le cordonnier, pour y récupérer la paire de chaussures qu'elle avait donnée à ressemeler, et qu'elle croisa à nouveau la même personne la dévisageant fixement, elle sursauta. Un bus arriva, laissant descendre une foule hétéroclite dans laquelle l'inconnue se fit engloutir. Lorsque les gens se dispersèrent, il n'y eut plus personne.

Soucieuse, Olive sortit un petit miroir de son sac, histoire de vérifier qu'elle n'avait pas une feuille de laitue collée dans les cheveux ou une fiente de pigeon coulant sur son épaule. Mais non, rien…

Elle ne souffrait d'aucune paranoïa, et le quartier était à tout le monde. Il lui parut évident que, circulant dans le même périmètre, les deux femmes pouvaient être amenées à se recroiser. Elle continua donc à ne pas prêter attention à ce curieux hasard.

Une fois rentrée chez elle, Olive posa son sac à main sur le portemanteau de l'entrée, et son sac de courses sur le plan de travail de la cuisine. Elle tira du doigt le rideau et regarda machinalement par la fenêtre, comme elle le faisait souvent en guettant avec hâte le retour de son amoureux.

C'est là que les choses basculèrent.

Elle reconnut, dans sa propre rue, la jeune femme, tête levée face à son immeuble, cherchant à apercevoir quelque chose ou quelqu'un. Quelqu'un qui, visiblement, se trouvait dans son appartement. Quelqu'un qui pouvait être elle. Ou qui pouvait aussi bien être… Yokin.

Son militaire de fiancé, qui partait en mission à l'autre bout du monde plusieurs mois dans l'année, partageant son quotidien entre jolies collègues et belles autochtones. Son homme ténébreux, irrésistible et si mystérieux, parfois. Son futur mari.

Son sang se glaça.

Chapitre 26

Olive

— Je crois que Yokin a une liaison, m'annonça Olive, tout de go.

— Une quoi ?

Son annonce fut si saisissante que j'en reposai ma tasse brusquement. Un peu de café m'éclaboussa la main. Je la portai machinalement à ma bouche, pour atténuer la blessure du liquide brûlant aussi bien que pour éviter qu'il ne se répande sur ma manche.

Dehors, il faisait frais, mais nous avions tenu à prendre notre verre en terrasse. L'observation des fantaisies vestimentaires chez les passants étant un sport dont je me délectais. Sortir de l'exiguïté de sa salle de classe et avoir une vue directe sur l'immensité de la ville étant une gym nécessaire à Olive.

— Il me trompe, j'en suis sûre…

— Yokin ? LE Yokin qui part en mission, et qui pourtant t'appelle tous les soirs avant que tu t'endormes, parce qu'il sait que tu as peur de te coucher seule ?

— Ouais… maintenant, je me dis que c'est peut-être pour vérifier que je me couche réellement seule, va savoir.

— LE Yokin qui a loué un panneau publicitaire en face de ton école pour te demander de l'épouser ?

— On avait vu ça ensemble dans un film, tu parles d'une originalité.

— Non, tu dois confondre. Ça ne peut pas être LE Yokin qui t'a offert une bague pour la Saint-Valentin dans un carton de douze bouteilles d'eau, dans lequel était placé un carton de micro-ondes, dans lequel était emboîté un emballage de mixeur, dans lequel était insérée une boîte à chaussures, dans laquelle était enfermé un étui de parfum, dans lequel était glissé ton écrin, et qu'il t'a donné le carton de bouteilles d'eau à la sortie de la maternelle avant d'aller rejoindre son équipe, en te disant qu'il contenait un vase rare et ultra-fragile. Tu te souviens comment tu as flippé en rapportant précautionneusement cet immense carton poupée russe chez toi ? Et ta surprise, tes éclats de rire, ta jubilation en découvrant toutes les fausses pistes qu'il contenait ?

— Parfois, il a un peu un humour de merde.

— Mais enfin, Olive, m'exclamai-je. Même ses parents t'adorent !

— Ah, ne me parle pas de ses parents, hein ! Ils ont failli nous faire craquer… Je t'ai raconté les

221

manigances de sa mère, mais je ne t'ai pas parlé de la lettre que j'ai reçue de son père ?

— Il vous a envoyé une lettre ? Qu'est-ce qu'elle disait ?

D'un geste frénétique de la main, je tentai de faire signe au serveur. Il n'avait pas apporté de verre d'eau avec mon café, et Olive venait de finir le sien. Mais apparemment, j'avais beau m'agiter, il ne me voyait pas.

— Eh bien, je ne l'ai pas lue tout de suite, dit Olive en coupant son portable, afin de passer tranquillement ce moment en ma compagnie. J'ai mis des jours avant de la décacheter. Je l'avais balancée en découvrant au dos qui me l'envoyait, et elle a atterri dans le panier à fruits, où je l'ai oubliée. Bref. Ça ne m'a pas empêchée de faire une scène à Yokin, et de lui dire que je ne tolérerai pas plus longtemps ce harcèlement lourdingue concernant notre vie privée, et que s'il n'était pas capable de tenir ses vieux, alors peut-être que ce mariage n'était pas une si bonne idée après tout.

— C'est vrai qu'ils exagèrent, mais ce serait dommage de ne pas aller au bout de vos projets à cause d'eux... Hep ! Garçon !

Il venait de servir une table à côté de nous, et commençait à s'éloigner.

Au son de ma voix, il tourna la tête, son regard me traversa comme si mon père avait été vitrier, et il rentra à l'intérieur du café.

Bien... bien... Je me dis que son pourboire allait être proportionnel à mon degré de satisfaction (et comme disait l'autre, *I can get no satisfaction*, en l'occurrence).

Je me penchai vers Olive, concentrée sur le récit qu'elle reprit.

— Le mariage, c'est surtout une idée de Yokin, pour me protéger s'il lui arrivait quelque chose dans l'exercice de son métier. Mais pour le gosse, c'est *niet*. Les contraintes, il déteste ça. Il en a assez au boulot. Il refuse de partir au combat en sachant qu'il risque de laisser un petit qui grandira sans son père. Et puis il est accro à sa liberté, qu'il ne veut partager qu'avec moi. C'est son côté fils unique... Il me veut pour lui tout seul. Pour tout t'avouer, même les bébés ne l'attendrissent pas.

— Et toi? Pas de frustration de ce côté-là? risquai-je, en espérant qu'elle ne trouverait pas ma question déplacée.

— Moi? Oh, moi, tu sais, mes élèves me comblent, sourit Olive. Je n'ai pas besoin de plus.

Elle porta sa tasse à ses lèvres, en but une gorgée, et son regard se perdit un instant dans le vague.

— Quand nous nous sommes connus, reprit-elle, nous l'avions évoqué, ce non-désir d'enfants. Histoire que les choses soient claires, si un jour elles devenaient sérieuses entre nous. Je n'ai pas changé d'avis depuis, et lui non plus...

— Hum... dis-je, en apercevant le serveur réapparaître sur la terrasse.

Vêtu d'un gilet, d'une cravate et d'un pantalon à pinces noir, ainsi que d'un tablier aussi blanc que sa chemise, ce grand échalas maigrichon s'activait les lèvres serrées, avec des gestes brusques. Je crois qu'à la définition du mot « revêche » dans le dictionnaire, on devait trouver sa photo. Cette fois, je me levai à demi de ma chaise, pour lui faire signe. Il sembla m'avoir vue et fit quelques pas dans ma direction. Ah, tout de même.

Je me rassis et me penchai en avant pour tirer ma chaise vers la table. Lorsque je levai la tête, le serveur était en train de noter la commande du couple assis à la table juste devant nous. Une fois que ce fut fait, il tourna les talons, me laissant derrière lui, ahurie et la bouche ouverte. Je décidai alors de la remplir de conversation, pour ne pas risquer de la voir déborder d'injures.

— Et donc, il a dit quoi, Yokin, quand tu l'as menacé de tout annuler ?

Olive réajusta le col de son manteau, qu'elle n'avait pas quitté. Ses cheveux blonds, courts et décoiffés, lui donnaient une allure de garçonne sexy, tempérée par son look classique. Un petit cardigan boutonné, une paire de bottes à talons et une jupe longue constituaient son uniforme préféré pour faire la classe à ses maternelles.

— Il l'a mal pris, tu penses bien… d'autant que nos pères se tenaient à carreau, jusqu'à présent. Enfin, jusqu'à ce que je reçoive la lettre du sien…

— Qui voulait quoi ?

— Les ingrédients des petits feuilletés au fromage de ma mère.

— Non ?

— Si ! Il m'avait carrément envoyé son carnet de recettes, pour qu'elle la note dessus.

J'éclatai de rire, et elle rit avec moi de bon cœur. Olive aimait beaucoup son futur beau-père. C'était un personnage gentil, placide, un peu lunaire mais très attachant, qui traversait la vie en prenant bien garde de ne déranger personne. À l'exact opposé de sa concierge d'épouse.

— Bon, et cette histoire débile de tromperie, là… qu'est-ce que c'est encore que ces conneries ? Yokin et toi êtes fous l'un de l'autre. J'ai rarement vu un couple aussi fusionnel.

— C'est ça, de vivre avec un militaire… Il m'abandonne pendant des semaines, alors quand il est là, on fait des stocks l'un de l'autre.

Je déballai la petite amande au chocolat qui accompagnait mon café, et la mis dans ma bouche. De la langue, j'en absorbai la poudre cacaotée, puis je la croquai d'un coup de dents, tout en réfléchissant. Cette histoire de cocufiage m'intriguait. Roméo et Juliette, à côté de ces deux-là, c'était Tom et Jerry.

— Mais genre… t'as trouvé des textos bizarres ? Il se planque dans la salle de bains avec son portable ? Il sourit benoîtement toute la journée, et quand il te parle, il se trompe de prénom ?

— Pas du tout ! C'est juste que…

Elle s'interrompit, et choisit soigneusement ses mots, afin que son discours me semble cohérent et surtout convaincant.

— Il y a une jeune femme, très belle, que j'ai

remarquée faisant le guet sur le trottoir face à notre immeuble.

— Et c'est tout ?

— Non. Je l'ai également croisée en allant faire mes courses. Et en achetant mon pain à la boulangerie. Et aussi en allant au cinéma, avec lui. Elle s'est faufilée dans la foule derrière nous, mais j'ai bien vu qu'elle nous suivait. Il suffit que je lève les yeux pour que je la croise. Et c'est comme ça depuis quelques jours. Elle m'observe et se planque dès qu'elle se rend compte que je l'ai repérée.

— C'est étrange, cette histoire…

— Yokin est un très bel homme, Ava… Ça devait arriver…

— N'importe quoi. Tu te fais des idées. C'est peut-être une nouvelle voisine ? Si elle habite votre quartier, ça se tient.

— Je ne crois pas… Pourquoi s'enfuirait-elle en m'apercevant ? Toute cette histoire me rend complètement dingue. Je suis hypertendue à la maison. J'ai des accès de tristesse, je deviens suspicieuse, agressive, et Yokin ne comprend pas pourquoi. Il pense que c'est à cause de sa mère…

— Pourquoi tu ne lui en as pas parlé ? Pose-lui la question !

— Pour qu'il nie ? Pour qu'il me traite de parano ? Oublie… Si notre relation devait tomber dans une telle médiocrité, je préfère encore la… OH, REGARDE ! Au coin de la rue, elle nous observe ! C'est la fille dont je te parlais !

Olive se leva d'un bond, saisit son sac, manqua

de faire tomber sa chaise, la retint de justesse, et me lança :

— Cette fois-ci, je la chope, et je la fais avouer !

Elle s'élança dans la rue, bousculant un passant, tamponnant l'épaule d'un autre, traversant la route à toute allure, courant éperdument vers cette fille singulière qui menaçait son bonheur.

J'en restai figée, tant la scène s'était déroulée soudainement. Comme si on m'avait raconté un film, et que d'un coup, le film prenait corps devant moi. Les lunettes en 3 D en moins.

C'est alors que je sentis une présence, près de mon épaule.

Levant la tête, je sursautai sous le regard accusateur du serveur qui ne me servait à rien.

— L'addition ? me demanda-t-il du bout de ses lèvres pincées, comme s'il craignait de laisser échapper un mot gentil.

— Oui, oui, bafouillai-je, prise de court. Et autre chose aussi, mais euh… j'ai oublié quoi…

Il ne m'entendit pas, car il s'était éloigné en quelques longues enjambées.

— Ah oui, je me souviens ! criai-je dans sa direction. Mais vous ne méritez plus de le savoir !

Chapitre 27

Olive

La fille mystérieuse, qui avait vu Olive se mettre à courir vers elle, tenta de s'échapper.

Elle accéléra le pas, tourna brusquement à un coin de rue, changea de trottoir, pivota à l'angle d'un pressing, chercha des yeux une boutique dans laquelle se réfugier, lorsqu'une main s'abattit sur son épaule.

— Hé, vous ! tonna Olive, essoufflée. Attendez !

La jeune femme se retourna, apeurée.

Elle était belle, avec de longs cheveux blonds qui tombaient sur son blouson de cuir noir ajusté. Son jean moulait ses jambes fines, et elle portait, comme Olive, des bottes à talons. Elle était toutefois bien plus jeune qu'elle ne l'avait cru au premier abord. Olive nota l'information, en se disant qu'à sa connaissance, Yokin n'aimait pourtant pas les gamines…

— Qu'est-ce que vous me voulez, exactement ?

Dites-moi ! Pourquoi me suivez-vous depuis plusieurs jours ?

Shootée d'adrénaline, Olive ne parvint pas à s'adresser à la fille sans hausser la voix.

Alors elle lui fit peur, et l'inconnue, tremblante, prise en flagrant délit de pistage, laissa échapper deux grosses larmes qui roulèrent sur ses joues. Ce qui déstabilisa complètement Olive, qui ne put s'empêcher de se radoucir.

— Pourquoi je vous vois sans arrêt m'observer ? Hein ? Qui êtes-vous ?

La blonde aux longs cheveux ne lui répondit pas. Elle la fixait intensément, la dévorait du regard, comme si elle tentait d'apprendre son visage par cœur. Puis elle se plaqua la main contre la bouche, son visage se chiffonna, et elle étouffa un sanglot.

L'institutrice, décontenancée, sentit confusément qu'il s'agissait de quelque chose de sérieux. Elle lui proposa alors de s'expliquer dans un café. Il y en avait justement un, en face du trottoir.

La jeune fille se contenta d'acquiescer d'un mouvement de tête, comme une élève prise en faute, en s'essuyant les yeux du revers de la main. Olive ouvrit son sac, attrapa un étui en plastique, et en sortit un kleenex qu'elle lui tendit. La fille le prit, se tamponna les paupières avec, se moucha dedans, avant de le glisser dans la poche de son jean.

Olive et l'inconnue franchirent les quelques mètres les séparant de l'établissement. Elles y entrèrent, et s'attablèrent, tout au fond, là où il y avait peu de monde et où elles seraient tranquilles.

Elles demeurèrent de longues minutes sans broncher, à s'observer dans un silence rythmé par les légers reniflements de la fille.

Un serveur vint prendre leur commande. Olive choisit un thé au jasmin. La jeune femme demanda la même chose. Lorsque le garçon de café s'éloigna, Olive lança calmement la conversation.

— Je vous écoute... Qui êtes-vous, et pourquoi me suivez-vous ?

— Vous ne me connaissez pas, dit l'inconnue. Mais moi, je vous connais.

Olive nota qu'elle avait un très léger accent, sans parvenir à déterminer lequel.

— Vous me connaissez ? Pourquoi ? On s'est déjà rencontrées ?

— Oui...

La mystérieuse blonde se tut, et ses mains se mirent à trembler. Elle reprit d'une voix basse.

— Je voulais juste... vous voir... savoir quelle sorte de femme vous étiez... J'attendais le bon moment pour venir vous parler... Je... je ne voulais pas vous importuner.

— Comment vous appelez-vous ? lui demanda doucement Olive.

— Brooke.

— Brooke comment ?

— Et j'ai vingt ans, compléta la jeune fille, en éludant sa dernière question.

Une dame âgée passa près d'elles, cherchant

les toilettes. Un serveur lui désigna du doigt la direction opposée. La dame s'éloigna. Ce café-là était bien plus calme que le précédent. Bien plus vide, aussi. Les fauteuils, d'un joli vert amande, étaient confortables, des appliques cuivrées diffusaient une lumière douce, et quelques répliques de tableaux du début du siècle ornaient les murs.

— Êtes-vous... la sœur d'un de mes petits élèves ? Ou bien la mère, peut-être ?

— Non, non, pas du tout, dit la fille en secouant la tête.

Ses cheveux se balancèrent joliment sur ses joues rosies par l'émotion.

— Écoutez, il faut m'aider, sinon je vais commencer à m'imaginer des choses... s'agaça Olive. Vous... (Elle toussa dans sa main, et prit une grande inspiration.) Vous connaissez mon fiancé ?

— Oui.

Olive pâlit. La jeune femme ajouta :

— Enfin... je l'ai vu avec vous, lorsque vous étiez au cinéma...

L'instit se remit à respirer. Ce n'était donc pas ce qu'elle s'était figuré.

Le serveur vint apporter leur commande. Il disposa deux tasses devant elles, accompagnées de deux théières fumantes, de barrettes de sucre, et de deux sachets de thé. Olive le regarda faire sans réellement voir ses gestes, tant elle était absorbée par ses pensées. Lesquelles se mirent en place, tel un écran de machine à sous ayant beaucoup mouliné, affichant l'un après l'autre, inéluctablement, les numéros gagnants. Soudain, l'illumination.

Olive comprit. Elle se rejeta contre le dossier de sa chaise, les yeux ouverts comme des soucoupes, et ne put s'empêcher de pointer la jeune femme du doigt.

— J'ai cru que… j'ai cru que vous étiez la maîtresse de mon fiancé, mais ce n'est pas du tout cela, n'est-ce pas ?

Brooke fit non de la tête.

— Vous n'êtes pas sa maîtresse…

Olive se tapa dans les mains, stupéfaite, et les secoua un instant sous son menton.

— Vous êtes sa fille.

Stupéfaction. Ainsi donc, Yokin avait eu une fille ! Il ne lui en avait jamais parlé. En tout état de cause, ses parents non plus n'étaient pas au courant. Mais l'était-il lui-même ? Cette jeune personne devait être le fruit d'un amour de jeunesse, d'une étreinte sans protection, peut-être d'une rencontre d'un soir, assortie d'un désir de maternité en solo… Olive pensa au choc qu'il allait avoir, lorsqu'il apprendrait la nouvelle. Jusqu'à ce qu'elle relève les yeux et contemple le visage de celle qui lui faisait face.

Brooke lui faisait à nouveau non de la tête, et accompagnait cette dénégation d'un geste des deux mains.

— Vous ne comprenez pas… murmura-t-elle. Je ne suis pas non plus la fille de votre compagnon.

— Ah bon ? fit Olive, décontenancée.

Elle scruta son interlocutrice quelques secondes, avant de s'emporter.

— Mais alors, qui êtes-vous, bon sang ?

La blonde inconnue prit une grande inspiration, joignit les mains sur la table comme si elle souhaitait les empêcher de trembler, se redressa, et regarda Olive droit dans les yeux.

— Je suis votre fille, Olive. Je suis votre fille à vous.

Chapitre 28

Olive

— Ma fille ? demanda Olive, interloquée.

Elle éclata de rire. Un rire franc. Elle posa instinctivement la main sur le haut de son ventre,
comme pour en ressentir les ondes de bien-être
propulsées par sa musculature abdominale au
rythme de ses gloussements.

— Aaah, mais Brooke, reprit-elle, en essuyant
de l'index plié une larme d'hilarité au coin de son
œil. Je comprends mieux maintenant. Vous faites
erreur. Vous faites une monumentale erreur. Vous
m'avez prise pour quelqu'un d'autre !

Brooke ne dit rien. Elle la fixait en silence, les
épaules voûtées et l'air un peu triste.

Olive reprit, sa tension nerveuse retombée :

— Pardonnez-moi, je ne voulais pas me moquer
de vous... mais je ne peux pas être votre mère. Je
n'ai jamais eu d'enfant. Vous vous trompez de personne.

Olive posa doucement sa main sur celle de la

jeune fille, avec un regard désolé. Brooke baissa ses yeux bleus vers cette main qui venait de toucher la sienne. Ce contact la fit frissonner.

Olive, pensant qu'elle l'indisposait, retira sa main et la laissa sur la table.

— Vous êtes bien Olive Van Kepler? Vous êtes bien née en 1978?

— Oui, dit Olive, un peu surprise. Mais il doit s'agir d'une homonymie… vous m'aurez confondue avec une autre personne qui porte le même nom que moi, voilà tout.

— Non… je sais que c'est vous…

— Écoutez, Brooke…

Olive regarda sa montre, embarrassée. Il commençait à se faire tard, et Yokin allait sans doute s'inquiéter si elle ne le prévenait pas. Elle eut envie de sortir son portable, mais elle préféra clôturer l'entrevue avant.

— Brooke, je vous souhaite sincèrement de trouver la personne que vous recherchez. Mais ce n'est pas moi. Maintenant, je vais vous laisser. Bon courage, et bonne soirée.

Olive attrapa son sac, en sortit un billet qu'elle déposa sur la table, et commença à se lever de son fauteuil. La jeune adulte, face à elle, n'avait pas bougé. Immobile, elle la fixait d'un air si résolu qu'Olive en eut presque peur. L'inconnue ne fit cependant aucun geste pour la retenir.

À la place, elle parla.

— Vous êtes Olive Van Kepler, et il y a plus de vingt ans de cela, vous avez été jeune fille au pair dans le château de Lady Gladys et Lord Douglas Mac Smith-Domhnall, à Aberdeen, en Écosse.

Le son de la voix de Brooke pénétra les oreilles d'Olive, déclenchant aussitôt une chorégraphie involontaire. Son timbre fit vibrer les tympans de l'institutrice et une onde électrique monta jusqu'à son cerveau, réactivant un souvenir profond, ancien, tellement enfoui qu'elle l'avait cru disparu. La réminiscence émergea des limbes de l'oubli et parvint jusqu'à sa conscience, tel un jet de lave incandescente surgissant de flots sereins. Pour accompagner ce ballet, l'émotion se mit à jouer de la mandoline sur son nerf vague, faisant diminuer les battements de son cœur. Sa tension ralentit la cadence, son visage perdit d'un coup toutes ses couleurs, sa vue se troubla, ses jambes, dans un dernier porté, la lâchèrent, et elle retomba net entre les bras du fauteuil qu'elle venait de quitter.

— Je… bégaya Olive. Oui… c'est bien moi… mais je ne… je n'ai jamais eu de…

Cette fois, ce fut Brooke qui posa sa main sur la sienne. Doucement, tendrement. Pour l'apaiser, d'abord. Pour communier, ensuite. Elle reprit son récit d'une voix basse.

— Vous aviez pris une année sabbatique pour parfaire votre anglais. Vous étiez jeune, si jeune… Vous aviez trouvé cet emploi de fille au pair dans un château en Écosse, auprès de ma… de ma grand-mère, Gladys. Vous étiez chargée de vous occuper de son fils, Archibald, âgé de cinq ans. Et vous vous êtes éprise de son autre fils, Alfred, qui avait vingt-deux ans, à l'époque. Il a été votre amant. Vous êtes tombée enceinte, mais vous ne l'avez pas su. Jusqu'au jour de l'accouchement. Personne n'avait rien vu. Pas même vous. Vous qui aviez fait un déni de grossesse.

Olive écoutait, stupéfaite, sidérée, bouleversée. La seule chose mobile sur son visage était l'eau dans ses yeux brouillés de larmes, qui inondaient ses joues sans qu'elle fasse rien pour les retenir.

Alfred... ce connard prétentieux, arrogant et trop sûr de lui. Non, ce coureur de jupons invétéré ne l'avait jamais intéressée. Là était précisément le problème, pour ce gosse pourri gâté qui se croyait irrésistible. Mais il y avait eu cette nuit où il l'avait fait boire, la moquant cruellement quand elle ne finissait pas le verre qu'il remplissait encore et encore. Cette unique nuit qu'ils avaient passée ensemble. Sa mère, l'ayant découvert quittant sa chambre au petit matin, avait morigéné son fils pour ses imprudences inappropriées avec une petite intrigante étrangère. Car il était évident que c'était elle, la coupable. Plus tard, il y eut le refus de son corps d'admettre l'évidence. Son ventre qui ne s'était pas arrondi. Quelques traces de sang dans sa culotte, qu'elle avait prises pour des règles irrégulières. Les crampes qui l'avaient un jour saisie, d'une telle intensité qu'elle s'était vue partir. Le choc lorsqu'elle comprit ce qui était en train de se passer. Le traumatisme, quand tout fut fini, qu'on lui annonça qu'il n'y avait plus rien à faire, et qu'on la renvoya chez elle quelques jours plus tard, comme une moins que rien. Sa décision ferme et définitive de ne jamais parler à quiconque de ce qui s'était passé, et de tout oublier. De jeter de l'eau de Javel sur ce souvenir pour le blanchir jusqu'à ce qu'il en perde toute couleur, toute douleur. Qu'il ne soit plus que clair, immaculé, inoffensif. Stérile. Comme son envie de réitérer l'expérience.

Olive murmura, si doucement qu'elle ne fut pas sûre d'avoir prononcé ces mots :

— L'enfant est né trop tôt, il n'a pas…

— Si. Il a survécu. Puisque je suis là, devant vous.

Et sans la laisser finir sa phrase, Brooke enchaîna :

— Vous aviez accouché au château, dans l'urgence, dans la panique. Personne n'a été prévenu de cette délivrance. Ma grand-mère m'a emmaillotée dans un linge et emportée très vite dans une autre pièce. Lorsqu'elle est revenue, elle vous a appris que tout était fini. Mais on vous a menti, Olive. L'employée de maison qui l'assistait, et qui vous a aidée à me mettre au monde, a été grassement payée pour se taire et me garder dans une dépendance, le temps que vous rentriez en France… ce que vous avez fait, profondément choquée, quelques jours plus tard.

Olive, le menton contre sa poitrine, se tenait dans ses propres bras, serrée, enlacée avec elle-même pour se rassurer, pour se protéger de l'avalanche d'informations tombées de nulle part, qui glaçait sa raison et faisait frissonner sa peau en l'ensevelissant sous une montagne de questionnements diffus. Seules, ses larmes continuaient à couler sans discontinuer, pleuvant sur son regard fiévreux qui ne quittait pas la jeune fille.

Brooke lui raconta alors la machination ourdie par sa terrible grand-mère.

Elle fit reconnaître l'enfant par son fils, ainsi que par la bonne qui s'en était occupé, laquelle signa dans la foulée un acte d'abandon. Alfred en serait seul le père. La bonne quitta la famille avec un confortable pécule pour prix de son silence, et l'on n'entendit plus jamais parler d'elle.

Seulement, voilà.

Alfred, qui était égoïste, désinvolte, fêtard, n'avait aucunement l'intention de sacrifier sa jeunesse et sa liberté à un bébé brailleur, fruit d'une nuit d'égarement avec une stupide mangeuse de grenouilles. Ce qui arrangeait bien Gladys, qui annonça publiquement que sa domestique lui avait donné le bébé, et qu'elle en serait donc la mère adoptive.

— Mais, si ce que vous dites est vrai… pourquoi ? C'est inconcevable de faire une chose aussi atroce…

— Gladys est folle à lier. Alfred était destiné depuis toujours à épouser une fille de la haute. Pas à se retrouver ligoté à une jeune roturière sans le sou. Voilà ce qui s'est passé dans la tête de ma grand-mère. C'est aussi simple et aussi effroyable que ça.

Les deux femmes ne se quittaient pas des yeux.

L'air autour d'elles était chargé d'une tension à peine soutenable. Brooke reprit :

— J'ai grandi dans un pensionnat. J'ai eu une bonne éducation, même si elle a manqué de chaleur et de tendresse. On m'a élevée en prétendant que ma mère n'était plus de ce monde. Mais… au fond de moi, je n'y ai jamais cru. J'ai attendu d'être majeure, pour aller à la rencontre de cette femme dont on refusait de me parler. Ç'a été facile. J'ai trouvé son nom sur mon extrait d'acte de naissance. Et je suis parvenue à la localiser. Nous nous sommes rencontrées, elle n'était plus toute jeune… la soixantaine… J'ai évidemment tout de suite compris qu'elle n'était pas ma génitrice. Ses cheveux étaient noirs comme du jais, raides comme une pluie d'été, et ses yeux bridés. (Brooke s'arrêta, se perdit dans la contemplation de sa tasse de thé, à laquelle elle n'avait pas touché.) Elle m'a suppliée de lui pardonner. Cela faisait presque vingt ans qu'elle vivait avec ce fardeau trop lourd à porter. Tout ce temps, elle s'était consumée de remords. C'était une femme qui vivait de peu de chose. L'argent qu'on lui avait donné lui avait brûlé les doigts, il était sale, le prix d'un péché, alors, elle l'avait distribué autour d'elle. Pour faire le bien. Pour compenser. Bien sûr, elle a voulu m'aider. Immédiatement, sans discuter. Avec passion, même, avec fougue. Elle souhaitait, disait-elle, « me réparer ». Elle m'a donné tous les éléments dont elle se souvenait. Votre nom, votre description, la ville où vous habitiez. Votre date de naissance. La même que celle de sa propre fille. C'est une brave femme, vous savez. Je ne lui en veux pas. (Elle s'arrêta un instant, émue.) Vous retrouver fut assez facile, grâce aux réseaux sociaux… J'ai pris un billet pour venir vous voir. Et une chambre d'hôtel pour me laisser le temps d'avoir le courage de vous approcher. Je ne savais pas comment vous… Comment vous alliez me… J'ai eu peur, vous savez…

Brooke se mit à pleurer. Tout doucement. Elle plaqua les doigts contre sa bouche, et retint un gémissement tandis que ses épaules se secouaient de sanglots.

Olive sortit peu à peu de la catalepsie dans laquelle elle était figée, et ses yeux s'activèrent sur les fossettes, au creux des joues de la jeune fille, identiques aux siennes. Sur sa blondeur pâle, presque platine, de la même teinte que sa propre chevelure. Sur sa bouche, dont elle reconnaissait le bombé ourlé de la lèvre supérieure pour le voir chaque matin dans son miroir. Sur l'arc exagéré de ses sourcils, signe distinctif de la famille du côté de sa mère. Mais c'est quand elle remarqua sur le dessus de sa main une discrète tache café au lait, similaire à celle qu'elle possédait au même endroit, que le tonnerre explosa dans sa tête. Un énorme « boum » qui fit voler en éclats le dernier de ses doutes.

Olive se leva, chancelante, et une pluie torrentielle de larmes s'abattit sous ses paupières.

Elle pleura sans plus pouvoir s'arrêter, et couina plus qu'elle n'articula « oh, mon Dieu… ma fille, tu es ma fille… » en lui tendant les bras désespérément, cherchant à l'agripper comme pour se retenir à elle, jusqu'à ce que Brooke, le visage pourpre d'émotion, se lève d'un bond, fasse un pas, et vienne l'enlacer en nichant son visage contre son épaule. Elles s'étreignirent de toutes leurs forces, lesquelles étaient affaiblies par le chamboulement. Elles se touchaient, se palpaient, se respiraient, se cajolaient les cheveux, les épaules, les mains, s'essuyaient leurs pleurs respectifs, ce qui ne servait strictement à rien tant ils coulaient sans discontinuer. Elles tentaient l'impossible : rattraper en un instant vingt années de caresses, d'affection, d'effusions. Illusoire, certes, mais rien ni personne ne les empêcherait plus jamais d'essayer.

Le troquet était pratiquement désert. Seuls deux serveurs blasés assistèrent au spectacle de ces femmes qui se serraient frénétiquement en pleurant toutes les larmes de leur corps. L'une répétait en boucle « c'est un miracle… c'est un miracle… », tandis que l'autre demandait d'une petite voix aiguë, déformée par les hoquets : « Je peux vous appeler maman ? J'attends depuis si longtemps de pouvoir dire maman… » Et la première de gémir en pleurant : « Oui ! oui ! aaah, oui ! »… Et elles continuaient à sangloter de bonheur de quoi remplir une piscine olympique de soulagement.

— Je vais te présenter à tout le monde, ma Brooke, à mes parents, à mes amis, à mon fiancé Yokin que tu as déjà rencontré, tu as désormais une famille, et moi j'ai agrandi ma famille, c'est formidable, formidable… Yokin ne va pas en revenir, nous nous marions dans quelques jours, Yokin sera tellement heureux, Yokin…

Olive ne finit pas sa phrase.

Yokin ne voulait pas d'enfants.

Chapitre 29

Olive

— Brooke, je vous ressers un peu de salade ? demanda Yokin. Elle est avec du fromage de brebis de ma région.

Sans attendre sa réponse, il plongea les grandes cuillères en bois dans le saladier, et disposa dans l'assiette de la jeune femme de quoi la rassasier jusqu'au lendemain soir.

Elle tenta de le modérer d'un faible «oui, mais pas trop, merci, ça ira…», qui n'eut aucun effet sur l'enthousiasme généreux du militaire.

Attablés tous les trois autour d'un joli dîner, Yokin avait à cœur de montrer à sa future épouse combien il se sentait solidaire de ses préoccupations. Il lui était donc important de se montrer aussi chaleureux que possible envers cette jeune femme un peu perdue, qu'Olive avait invitée à passer quelques jours chez eux.

— Alors comme ça, reprit Yokin, en enfournant une bouchée de mâche qu'il mastiqua avec un plaisir évident, vous êtes de passage parmi nous...

— Oui, je repars bientôt en Écosse, où j'habite.

— Oh, vous êtes tout près d'ici, alors ?

— Tout près ?

— L'Écosse, ce n'est pas très loin ?

— Oui, répondit Brooke, hésitante.

— Et donc, si j'ai bien compris, Bethsabée n'est pas au courant ?

— Bethsabée ? demanda Brooke, en lançant un regard paniqué à Olive.

Laquelle, écoutant la conversation avec attention, réagit au quart de tour.

— Oui, la mère de Nuno. Ton fils.

— C'est tout de même un drôle de prénom, qu'elle lui a donné, enchaîna Brooke comme si de rien n'était.

Elle jouait à la perfection le rôle qu'Olive lui avait attribué. Celui de la mère biologique du fils adoptif de sa copine Bethsabée, de passage à Paris pour apercevoir son enfant, découvrir combien il avait grandi, comment il allait. Un scénario bancal monté à la hâte, dont Olive n'avait pas fignolé les détails, l'idée étant juste de profiter de la présence de sa fille chez elle, le temps d'avoir le courage de préparer l'homme qu'elle aimait et qui ne voulait pas d'enfants, au fait qu'elle était maman depuis quelques heures.

Yokin servit du vin à chacune, avant de se servir aussi.

— C'est bizarre, reprit-il curieux, il me semblait

avoir entendu dire que Bethsabée avait adopté son fils né sous X...

— Non ! dit Olive

— C'est moi, X ! dit Brooke, au même moment.

— C'est quoi, cette chemise, enchaîna Olive très vite, je ne l'avais jamais vue ?

— Hum ? fit Yokin en regardant ce qu'il portait. Ben, c'est toi qui me l'as achetée...

— Mais tu ne l'avais jamais mise, avant, si ? continua Olive, tentant de détourner la conversation.

— Ben, si... Je mets toujours les vêtements que tu m'achètes...

— Ah ? Je l'avais jamais remarquée, alors. En tout cas, elle te va très bien. Hein, Brooke, elle lui va bien, non ?

— Absolument. Elle est assortie à ses yeux ! répondit Brooke d'un ton convaincu.

Yokin ne releva pas le fait que la chemise était rose pâle. Il se contenta de boire une gorgée de vin en regardant alternativement les deux femmes. Il sentait qu'il se passait un truc, ici, mais il aurait été incapable de dire quoi.

Il engloutit une bouchée de son plat, et reprit la conversation là où elle s'était interrompue.

— Et comment ça se fait que Bethsabée ne soit pas au courant de votre venue ? Je n'ai pas bien compris...

— C'est parce qu'elle ne me connaît pas, répondit Brooke, à la hâte.

246

— Mais alors, comment connaissez-vous Olive, dans ce cas ?

— Non, mais elle ne la connaît pas... physiquement ! Elles se sont écrit, téléphoné, c'est juste qu'elles ne se sont jamais vues encore, improvisa Olive.

— Mais le petit... vous ne voulez pas le récupérer, tout de même ? demanda candidement Yokin. C'est son fils maintenant, vous savez, elle s'en occupe très bien.

— Ah, non ! Non, non, non ! s'écria Brooke, un peu trop précipitamment. Ah non, je ne veux pas de mon fils, je veux dire de son fils, elle n'a rien à craindre... Donner, c'est donner, reprendre, c'est voler !

Et elle partit dans un grand éclat de rire nerveux en secouant ses longs cheveux, un rire un peu trop fort pour être tout à fait naturel, ce qui n'empêcha pas Olive de se joindre à elle en vocalisant son hilarité sur le même ton.

Yokin les contempla l'une après l'autre encore une fois, puis attrapa la bouteille de vin, et l'éloigna doucement des deux femmes.

— En tout cas, vous avez bien raison, reprit-il. Les enfants, c'est une plaie ! Ça braille, ça prend toute la place, ça tyrannise les parents, ça coûte un fric fou et ça siphonne tout notre temps libre. Terminées la vie sociale, les sorties, l'insouciance ! C'est bien simple, je ne vois même plus mes potes qui en ont. Et tout ça pour quoi ? Pour qu'ils nous jettent comme de vieux déchets une fois parvenus à l'âge adulte, quand ils n'auront plus besoin de nous ? Ah non, ni Olive ni moi n'en voulons, heureusement…

C'est sa fiancée, en l'occurrence, qui s'assortit à la chemise du militaire : rose pâle, très pâle.

— Oh, mais il exagère, nuança-t-elle d'une voix blanche.

Brooke, tête baissée, mâchouillait sa salade sans oser lever les yeux.

— Pas du tout ! Tu connais ma position, chérie. La même que la tienne ! C'est d'ailleurs une des très nombreuses raisons pour lesquelles je t'aime : nous partageons les mêmes convictions sur le sujet.

A son tour, Olive porta sa fourchette pleine à sa bouche, et baissa la tête.

Un peu plus tard dans la soirée, lorsque le dîner fut fini, la table débarrassée et le déca avalé, Yokin aida sa douce à installer Brooke sur le canapé du salon. Il lui apporta des coussins, lui souhaita bonne nuit, et alla se coucher, laissant les deux femmes terminer de se dire bonsoir.

Une fois glissé sous les couvertures, Yokin attrapa un livre, histoire d'en parcourir une page ou deux, le temps qu'Olive vienne le rejoindre.

Pris par le récit, il ne vit pas le temps passer. Lorsqu'il leva les yeux de ses lignes, une heure s'était écoulée. Et Olive ne l'avait pas rejoint.

Étonné, il quitta son lit, et se rendit, sans faire de bruit, jusqu'au salon, resté faiblement éclairé par une petite lampe de table.

Le spectacle qu'il découvrit le saisit.

Olive et Brooke étaient enlacées sur le canapé, Olive caressant tendrement les cheveux de Brooke, laquelle lui déposait des baisers sur la joue avant de se nicher contre elle. Toutes les deux semblaient en grande conversation, à voix basse.

Il se dit que les nanas avaient tout de même une drôle de façon de se témoigner leur amitié.

Lui-même adorait son commandant, mais s'il s'était aventuré à lui sauter au cou en le couvrant de bisous, pour le remercier, par exemple, de lui avoir offert un bon dîner, il se serait, en toute fraternité, mangé des coups de pompes dans les molaires.

Un peu déconcerté tout de même, il renonça à comprendre, haussa les épaules et retourna se coucher.

Chapitre 30

Ava

Je le tenais là, entre mes mains.

Il était grand, il était long, il sentait bon. Marcher toute la matinée en me gavant d'atmosphères dépaysantes et d'architectures atypiques m'avait affamée. Je m'étais donc acheté une grande bouteille d'eau fraîche, que j'avais glissée dans mon sac, et un sandwich à tout. Au bonheur et au pain doré, à la saveur et à la liberté, avec une touche de mayonnaise et une pointe d'insolence, au craquant des graines de sésame et à l'abondance de pastrami, le tout accompagné d'une telle exubérance de crudités qu'il en débordait de partout.

Soigneusement emballé dans une feuille de papier alimentaire jaune translucide, ce sandwich, depuis le fond de mon sac, me faisait saliver l'imaginaire. Ma hâte de déplier son papier, comme on entrouvrirait celui d'un cadeau masquant la béatitude qui comblerait mon estomac crispé par la faim, ne tarda pas à me faire renoncer à l'idée de trouver un endroit calme où m'asseoir pour le déguster. Je ne pouvais plus attendre.

Alors, gourmande, j'allai chercher le délice de mes papilles, écartai les plis de son manteau de soie, le portai à mes lèvres, et mordis dedans.

Une onde de volupté me traversa, jusqu'à en faire rosir mes joues. Je n'en fus pas sûre, mais j'aurais juré que dans mes chaussures, mes orteils avaient frétillé. Ce sandwich était divin.

À ma deuxième bouchée, un bout de pastrami tomba, et un peu de mayonnaise vint maculer le coin de mes lèvres. J'en essuyai la trace avec ma serviette en papier, et jetai un coup d'œil au sol pour repérer le morceau de viande. Ne le voyant pas, je me mis à loucher sur le haut de ma poitrine, qui d'habitude réceptionnait les miettes de ce que je mangeais aussi efficacement qu'un panier de basket reçoit ses meilleurs dunks. Rien non plus. J'avais dû rêver.

Je réattaquai donc *my precious* d'un coup de dents voluptueux, et fis à nouveau tomber un petit morceau de viande, laquelle décidément s'échappait de partout. J'avais cru savoir les avantages à ce qu'il y en ait eu trop, j'en découvrais les inconvénients. Un regard au sol, mais à nouveau, rien à l'horizon. Un coup d'œil sur mon opulente poitrine, certaine cette fois d'avoir taché mon tee-shirt. Mais non, j'y trouvai la même viande que d'habitude.

Je commençai à me dire que ce phénomène de volatilisation de nourriture était étonnant, mais ne m'en préoccupai pas plus que ça, jusqu'à ce que je finisse par remarquer un petit animal qui me suivait, et qui se planquait dans les fourrés aussitôt que je me retournais.

Mâchonnant mon sandwich, lequel était si long que je devais le tenir à deux mains, je revins sur mes pas et me penchai vers le buisson, pour voir ce que l'on me voulait.

En jaillit une boule de poils toute crottée, adorable et repoussante, maigrichonne mais cependant joyeuse, qui s'aplatit devant moi en remuant la queue.

— Oh, mais t'es qui, toi ? T'as faim ?

Je m'accroupis et tendis la main, simulant le geste de lui gratter la tête, sans savoir exactement où je l'aurais posée tant le petit chien était crasseux. Il ne me laissa pas faire, et recula brusquement de quelques pas.

— Bon, quelque chose me dit que tu ne m'aimes que pour mon argent. On partage ?

Un coup d'œil circulaire me permit de repérer un banc, sur lequel j'allai m'asseoir, le petit chien trottinant derrière moi. Il s'arrêta à mes pieds, et fixa intensément mon sandwich, puis moi, puis mon sandwich, puis moi, puis mon sandwich, et encore moi. Un langage des yeux parfaitement audible, à moins d'être sourde comme une myope.

C'était un vrai cabot, ce cabot. Il était mignon, en plus, avec sa tête de Snoopy. Impossible de définir de quelle race il était. Un griffon ? Un panda ? Un basset ? Un Ewok ? Peut-être un mélange de tout cela. En tout cas, un petit corniaud. Son pelage blanc était gris de saleté, il avait les oreilles et les yeux cerclés de noir, et ses poils, en de nombreux endroits, étaient collés par la boue. Et puis surtout, il n'avait pas de collier. Je ne sus pas lui donner un âge, mais il ne me sembla pas très vieux.

La bestiole avait peur de moi, et n'osait pas s'approcher des bouts de viande que je lui tendais. Alors, je les envoyais plus loin, et il se jetait dessus avec une avidité inquiétante.

Ce micro poilu maigrichon semblait ne pas avoir mangé depuis des jours. Aussi, lorsqu'il n'y eut plus de viande, lui proposai-je le pain, bout par bout. Il se précipita dessus tout aussi voracement, et il ne me laissa même pas les légumes, dont il se régala.

Finalement, en guise de partage, j'avais eu trois bouchées de ce somptueux sandwich, et lui la trentaine d'autres. Et encore, cela ne semblait pas lui suffire. Mais comment avait-il pu caler autant de nourriture dans sa toute petite carcasse ?

L'observant avec amusement, je me dis qu'il devait avoir soif. Je versai un peu de l'eau de ma bouteille dans le creux de ma main, mais il refusa de s'approcher. Il avançait, puis reculait, méfiant, peureux, la queue et les oreilles basses, gémissant faiblement. Entre la soif et la trouille, le dilemme lui semblait compliqué.

Qu'à cela ne tienne. Je repérai, dans une poubelle près du banc, une barquette de frites, vide et en plastique. J'y versai l'eau, et la présentai à mon nouveau copain, qui en lapa le contenu en moins de temps qu'il n'en fallut pour m'écarter. Je revins alors la remplir, tandis qu'il reculait prudemment, je m'éloignais, il se rapprochait, lapait l'eau d'un trait, et fixait ma bouteille pour que je lui en resserve encore. C'était une bouteille d'un litre, il m'en vida plus de la moitié.

— Ravie de t'avoir invité à déjeuner à ma place, mon poulet. Mais mon ventre vide et moi, on a des choses à faire. Allez, je te souhaite bonne chance pour la suite.

Je réajustai le sac sur mon épaule, et me levai du banc. Quelques pas, puis je retrouvai la rue que j'avais empruntée, et, plongée dans mes pensées, j'accélérai le pas.

Il faisait un joli temps à Deauville. Un temps doux et ensoleillé.

Ulysse et moi avions décidé de nous y retrouver, car c'est ici que nous nous étions quittés, il y a une vingtaine d'années de cela. Il nous avait semblé amusant de nous revoir d'une façon moins conventionnelle qu'en nous donnant rendez-vous dans un banal café parisien.

Nous avions convenu de nous rejoindre dans la matinée, sur un banc situé juste à côté du casino. Mais il avait eu un contretemps professionnel, et il m'avait prévenue par texto qu'il ne pourrait me rejoindre que vers dix-sept heures. Je n'en fus pas déçue, cela m'allait très bien.

Faire une pause en marchant le long de la plage avait été un délice. Me balader au hasard des rues fut une belle occasion de méditer quant à la direction que prenait ma vie en ce moment. Car je n'étais pas restée au chômage très longtemps.

Un bijoutier que j'avais consulté m'avait bien confirmé que mon précieux collier était un faux. Très bien, pas de regrets, affaire classée, donc.

Et puis, une dizaine de jours plus tard, j'avais reçu un coup de fil de l'assistante d'Ornella Chevalier-Fields. Sa patronne, qui devait assister à une remise de prix où on verrait ses pieds, était venue se choisir une paire d'escarpins à la boutique. Apprenant mon départ, elle en fut aussi surprise que mécontente et ne se gêna pas pour le faire savoir à Clovis-Edmond, allant jusqu'à lui sonner les maracas devant ses employés, pour ne pas avoir su retenir son meilleur élément ! (J'aurais bien voulu voir sa figure…) (Quoique non, en fait. Je l'avais assez vue comme ça.)

Que croyez-vous qu'il arriva ?

Clovis-Edmond m'aurait-il suppliée à genoux de revenir, que je lui aurais fait « non » de la chaussure en la posant sur sa tête.

C'est Ornella Chevalier-Fields qui proposa de m'employer, en tant qu'assistante de shopping.

Bof, m'étais-je dit. Encore des courbettes en perspective, je n'étais plus très sûre d'en avoir ni l'âge ni l'envie. Sa secrétaire, qui me transmit son offre lors d'un coup de fil, précisa que je toucherais un salaire équivalent à celui que j'avais à la boutique, primes comprises, pour ne travailler… qu'à peine quelques jours par mois. En effet, Ornella Chevalier-Fields avait assez de personnel dévoué jour et nuit, il ne lui manquait qu'une « amie » avec laquelle courir les échoppes de luxe où elle aimait se perdre, qui la conseillerait avec la franchise, la sincérité et le goût dont j'avais fait preuve jusqu'à présent. Je dressai l'oreille : quelques jours par mois seulement juste pour faire avec elle les boutiques ? Cela méritait réflexion. La fille acheva de me convaincre en me soufflant que, très souvent, il lui arrivait d'acquérir ses vêtements, ses parfums, ses lignes de produits de beauté ou ses sacs à main en plusieurs exemplaires, afin de les distribuer à son personnel féminin, qu'elle adorait chouchouter. Je compris alors la raison d'être de ses achats multiples de chaussures identiques.

Ma réponse à son assistante fut lapidaire : je lui demandai où signer.

Ainsi, je ne renonçais pas à mon rêve de devenir peintre, et de tenter de vendre mes tableaux, puisqu'il me resterait assez de temps libre pour m'y consacrer. Michel-Ange, Picasso et autres Ripolin n'avaient plus qu'à bien se tenir.

Et voilà qu'aujourd'hui, je retrouvais Ulysse.

Mon étrange et énigmatique Ulysse, qui portait si bien son prénom. Vingt-trois ans après nous être perdus de vue, je n'avais aucune idée de ce à quoi il pouvait bien ressembler, j'ignorais dans quel domaine il travaillait, je savais juste qu'il avait deux enfants de deux femmes différentes, et que la dernière l'avait quitté.

Nous avions pris le temps d'échanger d'innombrables messages, sans nous presser, rebondissant du coq à l'âne pour le simple plaisir de tester le moelleux retrouvé de notre complicité d'adolescents. Mais entre nous, il n'y avait pas vraiment d'enjeu. Certes, j'étais célibataire et lui aussi. D'accord, nous nous étions aimés il y avait longtemps de cela, comme deux gosses pouvaient s'aimer, de façon foutraque, passionnée et finalement maladroite. Mais nous avions grandi depuis, et grandir fait changer. On mûrit, on s'épanouit, on s'aigrit parfois, on perd ses illusions et on gagne en expérience. Le taux de probabilités pour qu'entre nous l'étincelle se rallume était si négligeable que je ne l'espérais pas.

Plongée dans mes pensées, mon regard suivit le vol d'une mouette, qui passa derrière moi. Lorsque je me retournai, je remarquai le petit clebs, à bonne distance, qui avait continué à me suivre.

Tiens ? Que me voulait-il, encore ?

Je m'arrêtai et le fixai ; il s'arrêta et fit mine de regarder une mouche. Bon. Je repris la marche, il la reprit aussi. Je ralentis, me retournai, il ralentit et se retourna aussi.

Ma parole, mais ce chien était un clown !

— Eh ! Je t'ai vu, hein ! lui criai-je, ma main en porte-voix.

Il s'assit et entreprit de se lécher consciencieusement le robinet, comme s'il ne m'avait pas entendue. Mais oui, c'est ça. Allez, va, lèche béton.

Ayant donné mon déjeuner, mais ne me sentant pas prête à sacrifier mon indépendance, je me mis à marcher, cette fois en accélérant le pas. Derrière moi, le toutou se mit à trottiner.

Ah non, mais il va falloir m'oublier, là… Je ne peux rien faire de plus pour toi, désolée.

Un coup d'œil à droite, puis à gauche, et je traversai la rue soudainement, en me mettant à courir. Je galopai en doublant plus ou moins brusquement les gens que je croisais. Je n'aurais pas cavalé plus vite si j'avais été poursuivie. Ce qui était le cas, d'une certaine manière.

Au bout de longues et éreintantes minutes, essoufflée et transpirante comme quelqu'un qui n'a pas pour habitude de piquer des sprints pour sauver sa journée, je me retournai et cherchai mon pot de colle du regard. Disparu. « Yes ! » fis-je en ramenant mon coude vers moi.

Bonne chance, petit. Ce sandwich et toi resterez les doux souvenirs d'un amour inachevé. Mais des doux souvenirs quand même.

J'aperçus une boutique d'objets touristiques. Libérée de toute contrainte, je m'y engouffrai, et profitai avec délices de la climatisation, et des babioles à reluquer.

Dehors, assis sagement, oreilles dressées, langue pendante et regard limpide, Superglu m'attendait.

Mais je ne le savais pas encore.

Chapitre 31

Ava

Je reposai sans l'acheter l'article que je venais d'examiner. Il s'agissait d'une farce et attrape : un tube de faux dentifrice au poivre. Cela me fit penser à Ulysse et à ses beignets immondes. Je gloussai toute seule comme une imbécile. À l'idée de revoir mon gag-man dans quelques heures, un frisson d'excitation me parcourut l'échine. Je quittai la boutique.

À peine avais-je mis un pied dehors qu'un type, fonçant tête baissée, m'administra un violent coup d'épaule.

— Hé, faites attention ! lui criai-je.

Il fit attention à moi, comme je le lui avais demandé. Je regrettai aussitôt qu'il m'ait écoutée.

— Quoi ? Qu'est-ce qu'elle a, la pétasse, elle est pas contente ?

Sans me départir de mon sang-froid, je levai le menton, et répliquai sèchement :

— Vous venez de me rentrer dedans. Vous pourriez au moins vous excuser.

— Ah, oui ? Et t'es qui, toi, d'abord, pour que je m'excuse ? HEIN ?

Le gars, une grosse baraque mal rasée qui avait dû boire un coup de trop, venait de me postillonner sa réponse entre les deux yeux. Il n'avait pas eu à viser bien loin, car il s'était avancé dans mon périmètre intime (à trois centimètres de mon visage) devenu aussitôt une zone d'intimidée. Je fis un pas en arrière pour échapper à son haleine.

Soudain, surgissant de nulle part, fendant les airs à la vitesse de la lumière, un héros intrépide se cala entre nous. En le reconnaissant, je sursautai. Je croyais l'avoir oublié, il se rappela à mon bon souvenir : mon pot de colle poilu !

Il aboya sur le type avec une telle hargne que le molosse s'écarta.

— Oh… D'où il sort, ce clebs, oh… Tenez-le, il a la rage, ou quoi ?

— Oui, oui, absolument, il est enragé, je dois l'emmener chez le véto ! Ah ben s'il vous mord, vous êtes mort, hein.

Le chien, qui avait fait reculer le mastoc, cessa d'aboyer, se campa solidement sur ses pattes, retroussa ses babines et afficha ses quenottes. Le gros aviné, qui aurait pu l'envoyer valdinguer en soufflant dessus, trouva plus prudent de prendre ses jambes à son goitre.

Lorsqu'il disparut ventre à terre, le cabot cessa de grogner, et jeta quelques derniers aboiements méprisants au nuage de poussière que le type avait laissé derrière lui.

Aussi éblouie qu'éperdue de reconnaissance, je me précipitai sur lui pour le caresser.

Peu importaient sa crasse et ses nœuds, je le flattais à pleines mains, je le cajolais, et lui me donnait des bisous à coups de langue râpeuse sur les doigts et les poignets, et c'était doux, et c'était tendre, et on s'aimait…

Et on s'aimait ?

Mais oui, on s'aimait ! Je crois que je venais d'avoir un coup de folie, ou plutôt un coup de foudre. Sans doute les deux en même temps. Il m'avait protégée, j'eus envie de le protéger à mon tour.

Je regardai son oreille, elle ne comportait pas de tatouage, il n'avait aucun collier, donc nul moyen de l'identifier. Et si ce chien appartenait à quelqu'un du quartier ?

Ne sachant que faire, je rentrai dans une pharmacie, le roquet sur mes pas, et, à tout hasard, demandai à la fille derrière le guichet si elle savait qui en était le propriétaire.

Elle se pencha pour le regarder, et me répondit que non, pas du tout.

Coup de bol, une des clientes intervint :

— Je l'ai déjà vu, ce petit chien ! Il traîne dans la rue depuis des jours, il a peur de tout le monde, il mange dans les poubelles. Je le croise souvent, quand je sors le mien. Je pense qu'il a été abandonné.

Une autre cliente, en rangeant ses médicaments dans son sac, dit :

— Il faudrait en être sûr…

Le pharmacien intervint :

— Un vétérinaire pourra vous dire s'il a une puce électronique sous la peau. Si oui, cela voudra dire qu'il appartient bien à quelqu'un.

— Oh… dis-je, un peu déçue.

— Je pourrais appeler mon beau-frère, il a une clinique vétérinaire à quelques rues d'ici, et lui demander de vous recevoir entre deux patients…

— Vous feriez ça ? Merci, vraiment.

Le pharmacien passa son coup de fil, et le toubib accepta de nous recevoir, le petit chien et moi.

Nous nous rendîmes à son cabinet, Superglu sur mes pas.

Le véto m'annonça que le toutou n'avait pas été pucé. Et qu'au vu de son état de dénutrition et de crasse, il était clair qu'il avait été abandonné. À ma grande surprise, il ajouta aussi que le chien n'en était pas un. En réalité, c'était une petite chienne.

Je lui laissai mes coordonnées, pour le cas où quelqu'un le réclamerait, et lui déclarai vouloir m'en occuper. L'homme me donna toutes les consignes à ce sujet, ainsi qu'une vieille laisse pour promener ma nouvelle copine.

Cette histoire a eu lieu il y a bien longtemps déjà. Beigel n'a jamais été réclamée.

Aujourd'hui, elle est pucée et je l'ai adoptée. Elle vit heureuse avec nous, ses côtes décharnées ont disparu sous une tendre pellicule de petit gras du bide, son poil lustré n'a plus jamais eu de nœuds, et nous nous sommes apporté respectivement des trésors de réconfort.

Mais revenons à mon récit.

Ce jour-là, je devais revoir Ulysse.

Au fil des SMS échangés tout au long de la journée, nous avions convenu de nous retrouver non plus assis sur le banc près du casino, mais de part et d'autre du trottoir où était situé ce banc. En gros, nous avions synchronisé nos montres, et devions marcher l'un vers l'autre. Il trouvait très drôle que nous nous surprenions de cette façon-là, et j'avoue que l'idée m'amusa également.

Cela faisait, quoi, des semaines que nous nous écrivions comme deux acharnés ? La glace était brisée depuis belle lurette. Je m'attendais à tout en le retrouvant, puisque je ne me figurais rien.

Aussi ne fus-je même pas surprise, lorsque, le moment venu, je vis s'avancer vers moi un homme grand, obèse, chauve comme une boule de bowling, et les yeux planqués derrière une paire de lunettes de soleil.

Il portait la même veste en jean que lorsque nous étions lycéens, il la portait juste douze tailles au-dessus. Je fus déçue qu'il ne restât plus rien de sa tignasse dans laquelle j'avais adoré faire courir mes doigts, d'autant plus qu'il n'avait pas tout rasé, et qu'une couronne de poils blonds hirsutes entourait sa tête. C'était comme la technique des Grecs qui laissaient traîner leurs vestiges de colonnes. À partir de ces ruines, ils espéraient qu'on visualise le temple splendide qui s'éleva jadis.

Il me sourit. Je lui souris aussi, un peu désappointée malgré moi. Ulysse s'arrêta à ma hauteur, me dit bonjour, et je répondis à son salut avec politesse. Nous allions entamer un bavardage convenu, lorsqu'une voix retentit un peu plus loin, devant moi.

— Hé ! Tu ne vas pas déjà me quitter si près du but !

Je tournai la tête vers l'homme qui m'interpellait : c'était Ulysse ! Le vrai, le seul, l'espéré.

Le grand type à la veste en jean était juste un passant qui avait cru avoir la cote lorsque j'avais répondu à son rictus dragueur.

D'un bond, je me précipitai vers mon amour de jeunesse, Beigel sur mes talons, et stoppai net lorsque j'arrivai face à lui.

Ses cheveux blonds coupés court étaient parsemés de fils blancs. Ses yeux bruns toujours rieurs me dévoraient avec curiosité. Je me rappelai en la voyant sa peau constellée de taches de rousseur ; il avait de grandes rides marquées au coin des yeux, façon griffes de dinosaure qui a tellement souri dans sa vie que son cuir s'est tanné des traces de ses bonheurs. Je reconnus ses oreilles ourlées dans lesquelles j'avais chuchoté tant de mots d'amour, et ses mains immenses dont les doigts, en me parcourant le visage, aimaient presser ma fossette au menton.

Ses mains s'agitaient à présent devant moi, en mouvements étranges, tandis qu'il me demandait si j'allais deviner quel était son métier.

Surgi de nulle part, un magnifique bouquet de fleurs multicolores en tissu émergea sous mon nez.

Il me le tendit. J'éclatai de rire en le prenant, et fis mine de le respirer avec volupté. Mon beau magicien… À cet instant, ses fleurs en toc furent à mes yeux les plus jolies du monde.

Il se pencha, et me fit un baisemain. Avant d'extraire de ma paume une pièce d'or qu'il m'offrit. Dessus était gravée la date de nos retrouvailles. Je ris de plus belle, époustouflée par son talent.

Alors, il me caressa les cheveux, et dégagea de derrière mon oreille un petit billet de papier blanc, plié en deux, qu'il me tendit, et que j'ouvris avec avidité. Dessus était écrit : « mais d'où sort ce chien ? », ce qui me fit à nouveau rire et m'ébahir davantage.

Ainsi, le sale gosse de mon enfance et le rebelle indolent de mon adolescence était devenu un professionnel de l'éblouissement, par une pirouette de la vie aussi fantastique qu'inattendue.

Il cessa enfin ses tours. Nous allâmes nous asseoir sur le banc, et nous nous contemplâmes un long moment en silence, ne cherchant plus à masquer notre trouble réciproque.

— Tu n'as pas changé… finit-il par murmurer.

— Toi si, heureusement, lui répondis-je en rigolant.

Il prit ma main dans la sienne. Je me demandai ce qu'il allait encore en faire sortir, et fus stupéfaite de ce qu'il y dénicha.

Ulysse y trouva des frissons, des vertiges, des palpitations, une émotion si intense que, cette fois, je ne ris pas. Car le plus drôle fut qu'il me sembla déceler exactement la même chose dans la sienne.

Alors, il se pencha vers moi, et, sans blague, il m'embrassa.

Chapitre 32

Félix

— S'il vous plaît ! Vous ne pouvez pas entrer !

La secrétaire bondit, et fit le tour de son bureau, pour barrer l'accès à la dame qui lui était passée devant, agrippée à son immense sac à commissions.

— Je viens voir mon fils, lâcha Iolanda d'un ton sec. Et je n'ai pas besoin de votre autorisation pour cela, me semble-t-il.

— Mais madame, il est en pleine réunion !

— Sa réunion peut attendre, moi pas. J'ai rendez-vous chez mon pédicure dans trois quarts d'heure. C'est vous qui allez soigner mon ongle incarné, peut-être ?

— Non madame, mais je…

Sans hésiter, Iolanda la contourna, toqua une fois très vite, et poussa la porte du bureau du fruit de ses entrailles.

C'était une large pièce, baignée de lumière. Les rayons du soleil traversaient des fenêtres immenses pour aller inonder les plantes impressionnantes dont Félix aimait s'occuper : cactus géants, fougères arborescentes, oliviers et citronniers dans des pots en terre cuite, sans compter une ravissante plante carnivore.

Quelques cadres abritaient des posters de films : l'affiche d'*Indiana Jones* et *Les Aventuriers de l'arche perdue*, près de son bureau, celle de *Godzilla*, juste à côté, celle des *Tortues Ninja* près de la porte, et une dernière d'*Hibernatus* tout au fond de la pièce.

Sur chaque mur, d'immenses bibliothèques, où trônaient quantité de livres en anglais. On y trouvait en outre des ouvrages d'anatomie, de géologie, de biologie, de paléoanthropologie (« Salut, sapiens ? Vous êtes Cro-Mignonne. Habilis, je sais. C'est le néant, ici, on détale ? »), de micropaléontologie (loupe non fournie), de paléobiologie (quel relooking pour ce dino, aujourd'hui ? plumes ? poils ? rouge ? orange ? violet ?), de paléogénétique (on t'a identifié, mec, tu l'as dans l'os !), de paléobotanique (l'herbier des plantes qui n'existaient plus) et autres paléoclimats (« Chéri, j'ai acheté un nouveau maillot, la glaciation est finie ou pas encore ? »). En cherchant bien, on pouvait même trouver un gros bouquin sur la paléocoprologie (certains archéologues cherchaient vraiment la merde).

Pour Félix, la préhistoire, c'était une vraie histoire.

Et puis, parfois, comme scandant l'espace libéré entre deux volumes, ou triomphant sur une étagère vide, étaient posés un squelette, un fossile, une reconstitution, un animal empaillé.

De sublimes ammonites, sorties tout droit du jurassique ou du crétacé supérieur, coquilles enroulées ayant abrité en leur sein des mollusques céphalopodes, s'offraient désormais à la contemplation du visiteur.

Dans un coin de la pièce, un C-3PO en taille réelle, fabriqué des mains de Félix à partir d'un mannequin de boutique en fibre de verre, ce qui lui avait demandé des heures de travail, veillait au protocole des lieux. Le scientifique le conservait dans son bureau, car à la maison, cet androïde échappé de *Star Wars* faisait peur à Iolanda. Même en six millions de langues, elle n'avait rien voulu entendre.

Ici, une molaire de mammouth, datant du pléistocène, évoquait, pour qui la contemplait, l'empreinte laissée par le premier homme sur la Lune.

Là, il avait exposé un large fragment de la météorite de Gibéon, qu'on lui avait rapportée du désert de Namibie. Il l'avait bien analysée : elle était constituée de fer, de nickel, de cobalt et d'un peu de phosphore. Mais pas la moindre trace de kryptonite. Dommage.

Ici encore, une tranche de bois fossilisé datant de 200 millions d'années, aux belles couleurs chaudes, rouges et brunes, en provenance de la forêt pétrifiée d'Arizona.

Son espace de travail était à son image. Hétéroclite, presque fantastique, et ne se privant d'aucun de ses jouets préférés.

Ainsi, sur une commode d'apothicaire comportant une trentaine de petits tiroirs, était posé un thérémine, avec lequel le paléontologue, féru d'instruments originaux, aimait créer des airs de musique étranges. Juste à côté, le cadeau qu'un ami lui avait rapporté d'Australie : un didgeridoo creusé dans un tronc d'eucalyptus, que Félix maîtrisait mal, et qui en conséquence cassait plus les oreilles qu'il ne les enchantait.

Par là, bientôt exposée dans la galerie aux yeux du public, la griffe d'un dinosaure qui avait mesuré plus de trente mètres de haut, exhumée du chantier de fouilles d'Angeac, en Charente, connu comme étant le plus important gisement fossilifère d'Europe.

Enfin, trônant magistralement au centre de la pièce, trois paires d'yeux, dont une clairement surprise, tournées vers la nouvelle arrivée.

— Bonjour, minauda Iolanda, avec un petit signe de la main. Ne vous dérangez pas pour moi, j'en ai juste pour une minute !

Sans demander l'avis de personne, elle alla s'asseoir sur une des chaises disposées autour de la grande table devant laquelle se tenaient Félix et ses deux collègues.

Au milieu des papiers, des dossiers, des documents, du microscope, du distributeur de mouchoirs Rubik's Cube, des crayons et des stylos, se trouvaient un amas de petits ossements, méticuleusement disposés sur un foulard de soie.

— Mais qu'est-ce que tu fais là... commença Félix en s'adressant à l'intruse. Messieurs, je vous

présente… Iolanda, qui est ma… euh… ma m…
ma mère. Iolanda, voici le professeur Elijah Sacerdoti, de l'université de Berkeley, en Californie. (Il
lui indiqua de la main un sexagénaire aux cheveux
rares, qui lui adressa un sourire éclatant.) Et le
docteur Jacob Avellaneda, du musée de paléonto-
logie Egidio Feruglio, en Argentine. (Il désigna un
petit moustachu brun comme la nuit, qui lui présenta ses hommages d'un signe de tête poli.)

— Oui, oui, bonjour… répondit-elle en fouil-
lant fébrilement dans son cabas. Ah ! Attends, je
cherche ce que je t'ai apporté… Continuez, continuez, faites comme si je n'étais pas là !

Iolanda n'était pas âgée, elle n'avait même pas
atteint la cinquantaine. Vêtue d'une robe sobre
bleu nuit, d'un gilet à grosses mailles, de chaussures plates et ses cheveux blond cendré réunis
en une queue basse retenue par une barrette,
elle aurait tout aussi bien pu être une sœur ou
une compagne. Mais cette fois, Félix avait refusé
de jouer l'ambiguïté. Ce n'était pas parce qu'ils
n'avaient que vingt ans de différence qu'il allait
continuer à prendre soin de sa coquetterie.

Lutèce, la mère du père de Félix, le lui avait
pourtant dit mille fois. Il fallait qu'il s'affirme.
Qu'il s'impose. Qu'il s'échappe.

Désormais, il s'était enfin décidé à l'écouter.
À partir de demain.

En attendant, rouge et embarrassé par la présence inopportune de sa génitrice, il eut du mal à
se concentrer sur le fil de sa conversation.

— Donc, je… euh… voilà, il s'agit d'une trouvaille assez inhabituelle, que mon équipe a rapportée du Tibet, et je voulais savoir ce que vous en pensiez.

— Oh, ce sont sûrement des cailloux, jette-moi ça à la poubelle, dit Iolanda, sans cesser de fouiller dans son sac.

Devant le silence qui s'abattit dans la pièce, elle releva la tête, regarda chacun, et compléta :

— Désolée, je croyais que le « vous » s'adressait à tout le monde ici.

— Maman, tu as bientôt fini ? demanda Félix, au supplice. Je travaille, là.

— Oui, oui, une seconde… dit-elle en replongeant de plus belle son bras dans son immense sac. Mais où est-ce que j'ai mis ce… rhaa…

Pour creuser plus commodément, elle en sortit un paquet de purée en flocons, qu'elle déposa sur le bureau de son fils. Puis elle fouilla encore, et en extirpa un bocal de cornichons, qu'elle plaça à côté du paquet de purée. Et encore un étui de cotons-tiges. Et puis la boîte de préservatifs qu'elle avait achetée pour son petit, afin qu'il n'en manque pas.

Félix, en découvrant cela, se sentit au bord du malaise. Alors, il prit une grande inspiration, cligna plusieurs fois des yeux, pria pour que la sueur qui ombrait sa chemise au niveau des aisselles ne se remarque pas, et continua :

— D… Donc, selon toute probabilité, je pense qu'il s'agit de fragments de crâne et de dents d'un immense félin, qui, d'après mes estimations, pourrait avoir environ cinq millions d'années. Ce qui est…

— Impossible, dit Iolanda.

— Maman !

— Quoi ? s'insurgea-t-elle en haussant les épaules. Je dis que c'est impossible, parce que je pense que c'est impossible… On est en démocratie, oui ? J'ai le droit de m'exprimer, on n'est pas chez les tyrans que je sache !

Le paléontologue californien posa la main sur l'épaule de Félix, avec un mouvement de paupières apaisant. Il s'avança vers elle.

— Bien sûr, madame, dit le Pr Sacerdoti. Je vous en prie, faites donc. Hein, Félix, *come on, let your mummy talk.*

Félix, en l'occurrence, ne disait plus rien. Il était sous la table, K-O de honte.

Le Dr Avellaneda était allé lancer un café sur le petit appareil situé tout au fond de la pièce. Il revint avec un gobelet chaud, qu'il tendit galamment à Iolanda.

— Ah, merci ! C'est bien aimable à vous, dit-elle en s'en saisissant avec reconnaissance. Vous avez mis du sucre ?

— Oh, *perdoname, signora.* Je vous en rapporte tout de suite.

Il retourna dans le fond de la pièce, et revint avec la boîte de sucre en morceaux, qu'il lui présenta.

— Merci, dit-elle après s'être servie. Du lait ?

— Ou… oui, bien sûr.

Et Jacob Avellaneda repartit chercher une dosette de lait, tandis que Iolanda touillait avec une satisfaction évidente le café qu'elle seule buvait.

— Je pense, reprit-elle, alors que personne ne lui demandait son avis, que toutes ces histoires, ce sont des fadaises pour grands enfants. Les animaux ne peuvent pas être aussi vieux.

— Ah bon ? demanda Elijah Sacerdoti en croisant les bras. Et pourquoi donc ?

— Enfin, c'est évident ! s'exclama-t-elle en levant les yeux au ciel. Parce que si les dinosaures avaient existé, on en parlerait dans la Bible. Or ce n'est pas le cas. CQFD.

Le professeur se frotta le nez plusieurs fois avec sa paume, nerveusement.

— Mais alors, ces fossiles que l'on a retrouvés, d'où proviennent-ils ? insista-t-il, une pointe d'ironie dans la voix.

— Parce que c'est à moi que vous demandez de faire le travail pour lequel vous êtes payé ? Vous ne manquez pas d'air !

L'éminent scientifique toussa dans sa main.

— *Well*, je pense qu'il faut respecter les croyances de chacun, madame, si irrationnelles soient-elles. Alors, je ne vais pas discuter, concéda-t-il gentiment avec un hochement de tête.

— Oh, mais ne craignez rien, je ne vous juge pas ! lui répondit-elle d'une voix affable.

Félix manqua de se trouver mal. Sa mère avait déjà débarqué sur son lieu de travail, notamment à l'université, où il donnait des cours plusieurs fois par semaine. Mais elle s'était contentée jusqu'alors de l'attendre à l'extérieur, en lui jetant une écharpe autour du cou si elle avait estimé que la température était trop basse, ou en l'obligeant à porter le bonnet qu'elle lui avait rapporté. Et il s'était consolé en se disant qu'heureusement, ça n'avait pas été une cagoule.

Mais l'humilier ainsi devant ses collègues, lui, un des douze plus grands paléontologues du pays, c'en était trop.

Il se redressa de toute sa scoliose, et s'adressa à elle d'une façon un peu plus sèche et autoritaire qu'il ne l'aurait voulu.

— Bon, je crois qu'il va falloir nous laisser, maintenant. Vraiment.

Il articula le dernier mot avec une lenteur si menaçante qu'il se fit peur à lui-même.

Iolanda, César de la meilleure actrice de son immeuble, fit mine d'être touchée physiquement par l'affront. Elle recula contre le dossier de sa chaise, la main à la base du cou, comme heurtée, avec sur le visage l'expression de quelqu'un à qui on aurait craché sur le front.

— Holà, très bien ! Je vois que je ne suis pas la bienvenue ! Je m'en voudrais de te déranger plus longtemps !

Elle finit son café d'un trait, et sortit enfin de son sac le déjeuner qu'elle lui avait mitonné et glissé dans un Tupperware. Puis elle le posa sur

la table brusquement, juste à côté des petits ossements.

— J'ai fait un veau de sept heures. Il a mitonné
toute la nuit. C'est ton plat préféré, il me semble. Je
pensais te faire plaisir.

Félix ne fit aucun mouvement pour s'en approcher. Alors, poussant plus loin le mélo, la voix fré-
missante de larmes contenues, la Meryl Streep de
Prisunic lui jeta :

— Tu vois, j'aurais mérité un peu plus de considération. Je t'héberge, je te nourris, je me sacri-
fie pour que tu ne manques de rien, et voilà ma
récompense. Ah ! Elle est belle, l'ingratitude des
enfants.

Tandis qu'elle déclamait sa harangue à un Félix
qui commençait à ployer sous la lourdeur de ses
récriminations, Elijah, curieux, saisit l'étui en plastique, l'ouvrit avec gourmandise, et respira ce qu'il
contenait les yeux fermés, en poussant un soupir
d'extase.

— Huuum… *sounds delicious* !

— Fais voir, demanda Jacob, en se penchant lui
aussi dessus.

Il contempla, renifla, et succomba à son tour.

— *Ay, madre mia !* conclut-il.

Les deux scientifiques, soudain plus intéressés
par leur découverte de la cuisine française que par
celle de bouts de chats tibétains moisis, embar-
quèrent le déjeuner de Félix à l'autre bout de la
pièce, où ils tentèrent de localiser des outils bien

plus contemporains que ceux qu'ils cherchaient habituellement : des fourchettes.

Iolanda, drapée dans sa dignité, remit sa purée, ses cornichons, ses cotons-tiges et sa boîte de préservatifs dans son cabas, le glissa à son coude, et déclara :

— Le jour où celle qui t'a porté ne sera plus qu'un tas d'os poussiéreux, tu regretteras d'avoir perdu ton temps avec des morceaux de cailloux. Mais ce jour-là, mon petit, sache qu'il sera trop tard.

Elle se leva, détourna fièrement le regard en stoppant son fils de la main comme s'il avait tenté de la retenir (il était immobile), et quitta les lieux en claquant la porte.

Chapitre 33

Félix

— Regarde-moi : j'ai fugué !

— Qu'est-ce que c'est encore que ces conneries ? demanda Tom, en savourant sa pinte de bière.

Félix s'installa à côté de lui, au bar. Il fit signe au serveur, qui essuyait des verres avec son torchon. Lorsque celui-ci s'approcha, il commanda un mojito. (Le serveur s'en alla le préparer mais Félix l'interpella :) Ah ! (Le serveur revint.) Surtout qu'il nettoie bien soigneusement les feuilles de menthe avant de les disposer dans son verre. (Le serveur s'éloigna, Félix le rappela :) Et juste quatre centilitres de rhum, pas six, sinon il allait être barbouillé. (Le serveur fit un pas en arrière, Félix leva l'index.) Et qu'il ne lésine pas sur la glace pilée, surtout. (Le serveur, agacé, lui demanda s'il voulait boire un mojito, ou un moji tard.) Un mojito, mais juste, juste, s'il pouvait ajouter un petit parapluie bleu, avec sa paille, il serait gentil.

Puis Félix se tourna vers son pote, et lui parla de son inquiétude.

— Merci d'être venu, mec. Si Iolanda t'appelle pour te demander de lancer un avis de recherche, surtout tu lui dis bien que… tu lui dis que…

— Déjà, tu veux pas l'appeler « maman » plutôt que « Iolanda » ?

— Mais c'est elle qui veut pas ! Elle dit que ça la vieillit, répondit Félix.

— Elle est zarbie, ta mère.

— À qui le dis-tu…

— Bon, et arrête de flipper. Si Iolanda m'appelle, je lui dirai simplement qu'on ne lance pas une alerte enlèvement pour un gros bébé trentenaire qui a laissé une lettre d'explication sur le meuble de l'entrée. Tu es sûr qu'elle va la trouver ?

— Certain. J'ai posé son téléphone portable dessus.

— Bon. Et tu lui as dit quoi, dedans ? demanda Tom, curieux.

Un habitué des lieux passa près d'eux, et serra la main du barman, avant de quitter l'établissement d'un pas maussade, sans doute peu motivé à l'idée de s'éloigner de son espace personnel de liberté. Les deux compères n'avaient pas bougé des tabourets sur lesquels ils étaient juchés.

— Je lui dis que l'heure est venue de nous quitter et que je vais passer quelques jours à la campagne pour faire le point. Que nous avons vécu de beaux moments ensemble… que ce n'est pas elle,

c'est moi... que je la garderai toujours dans mon
cœur...

— T'es sérieux, là ? fit Tom, consterné.

Parfois, Félix faisait preuve d'un humour pince-
sans-rire qui ne trouvait pas l'écho escompté
auprès de son ami, un brin trop premier degré.
Oui, il était bien conscient qu'ils offraient l'image
d'un petit couple desséché, sa mère et lui. Il était
d'ailleurs le premier à en souffrir, aussi préférait-il
donner le change.

— Et puis je la préviens qu'il ne faudra pas
qu'elle m'appelle. Mais que lorsque je reviendrai, je
me chercherai un appartement. Pour moi tout seul.

— Tu vas avoir le cran de le faire ?

— Ça dépend. J'attends déjà de voir si elle sur-
vit à ma fugue.

— Si tu as pensé à planquer les somnifères, les
cordes et les lames de rasoir, je pense qu'elle s'en
sortira.

— Ah, mais je ne t'ai pas tout dit ! (Félix remercia le barman qui venait de lui servir son mojito,
saisit le petit parapluie en papier bleu qui ornait
son verre, et se le glissa tout naturellement derrière
l'oreille.) Je ne lui ai pas laissé qu'une lettre, je lui
ai également laissé un cadeau. Un truc, pour me
remplacer. Comme un doudou, pour éviter qu'elle
ne s'effondre, pour qu'elle tienne le coup...

— Quoi, un de tes slips à laver ? Ta brosse à
dents ? Une mèche de ton début de calvitie ? énu-
méra Tom placidement.

— T'es con. Non... Un chaton. Dans un

panier. La chatte d'un collègue a eu une portée il y a quatre mois, et il lui restait un petit qu'il m'a donné. Je l'ai laissé au pied du meuble sur lequel est déposée la lettre.

— C'est méchant, ça. Qu'est-ce qu'il t'a fait, ce chat, pour que tu le punisses en l'envoyant chez ta mère ?

Félix haussa les épaules.

— Pour tout t'avouer, j'ignore lequel des deux tombera sous les griffes de l'autre.

Les deux hommes cognèrent doucement leurs verres en ricanant.

— Bon, et avec ta Sofia, ça se passe bien ? reprit Tom.

— Nan. Elle me gave. Je crois que je vais la quitter.

— Quoi, elle aussi ?

— Oui, mais elle, en revanche, elle n'est pas encore au courant. Une à la fois. Je peux pas consoler deux femmes qui pleurent en même temps.

Une jolie serveuse passa près d'eux, son plateau à la main. Ses très longs cheveux en queue de cheval pendaient dans son dos. Elle portait un pantalon noir révélant combien les petits culs bombés revenaient à la mode, et une chemise joliment échancrée sur sa poitrine discrète. Ils la suivirent du regard.

— Et toi, demanda Félix, *what's up, cop* ?

— Moi ? Oh, la routine, on a chopé un dealer, avant-hier. Une grosse saisie de came. Et puis on a coincé les trois délinquants qui ont braqué la petite station-service, tu sais, au bout de la rue... En fait, on a eu trois des quatre frères. La quatrième est toujours en fuite.

— Je t'arrête.

— Oh oui, vas-y, ça me change.

— Je te demandais si tu étais sur une nouvelle affaire.

— Ah, ça. Ben j'ai rencontré une fille, ouais. Odieuse. Parano. Un caractère de merde. (Il but une gorgée de sa bière.) Je crois que je suis amoureux.

— Bonne nouvelle ! T'as arrêté de suivre Emma, donc ?

Tom baissa les yeux. Il se palpa l'intérieur des émotions, pour voir si ses contusions post-rupture le faisaient encore souffrir, et réalisa pour la première fois depuis longtemps qu'elles semblaient s'être estompées. Le souvenir d'Emma ne lui brûlait plus les tripes. Tout au plus son évocation lui nouait-elle encore un peu la gorge. Mais plus au point de faire remonter ses larmes à la surface. Plus du tout.

— Le problème, c'est pas Emma. C'est Régine. La fille que j'ai rencontrée.

— C'est quoi ton problème ?

— Elle ne m'a pas laissé ses coordonnées. Je n'ai aucun moyen de la recontacter. Et je crève d'envie de la revoir.

— Ah, ouf, j'ai eu peur, dit Félix en mettant une claque sur l'épaule de Tom. J'ai cru que ce serait une difficulté que seul un flic pourrait résoudre… Oh, mais, attends une minute, rappelle-moi ton job, déjà ?

Le géant leva les yeux au ciel. C'est-à-dire, très haut.

— Faut-il être tombé bien bas, pour en arriver à se faire vanner par un type avec un parapluie derrière l'oreille.

— N'en dis pas plus !

Félix tendit le bras, et fit un signe au serveur, qui s'approcha, se demandant ce que lui voulait encore ce type bizarre.

— S'il vous plaît ? lança Félix. Mon ami m'envie. Il désirerait lui aussi un petit parapluie pour décorer sa bière. Est-ce que ça vous ennuierait de… ?

— Quelle couleur ? demanda le gars derrière le comptoir, qui avait compris qu'il gagnerait du temps en n'en perdant pas à discuter avec cet hurluberlu à nœud pap.

— Rouge ! Comme les petits vaisseaux dans le blanc de ses yeux.

Le serveur en sortit un, et le tendit à Tom, qui s'en saisit.

— Non, mais tu te rends compte, si je croise un collègue ? De quoi est-ce que j'aurai l'air ? demanda-t-il en le plaçant lui aussi derrière son oreille.

— D'un flic qui ne craint pas la pluie. Bon, reprenons… cette fille, tu n'as pas son nom de famille ?

— J'ai rien, je te dis… je suis même retourné dans le restaurant où je l'ai rencontrée, pour interroger le personnel en leur montrant le bout de visage qu'on aperçoit sur la photo qu'elle m'a laissée. Pas de réservation à son prénom, et personne ne l'avait jamais vue avant. Je suis à deux doigts de relever les empreintes digitales dans mon appart.

Félix téta un instant la paille de son mojito, en réfléchissant.

— Job ?

— Indéterminé…

— Mariéc ?

— Célib, peur de l'engagement.

— Hum, je vois… c'est pour ça qu'elle t'a fui.

— Mais comment fais-tu pour être aussi intelligent ? le railla Tom.

— Tu peux pas comprendre, le clasha Félix. Bon, ben c'est foutu, donc. Tu ne reverras pas la déesse du sexe avec laquelle tu as…

Tom l'interrompit en se grattant la tête, le regard en biais.

— On n'a pas.

— Vous n'avez pas ?

— Même pas.

— Vous avez quoi, alors ?

— On a parlé, répondit Tom. La nuit entière. Et c'était bon, drôle, simple et complice. Ça m'a soulagé, sérieux, ça m'a fait du bien.

Félix soupira, posa ses coudes sur le bar, et son visage sur ses poings tendus.

— Veinard. Moi, quand je suis seul avec Sofia, la dernière chose qu'elle veuille, c'est parler. Cette

284

fille m'épuise, t'as pas idée. Dans tous les sens du terme.

Tom plongea la main dans le bol de cacahuètes posé devant lui. Il en attrapa une poignée qu'il porta à sa bouche, en se jetant les cacahuètes une à une comme s'il nourrissait un singe.

— Et alors, dis-moi, toi, reprit-il. Ta fugue, tu vas la faire où, si c'est pas indiscret ?

— Oh, chez ma grand-mère. Je m'enfuis une semaine dans sa maison de campagne, au fin fond du centre de la France.

— Tout seul ?

— Eh bien… oui, pourquoi ?

— Non, pour rien, dit Tom avec un sourire, en se balançant une nouvelle cacahuète dans la bouche. Une semaine, hein ? Seul ? Y a du réseau ? T'es sûr que ça capte, là où tu vas ?

Félix blêmit. Il aurait voulu ne rien laisser paraître, mais il eut besoin de sortir précipitamment son inhalateur, et d'en inspirer une bouffée.

Lorsque ce fut fait, il redressa la tête et, crânement, il lâcha :

— Eh mec, si t'as tellement besoin de parler, t'as qu'à retrouver ta Régine, hein !

Chapitre 34

Félix

JOUR 1.

— Oh punaise.

Félix se passa la main dans les cheveux.

— Oh punaise de punaise.

Il réajusta nerveusement son nœud papillon.

— Oh punaise de punaise de bordel de merde de décision de mes deux ! Mais qu'est-ce que je suis venu foutre dans ce bled paumé ?

Félix mit une claque sur son volant, puis il se pencha et ouvrit d'un geste sec sa boîte à gants, dont le contenu en jaillit tant il y était comprimé. Il balança pêle-mêle sur le siège avant les plans qu'elle contenait, plusieurs stylos, l'étui de sa paire de lunettes de soleil, un paquet de biscuits entamé, il émit un nouveau juron, puis en sortit encore une paire de gants en cuir, plusieurs formulaires de constats, une lampe de poche, un gilet de signalisation plié en douze, un couteau suisse, et finit par trouver enfin son inhalateur, planqué tout au fond.

Il le saisit avec une telle fébrilité qu'il le fit voltiger entre ses mains, avant de le stabiliser dans le bon sens et de s'en prendre un long shoot, qui l'apaisa presque immédiatement.

Celui qu'il conservait toujours dans la poche de sa veste était vide, il avait oublié de prendre une recharge, et n'avait pas trouvé de pharmacie sur le chemin. Heureusement, il lui restait celui de secours, planqué dans sa voiture, aussi nécessaire que sa roue de rechange dans le coffre ou sa caisse à outils.

Autour de lui, impossible d'y voir à trois mètres.

Il tombait un rideau de pluie drue et opaque, qui crépitait d'une façon hypnotique, tambourinant sur l'habitacle, diluant les rares lumières qui filtraient à travers les vitres, délayant son enthousiasme.

Il s'était égaré depuis plusieurs heures déjà. Dans sa hâte, il avait mal programmé son GPS, et avait mis un temps fou à retrouver le bon chemin. Et maintenant qu'il était arrivé devant la maison de sa grand-mère, il faisait nuit.

Lorsque le ciel se fit déchirer par une lame de lumière, et qu'un coup de tonnerre reproduisit le son d'un gong annonçant la fin du monde, Félix se recroquevilla sur son siège, le front perlé de sueur, et son inhalateur dans la bouche, tel un tuba l'empêchant de se noyer dans son évanouissement. Ou d'articuler le flot de grossièretés mêlées de prières qui l'aurait soulagé.

La maison qu'il apercevait vaguement à travers la pluie qui martelait son pare-brise était aussi sombre qu'isolée. Un jardin laissé à l'abandon, des ombres angoissantes qui semblaient mouvantes, la bicoque du premier voisin qui n'était pas tout près. Non, il fallait être réaliste : aller s'y réfugier maintenant n'avait aucun sens, la maison semblant représenter elle-même une menace.

Mais il avait roulé longtemps, il était fatigué, à ses côtés l'attendait un sachet contenant un hamburger, des frites et un thé glacé, il n'allait donc pas rebrousser chemin.

Félix sortit le pendentif de sa poche, se le passa autour du cou, et le caressa aussi longtemps qu'il fallut pour que les battements de son cœur reprennent un rythme normal. Puis il mit un CD dans l'autoradio, bascula son fauteuil en arrière, et déballa son sandwich.

Dans l'habitacle, la lumière allumée, protégé de la pluie par sa voiture et de l'inconnu par sa grand-mère, il mordit dans son hamburger en écoutant Aretha Franklin lui ordonner « *Think !* ».

Qu'Aretha ne s'inquiète pas. C'était bien son intention.

JOUR 2.

Félix, recroquevillé sur la banquette de sa voiture, s'était réveillé aux premières lueurs du jour, frissonnant sous le plaid en polaire gris chiné qu'il conservait toujours, soigneusement plié, sur la plage arrière. Prévenance attentionnée, après que la fille d'un de ses collègues se fut enrhumée, lorsqu'il était allé les chercher à l'aéroport. Arrivant directement d'Amérique du Sud, le collègue et sa petite de neuf ans, de passage à Paris, avaient débarqué en tee-shirt en plein mois de novembre, leurs affaires chaudes dans une valise en soute… qui s'était égarée.

Depuis, cette couverture était devenue un symbole de l'accueil chaleureux qu'il souhaitait prodiguer à ceux qui grimpaient dans son auto. Félix aimait bien les symboles.

Son premier réflexe en se redressant fut de gémir de douleur, puis de masser sa nuque raidie par la position inconfortable qu'il avait empruntée. Son second automatisme fut de chercher un paquet de kleenex, et de se moucher bruyamment. La température était vraiment basse, dans l'habitacle, et il était frigorifié.

Il enfila ses baskets, avant de descendre de la voiture.

L'aube était exceptionnelle. Il assista aux minutes rares durant lesquelles les premiers rayons du soleil venaient caresser une lune encore imprimée sur un ciel qui ne lui était déjà plus destiné. Dans le paysage tout neuf, lavé par une nuit d'ablutions, les senteurs de terre et d'herbe aiguisées par des fragrances d'orage, il s'étira, longuement, béatement, en poussant un cri de libération qui lui remit tous les organes en place.

Alors, seulement, il sortit son portable, étonné de ne pas avoir été contacté par Iolanda, et découvrit qu'il n'avait pas de réseau. La blague de Tom était tombée juste.

Isolé ici, tout seul, près d'un champ, sans pouvoir joindre sa mère ou son flic de pote, au cas où... Au cas où quoi ?

Peu importait. Il fit ce qu'il savait faire de mieux : il hyperventila quelques secondes dans le sachet en papier de son hamburger de la veille, le temps de reprendre ses esprits. Ensuite, il ouvrit le coffre, attrapa son sac de voyage, et ferma les portières à clé.

Puis il saisit le médaillon qu'il portait, et se le frotta partout sur le visage. Il insista sur le menton, sur le cou, sur les yeux, l'embrassa plusieurs fois avec dévotion, se le passa rapidement sous les aisselles, aussi, et fixa la maison qui l'attendait.

Elle était infiniment moins impressionnante à la lumière du jour. Plus petite, aussi.

Il n'était pas revenu ici depuis au moins quinze ans. Il la redécouvrait donc comme si c'était la première fois. Sur ses gardes, il avança dans sa direction et passa la grille.

Le jardin n'était pas du tout à l'abandon comme il l'avait cru initialement, mais au contraire harmonieusement entretenu, à l'anglaise.

Il lui fallut deux inspirations profondes pour se donner du courage, avant de saisir le trousseau de clés dans sa poche, et d'entrer dans la propriété.

Dans sa panique, il s'était attendu à une maison poussiéreuse et inhabitée depuis une éternité. Il se rendit compte qu'il avait tout faux. Et pour cause, il se rappela que sa grand-mère la louait de temps en temps via une plate-forme internet de location de vacances. Décidément, les ressources et l'imagination de Lutèce ne cesseront jamais de l'étonner.

Elle lui avait d'ailleurs raconté qu'une fois par semaine, une retraitée du village voisin accueillait les hôtes éventuels, et venait faire le ménage. En échange de quoi, Lutèce lui octroyait la jouissance de la voiture qu'elle n'utilisait plus, et lui donnait l'autorisation, à la belle saison, de venir récolter autant d'amandes, de pommes et de cerises des arbres de son jardin que les paniers d'osier qu'elle apportait pouvaient en contenir.

Lorsque Félix franchit le seuil, il pénétra donc dans une maison propre, rangée, et récemment aérée.

Il n'empêche. Le scientifique n'avait, dans son souvenir, pratiquement jamais dormi seul de sa vie.

Soit sa mère était à la maison, soit il partageait la couche d'une amoureuse, soit il mettait dans sa valise un assistant pour ses expéditions et ses déplacements professionnels, qui occupait la même chambre d'hôtel que lui, dans un second lit. Une semaine en tête à tête avec ses phobies, ça promettait d'être cocasse…

Il aurait bien voulu faire le tour du propriétaire, mais il s'en sentit incapable. D'autant que la plupart des pièces étaient fermées à clé. La maison, lorsqu'elle était louée à des vacanciers, ne permettant pas de jouir de l'intégralité des chambres, Lutèce conservant derrière les portes défendues ses effets personnels et les objets de valeur. Pas folle, la Lutèce. Félix, qui avait pourtant le trousseau complet des clés, eut tout simplement peur de ce qu'il allait trouver en les poussant.

Alors, il n'insista pas. C'en était déjà bien assez pour un commencement. Il grimpa à l'étage, pénétra dans la chambre la plus lumineuse, réservée aux hôtes de passage, et s'y enferma.

Il alluma la télévision, monta le volume, et n'en sortit pas pendant trois jours.

JOUR 5.

Plus que deux jours à tenir, et il n'avait plus de provisions. Son sac de voyage rempli essentiellement de nourriture de survie (biscuits d'apéritif, olives en bocal, chips, légumes en conserve, thon à l'huile et un pain de mie tranché) était quasiment vide. La chambre étant équipée d'une salle de bains privative, Félix avait pu demeurer parfaitement autonome dans ces quelques mètres carrés, qui avaient représenté pour lui l'équivalent d'un sas de décompression nécessaire, avant d'aborder les profondeurs vertigineuses d'espaces inconnus dans lesquels il craignait de se perdre.

Trois jours à réfléchir, méditer, s'interroger, creuser loin en lui dans les questionnements intimes, trois jours à laisser son esprit se mouvoir en liberté, sans qu'il soit parasité par la présence envahissante de Iolanda, ou par ses impératifs professionnels. Du temps libre pour se désintoxiquer, prendre des décisions, se promettre de s'y tenir, bref, y voir plus clair.

Et ce matin, il s'était senti assez fort.

Muni de toutes ses clés, la télévision allumée pour simuler une présence qui transpercerait le silence anxiogène de cet endroit isolé, il quitta enfin sa chambre.

Lentement, il explora les couloirs, en laissant ses mains, telles des vibrisses hypersensibles, frôler les murs en pierres apparentes. Lorsqu'il eut la certitude que rien ne le gênait, il posa ses paumes plus à plat contre les murs. Il en ressentit une impression de bienfaisance, de sérénité. Aucune résonance oppressante ou pénible ne vint le perturber, rien que du normal, de l'apaisant, du tranquille et de la solidité. L'aura de sa grand-mère avait imprégné durablement les lieux, et ça le détendit.

Il visita la cuisine, avec ses meubles bruns, son frigo en aluminium et son immense plan de travail en chêne, qui trônait tel un îlot en son centre. Quantité d'accessoires y étaient entreposés. La plupart d'un look assez vintage, mais tous étaient fonctionnels.

Il hésita un instant, puis décida de se faire un thé. D'un placard, il sortit un mug, trouva la boîte contenant les sachets dans un tiroir, et mit de l'eau à bouillir.

Son thé à la main et son trousseau de clés dans la poche, il visita une par une, avec d'infinies précautions, toutes les autres pièces.

Des meubles cirés, des peintures refaites, du linge de maison plié, de jolis cadres, et même une splendide table de billard devant la cheminée… vraiment, rien de particulier, rien de surprenant, rien de stressant. Il commença à se trouver ridicule, d'avoir eu si peur. Il allait falloir qu'il se débarrasse discrètement des kilomètres de scoubidous qu'il avait tressés là-haut, dans sa chambre, pour modérer ses accès de panique.

Félix passa la journée à explorer la maison, à visiter le jardin, à s'approcher des plantes, pour en caresser les feuilles, les respirer, les observer longuement, à étreindre les troncs d'arbres la joue collée contre l'écorce, pour en capter les vibrations. Il laissa son regard s'égarer partout, partout, tout le temps, sans réfléchir, instinctivement, il ne souleva pas une seule motte de terre, il reconnut les endroits où les racines des plantes étaient profondes, ceux où il n'aurait trouvé que des pierres, il se balada en mode sourcier, simplement guidé par des ressentis qui n'avaient rien de concret, l'inconscient déployé telle une antenne parabucolique.

Sa grand-mère lui avait demandé de récupérer une petite cassette dans laquelle elle avait conservé des souvenirs d'il y a longtemps. Sans rien avoir creusé, il fut bientôt convaincu qu'il ne trouverait rien dans l'immense jardin.

Alors, quand la nuit tomba, il se prépara un frugal repas, et s'en alla le déguster dans sa chambre, la télé toujours allumée.

JOUR 6.

Il avait retrouvé la bibliothèque. Toujours aussi bien planquée que dans son souvenir. Non seulement il fallait emprunter un petit escalier pour y accéder, mais elle était dissimulée derrière un panneau coulissant, et cadenassé. Juste au moment où il s'était dit qu'il ferait un dernier tour, avant de quitter les lieux. Après tout, la route était longue, il devait encore aller faire le plein de la voiture, et il n'avait pas envie d'arriver en ville de nuit.

Seulement cette pièce raviva chez lui de tels souvenirs, qu'il y pénétra.

Il s'agissait d'une grande bibliothèque, dans une salle assez vaste pour y loger également deux fauteuils et une petite table basse. C'était une pièce qui devait avoir été conçue pour faire office de chambre supplémentaire, à la base, car elle en avait les dimensions.

Il s'assit un instant dans un des fauteuils, et observa l'étalage de livres qui s'offrait à lui.

Hier soir, Sofia lui avait téléphoné.

Pas sur son portable, qui ne captait pas, mais sur le téléphone fixe, à partir du numéro qu'elle avait dû obtenir de Iolanda. En entendant la sonnerie résonner soudain dans sa chambre, il avait bondi si haut que le plafond était encore marqué par la trace de ses griffes.

Sofia lui avait demandé pourquoi il était parti sans elle. Il lui avait répondu qu'il avait besoin de réfléchir. Aussitôt, sans avoir compris que ce n'était pas une figure de style et que Félix ressentait réellement le besoin d'aller voir ailleurs, s'il pouvait y être, elle l'avait pris comme un affront personnel. Persuadée qu'il lui annonçait qu'il envisageait de la quitter, Sofia, en quelques piques venimeuses, le plaqua rageusement la première. Lorsqu'elle lui raccrocha au nez, il regarda le combiné qu'il tenait encore à la main, le reposa sur son socle, et retourna s'allonger sur le lit où il était étendu un instant auparavant. Seulement cette fois, en mode serein. Libéré, soulagé. Délivré. Il sourit : finalement, elle avait fait tout le boulot à sa place. Un tracas en moins. Il avait contemplé le nœud papillon posé sur la chaise, et eut une bouffée de tendresse à son égard. Celui-là était rouge à pois blancs. Un des plus beaux de sa collection, qui en comportait des exemplaires de toutes les couleurs aux motifs rivalisant d'originalité. Il n'aimait pas la monotonie, et exécrait les cravates. Il se dit qu'il tenterait bien la pipe, un jour, mais il ne fumait pas et n'avait pas l'intention de commencer. Cependant il était persuadé que le simple fait de tenir entre ses doigts une belle pipe en bois lui donnerait une classe folle. Et puis ça le changerait de son inhalateur.

Et cette nuit-là, il s'endormit comme un bébé.

Aujourd'hui, le voilà qui parcourait les rayonnages de la bibliothèque secrète.

Découvrir à l'âge adulte ce que lisaient ses grands-parents était pour lui une nouvelle façon de les appréhender. Il trouva le projet excitant, alors il prit tout son temps.

Les livres, de tous formats et de toutes collections, n'étaient pas récents. Certains avaient une dizaine d'années, d'autres une trentaine, d'autres encore une quarantaine, voire au-delà… Achetés, reçus, récupérés, adorés, lus et relus, certains livres avaient été annotés par son grand-père, d'autres possédaient des pages cornées par la main de sa grand-mère.

Il eut un coup au cœur en découvrant dans un recoin quelques ouvrages pour enfants datant des années 30, aux pages jaunies, fragiles, certaines pouvant se détacher à tout moment, d'autres gribouillées au feutre ou tachées d'encre. Tous ces livres comportaient à l'intérieur de leur couverture une étiquette autocollante, sur laquelle était annoté le nom du propriétaire du bouquin. Sur beaucoup était écrit « Mademoiselle Lutèce Lévi », et Félix trembla en réalisant que la mère de sa grand-mère les lui avait lus le soir, avant qu'elle ne s'endorme.

Il en feuilleta un, avec d'infinies précautions : il s'agissait des *Contes du chat perché* de Marcel Aymé. Félix le referma en le pressant doucement contre lui, les yeux clos, pendant quelques minutes. Ce qu'il reçut dans ce contact, il le garderait pour lui, mais il le reposa délicatement là où il l'avait trouvé, et essuya une larme qui avait perlé au coin de son œil.

Il continua son exploration, avec l'impression grisante de découvrir des objets plus précieux encore que ceux qu'il avait l'habitude d'exhumer pour le bien de l'humanité. Car cette fois, il s'agissait de son bien à lui, et il s'autorisa à penser que ce n'était pas moins important.

Ici, un nid de vieilles bandes dessinées : *Betty Boop, le Professeur Nimbus, les Pieds nickelés, Pim*

Pam Poum. Là, des ouvrages de la Comtesse de Ségur. Des romans sentimentaux de Guy des Cars. Il tomba sur un petit guide de conversation *Parlons anglais aujourd'hui même !* Sur un *Précis élémentaire de mythologie grecque, romaine, indienne, persane, égyptienne, gauloise et scandinave*, une « nouvelle édition » datant de 1881, à la couverture qui tombait en morceaux. Il trouva un ouvrage de *Contes chinois* relié en toile blanche. Du Roald Dahl, du *Oui-Oui*, du *Fantômette*, du *Club des Cinq* et du *Winnie l'Ourson*. Un vieux bouquin de *15 récits de la préhistoire* qu'il compulsa avec un sourire. Mais aussi des livres du *Petit Nicolas*, de René Goscinny et Jean-Jacques Sempé. Il y avait profusion de romans d'aventures, de romans d'amour, de science-fiction ou d'épouvante... Et ô trésor, lui mettant des coups au cœur de bonheur, dans un coin à part, tous les livres qu'il avait dévorés lorsqu'il était adolescent : *Les Robots*, et puis *Fondation* d'Isaac Asimov ; *La Planète des singes* de Pierre Boule ; *Au Bonheur des Dames*, et puis *L'Assommoir* de Zola ; *Le Journal* d'Anne Frank ; *Un sac de billes* de Joseph Joffo ; *Des fleurs pour Algernon* de Daniel Keyes... Il s'arrêta un instant sur ce livre qui l'avait tant ému. Par ici, il y avait *Le Meilleur des mondes* d'Aldous Huxley ; *Fahrenheit 451* de Ray Bradbury ; *1984* de George Orwell ; *Le Guide du voyageur galactique* de Douglas Adams... Et puis aussi *Croc-Blanc* de Jack London, qui l'avait fait pleurer ; *L'Enfant et la Rivière* d'Henri Bosco ; *Mon bel oranger* de José Mauro de Vasconcelos ; *Le Parfum* de Patrick

Süskind ; *Le Portrait de Dorian Gray* d'Oscar Wilde… Sur cette rangée-là se trouvaient *Le Petit Prince* d'Antoine de Saint-Exupéry ; *Dans la peau d'un Noir* de J. H. Griffin ; *Black Boy* de Richard Wright ; *Sans famille* d'Hector Malot ; *La Nuit des temps* de René Barjavel ; *Le Lion* de Joseph Kessel ; *Poil de carotte* de Jules Renard ; *Les Misérables* de Victor Hugo ; *L'Île au trésor* de R. L. Stevenson ; *Don Quichotte* de Cervantès ; *Vendredi ou la Vie sauvage* de Michel Tournier ; *Les Quatre Filles du Dr March* de L. M Alcott ; *Knock* de Jules Romains… Il trouva un foisonnement d'ouvrages de Nicole de Buron, de Guy de Maupassant, de Charles Dickens, de Franz Kafka, de Boris Vian, de Molière, de Stephen King, de Prosper Mérimée, de William Shakespeare, d'Alphonse Daudet, de George Sand, de Racine, de Camus, de Marcel Pagnol, d'Albert Cohen, d'Isaac Bashevis Singer, de Marcel Proust, d'Andersen, de Perrault et de la Fontaine… Quantité d'essais sur l'actualité et les sciences humaines. Abondance de recueils de nouvelles et de poèmes. Des volumes de toutes sortes, beaucoup simplement brochés, d'autres reliés en galuchat ou en vélin, en maroquin ou en cuir de Russie. Un espace entier était consacré aux livres sur l'histoire, sur la politique, sur l'astronomie, la médecine, la cuisine et le jardinage… Laurence Pernoud sur l'art d'élever son enfant côtoyait des romans de Jules Verne en édition classique. Un vieil exemplaire du *Seigneur des anneaux* de Tolkien était encerclé par des volumes d'Agatha Christie.

Et c'était sans compter la quantité impressionnante de bandes dessinées, que le couple avait achetées pour leurs enfants, leurs petits-enfants, et les copains qui allaient avec. Mais oui… Félix se rappelait, maintenant. L'émotion retrouvée à ce souvenir lui procura un flash de chaleur qui colora ses joues. Il lui arrivait de passer des heures entières, quand il était petit, planqué dans cet antre, à se perdre dans ces images colorées jusqu'à ce qu'on l'oublie. Du *Gaston Lagaffe* faisait son bonheur, tout autant que de l'*Astérix*, des *Dingodossiers*, du *Lucky Luke*, mais aussi du *Mafalda*, du *Tarzan*, du *Popeye* et du *Picsou*, du *Tintin* et des *Schtroumpfs*, du *Peanuts* et du *Strange*, du *Boule et Bill* et du *Léonard*, de l'*Achille Talon* et du *Modeste et Pompon*, et même de l'*Édika*, du Reiser et du Brétécher… Ils étaient tous là. Un peu poussiéreux, usés par les heures de bonheur qu'ils avaient procurées, mais ils étaient là.

Félix saisit un livre, au hasard. *La Machine à explorer le temps* d'H. G. Wells. Le hasard faisait bien les choses, semblait-il. Quand il l'ouvrit, un billet en tomba. Le jeune homme se pencha pour le ramasser, et découvrit en le dépliant une écriture enfantine :

Epe ! Toi qui li se meçage. Je m'appel Félix et j'ai 5 ans. Plu tare, je voudré devenire cosmonote, ou bien ponpié, ou voyagé dans le tan poure exsploré les dinosores. Et pour se fére, je vé construire une machine, ou je vé bien travayé en class, come maman

elle ma di. Alé, mon ga ! Rendé vou den dix an,
quen je seré vieu, poure voire si j'ai réuçi ma vie !

Félix en eut le souffle coupé.

Un petit rien-du-tout de cinq ans, bien trop en
avance pour son âge et surgi du passé, venait tout
simplement de lui apprendre qu'il avait réalisé ses
rêves.

C'est alors qu'il comprit où se trouvait ce que sa
grand-mère l'avait envoyé chercher. Il ne fallait pas
creuser, il fallait ouvrir. Juste, s'ouvrir…

Il attrapa fébrilement des livres, au hasard,
selon leur titre, leur format ou la réminiscence que
le volume évoquait en lui. Et il les ouvrit. Et dans
chacun, il trouva quelque chose.

Un photomaton de lui bébé dans les bras de sa
mère, rayonnante. Un bon point annoté par sa maîtresse. Une fleur séchée tirée du bouquet que son
grand-père avait offert à sa femme lors d'un anniversaire de mariage. Un billet doux griffonné (il en
trouva beaucoup). Une carte postale de vacances (il
en récupéra tout un stock). Un morceau de guir-
lande d'un des Noëls de son enfance, tout aplati.
Le ticket de caisse d'un achat important, décrit
dessus au stylo. Des photos, encore, parfois des
Polaroid, parfois des photos en noir et blanc avec
un contour blanc découpé, et toujours, inscrits au
dos, les noms des personnes qui figuraient dessus.
Des tickets de rationnement, pendant la guerre.
Des timbres de pays visités. Des tickets de bus des
pays en question. Il tomba sur un bulletin de notes

de Iolanda, dont il se demanda en souriant si ce n'était pas elle qui l'avait caché ici.

C'était comme de découvrir un nombre infini de cadeaux Bonux dans toutes ces boîtes de lessive, qui rendaient ses souvenirs plus limpides. Il vivait une plongée à travers les strates de son passé, jusqu'à toucher du doigt des moments qui n'existaient plus.

Et puis il découvrit des carnets, remplis à la plume par sa grand-mère, conservés dans une boîte posée sur le dessus de livres rangés tout en haut de la bibliothèque. Un des carnets, dont la date correspondait aux années d'adolescence de Lutèce, était saturé de pensées, de bonnes résolutions, de domaines qu'elle avait envie de découvrir et de rêves à réaliser. Un autre, de recettes de cuisine de jeune mariée. Un troisième, de paroles de chansons. Et il y en avait comme ça tout un tas.

À un autre endroit, quelques magazines avaient été conservés : *Le Petit Écho de la mode, Nous deux, Cinémonde, Historia, Elle, Marie-Claire, Paris Match*...

Il adora tellement cette immersion dans un temps ancien bien que contemporain qu'il ne vit pas le temps actuel filer. Et ce ne fut que tard le soir qu'il tomba sur une coupure d'article de presse, fichée entre les pages d'un dictionnaire des prénoms. À la lettre *F*, comme *Félix*. Un mot tiré du latin qui signifie «Heureux».

L'article racontait comment un petit homonyme, à peine âgé de sept ans, échappant à la vigilance de sa mère qui s'était endormie sur son canapé, s'était précipité dans l'appartement de sa voisine complètement soûle. Laquelle, en posant sa cigarette sur un coussin, avait provoqué un début d'incendie. Le gamin, alerté par la fumée sur le palier provenant de sous la porte d'en face, avait eu le réflexe d'appeler les pompiers, puis de subtiliser le double des clés que la voisine avait confié à sa mère, et s'était précipité pour lui porter secours. Le problème fut que ladite voisine, ivre morte, mit peu de bonne volonté à s'enfuir lorsqu'il tenta, le bras de la femme passé sur ses petites épaules de garçonnet, de la guider vers la sortie. Elle traîna des pieds, elle s'accrocha à lui, elle ralentit le mouvement. Il la sauva, certes, mais s'exposa un peu trop longuement à des fumées toxiques, qui lui abîmèrent les poumons.

C'était un vieux souvenir oublié, et jamais réactivé. Enseveli sous le silence de Iolanda.

En lisant cela, Félix comprit.

Il comprit d'où lui venaient ses gênes respiratoires récurrentes, lorsqu'il était angoissé.

Il comprit pourquoi sa mère avait développé envers son fils un syndrome de surprotection.

Et il comprit enfin qu'il la méritait rudement, la médaille que lui avait offerte Lutèce.

Chapitre 35

Félix

Félix ouvrit la porte de chez lui avec précaution.
Pas un bruit, pas une lumière. Il posa son sac de voyage sur le sol, referma la porte doucement, puis avança en jetant des coups d'œil furtifs autour de lui.

Personne pour l'accueillir. Pas un chat.

Ou plutôt si, un, justement. La petite peluche grise et ouateuse qu'il avait laissée ici, aux pattes, au ventre et au museau blancs comme si elle avait fait trempette dans un bol de lait. Elle surgit, trottinant la queue en l'air, et vint se frotter contre ses jambes en ronronnant façon rasoir électrique.

Félix sursauta. Il tenta de faire fuir le matou qui semblait faire exprès de se prendre dans ses pieds, comme pour lui bloquer le passage.

— Il est perché, ce chat, ma parole… marmonna-t-il agacé.

Une lumière s'alluma dans la cuisine. Il entendit le bruit de la machine à café.

— Iolanda ?

Pas de réponse. Il réitéra.

— Maman ?

— Je t'ai déjà dit que je préférais que tu m'appelles par mon prénom ! fusa une voix aigre.

Ah, tout de même. Elle se manifestait.

— Et mets tes pantoufles, au lieu de me salir le salon avec tes chaussures pleines de poussière !

Et elle avait l'air en pleine forme, visiblement. Félix en fut grandement rassuré.

Il lui demanda d'une voix forte :

— Tu peux venir, s'il te plaît ? Il faut que je te parle…

— Tu ne me donnes pas d'ordre, je ne suis pas à ta disposition ! cria-t-elle en quittant la cuisine.

Elle alla pourtant s'installer sur un des deux canapés du salon.

Aussitôt, le chaton se précipita, bondit sur ses genoux et se pelotonna contre elle. L'expression de Iolanda se radoucit, surtout lorsqu'elle commença à caresser sa fourrure douce avec tendresse, murmurant profusion de « mais oui, mon bébé… oh, que tu es beau… oh, ma merveille, mon petit trésor… mais oui, mais oui, houuu… ».

Insensiblement, le ronronnement du félin passa en mode berceuse.

Félix tiqua. Tout bien considéré, elle semblait parfaitement s'être consolée de son départ.

D'un pas vif, il se rendit dans la cuisine. Il posa deux tasses en porcelaine blanche sur un plateau, y versa du café, un voile de sucre et un nuage de lait. Puis il revint au salon son plateau à la main, le posa sur la table basse, servit sa mère et se servit ensuite. Iolanda le regardait faire sans bouger, visage fermé et moue pincée.

Lorsqu'il s'assit enfin sur le canapé face à elle, la main discrètement dans la poche de son pantalon agrippée à son talisman, c'est lui qui lança les hostilités.

— Tu vas bien ? demanda-t-il, prévenant.

— Ai-je l'air d'aller mal ? répondit-elle, sur la défensive.

— Bon, bon, bon...

Félix soupira, laissa passer quelques secondes, avant de reprendre :

— Alors, voilà. Je voulais t'annoncer que j'ai déposé un dossier pour obtenir un appartement de fonction. Il y en a un qui s'est libéré récemment, je viens d'apprendre qu'il m'était attribué. J'emménage d'ici quelques jours.

Cette fois, ce fut Iolanda qui tiqua. Sèchement, elle lui lança :

— Pourquoi si vite, tu as rencontré une femme ? C'est celle qui a téléphoné ici, pour avoir ton numéro à la campagne ?

— Non, lui répondit Félix calmement. Pour tout t'avouer, j'ai rencontré un homme.

Le visage de sa mère se décomposa. Elle se redressa si vivement que le chat en tomba de ses genoux.

— Un homme ? Mais... tu veux dire que... Non, c'est impossible, pas toi, mon chéri !

— Pas moi, quoi ? demanda froidement Félix.

— Oh mon Dieu, mon seul et unique fils, ne me dis pas que…

— Que quoi, maman ? Tu veux me savoir heureux, oui ou non ?

— Oui, mais…

— OUI OU NON ? articula-t-il, glacial.

— Oui, mais…

— Je réitère ma question. Est-ce que tu veux me savoir heureux, ou est-ce que tu veux TE savoir heureuse ?

Elle se tut.

— J'attends une réponse, insista-t-il.

— Bien sûr, que je veux que tu sois heureux… Mais tu ne le seras pas si tu rencontres des hommes…

— Pas « des », « un ». Et dis-moi, maman, puisque tu sembles avoir une si grande perspicacité des choses de la vie. C'est quoi, le bonheur ? C'est d'avoir la même vie que toi ? Accrochée à ton fils unique comme à une bouée de sauvetage, après lui avoir octroyé le rôle de mari de substitution ? Si tu sais si bien ce qu'est le bonheur, pourquoi ne m'as-tu pas appris à être heureux ?

Les yeux de Félix étaient embués. Il serra les dents et contrôla l'affolement de sa respiration pour rester étanche à toute fuite de larmes.

— Ce que tu dis est cruel, souffla Iolanda.

— Sans doute. L'étau dans lequel tu m'as maintenu l'a été tout autant.

C'est sur les joues de Iolanda que les larmes roulèrent. Félix en eut le cœur serré. Il refréna de toutes ses forces l'envie de se lever, pour la prendre dans ses bras et la consoler.

Voyant que son fils ne venait pas vers elle, Iolanda se recroquevilla sur son sofa, le menton tremblant.

— Je suis désolée si tu considères que je t'ai fait du mal. Quand on est mère, on n'apprend pas comment bien aimer. On fait comme on peut. Tu étais si précoce, si fragile, Félix, tu étais si vulnérable et si inconscient du danger. Je ne t'ai pas vu grandir. À mes yeux, tu as toujours été grand. Tu as toujours été en avance, partout, tout le temps, avec une telle maturité… Et je t'ai élevé seule, j'ai tout assumé quand ton père nous a quittés pour refaire sa vie au Canada. Ce père qui t'a zappé de son existence.

— Mais je ne suis pas mon père ! Et moi, tu vois, j'ai toujours été là…

— Je sais. Tu as tenté de réparer les dégâts qu'il avait faits, alors même que ce n'était pas ton rôle. Et moi, j'ai abusé de ta loyauté. Je le comprends aujourd'hui.

Elle s'arrêta, émue.

— Je t'aime, tu sais, mon fils. Et je veux plus que tout au monde que tu sois heureux. Est-ce que… est-ce que cet homme te rend heureux ?

— Oui. Maintenant que je l'ai enfin trouvé, je sens que nous allons vivre ensemble une grande histoire d'amour.

Iolanda pleura de plus belle. Mais elle se força

à sourire, aussi. Elle sécha ses larmes avec un morceau de sopalin, qu'elle tira de sa manche.

— Très bien. L'essentiel, c'est ton bonheur. Laisse-moi un peu de temps, quand même, pour m'habituer à cette idée…

— Tu veux dire que tu l'acceptes ?

— Ai-je le choix ? Et puis, maintenant que j'ai mon chat, on va dire que j'ai trouvé un autre mari de substitution !

Félix n'en crut pas ses oreilles. Sa mère qui devenait tolérante, qui le laissait partir et même, qui faisait de l'humour ? Il aura tout vu.

Alors il se leva, vint vers elle, la serra contre son cœur, et l'embrassa. Elle l'étouffa encore plus fort, un long moment. Puis il se détacha d'elle, renifla en essuyant avec sa manche son nez qui coulait, et commença à se diriger vers le portemanteau, pour y prendre sa veste.

— Et il a un nom, au moins, cet homme que tu as rencontré ? demanda Iolanda, en le suivant.

— Oui, dit-il en faisant volte-face. Il se nomme Félix.

— Comme toi ?

— Non… c'est moi, l'homme que j'ai rencontré. Je crois que je me suis enfin trouvé…

— Ah ? fit-elle, ostensiblement soulagée.

— Ne te réjouis pas trop vite. Ou bien cela voudrait dire que tu ne pensais pas ce que tu disais.

— Si, si, mon fils, j'étais sincère ! J'ai compris le message…

Iolanda s'approcha de lui, et le prit par la main,

pour l'entraîner à nouveau vers le canapé, sur lequel il se réinstalla. Et elle, à côté de lui. Mais il eut besoin de resserrer encore quelques boulons.

— Alors, il va falloir me le prouver au quotidien, lui dit-il. Plus d'ingérence dans ma vie, mes amitiés, mes amours ou ma vie pro. Plus d'intrusion dans mes envies, dans mes projets ou même dans mes élucubrations. Tu me laisses partir, si tu veux que je revienne un jour. Et si je reviens, ce sera à mon rythme, plus au tien.

— D'accord, d'accord, dit Iolanda en lui caressant le visage et l'épaule. Mais j'aurai quand même le droit de te donner mon avis sur les gens que tu fréquentes ?

— Une opinion à la rigueur, et une seule. Pas un ordre.

— Et tu reviendras à la maison tous les week-ends ?

— Non. En revanche, je te passerai un coup de fil par semaine.

Iolanda fit une moue désespérée.

— Ou deux… dit Félix.

Iolanda lui fit des yeux de chien battu.

— OK, reprit Félix. Je t'appellerai une fois par jour, pendant cinq minutes, et pas une minute de plus ! Juste pour vérifier que tu vas bien.

— Bon, et pour les week-ends ?

— J'ai dit non. On se verra de temps en temps. Quand on en aura envie.

— Mais j'en aurai tout le temps envie, moi !

— Maman !

310

— OK, OK…

— Ça va pas être simple, soupira Félix.

— Mais on va y arriver, dit Iolanda en saisissant le minou qui s'approchait d'elle, pour le poser sur ses genoux.

Félix allait se lever, mais il demeura là, à contempler le félin qui prenait possession de sa mère à lui comme si elle était la sienne. S'étirant, bâillant, contre ce ventre qui ne l'avait même pas porté, aussi à l'aise qu'un intrus jouissant de l'intégralité d'un supermarché fermé pendant la nuit. Open bar, le voleur-miauleur ! Tout lui était permis. Et même, on l'y encourageait, à force de mots doux sirupeux, de poutous écœurants et de cajoleries gnangnan. Il s'y croyait, ce chat-laud. Avec sa pauvre moustache clairsemée et ses petits yeux de félon enfoncés sous ses tonnes de poils.

— Et sinon, tu l'as appelé comment, ce con ?… Je veux dire, ce compagnon ?

— Je l'ai appelé Câlin, répondit Iolanda en lui en faisant un, sa joue frottant délicatement celle du petit minet.

— Catin ?

— Non, Câlin, comme un câlin, quoi…

— Hum, Catin lui aurait mieux convenu. Après tout, c'est bien le principe de cet animal ? Ne se laisser caresser que pour obtenir ensuite de la nourriture, lâcha Félix d'un ton amer.

— Mais je rêve ! s'écria Iolanda. De quel droit invectives-tu cette pauvre bête ? Est-ce ainsi que je t'ai élevé ?

— C'est bon, ça va… Je l'ai pas insultée. Dans Catin, il y a le mot « cat ». Et le chiffre « un ». C'est « Un-Chat ». En anglais. Mélangé à du français. Et en verlan…

— Oh là là… Va plutôt lui donner à manger, tiens. Rends-toi utile, un peu.

Le jeune homme se leva à contrecœur, fusillant du regard le petit chat qui se léchait consciencieusement le doigt d'honneur qu'il lui tendait certainement, masqué par sa fameuse tonne de poils. Il se rendit d'un pas lourd à la cuisine, et ouvrit les placards. Soudain, il poussa un cri et ressortit de la pièce comme une fusée.

— Mais… tu lui as acheté des barquettes de la marque « Félix » ? C'est une blague ?

— J'ai juste aimé l'emballage, rien de plus, répondit Iolanda, avec un petit sourire en coin.

— Tu donnes à manger ton ancien fils à ton nouveau fils. Bravo. (Il applaudit ironiquement.) Symboliquement, c'est du joli. Freud, au secours. Message reçu. Je me casse.

— Mais non, attends, chéri, c'est pas ce que tu crois…

— Adieu !

Et il partit furieux en claquant la porte.

Chapitre 36

Félix

— Bam ! Échec et mat.

— Encore ? Mais c'est la septième fois de suite ! Qu'est-ce qui se passe ? Où je suis ? Les parties ne durent plus une heure, comme avant, maintenant tu les torches en dix minutes… T'as bouffé quoi, chez ta grand-mère ?

Félix roula des épaules, à défaut des mécaniques, un sourire satisfait illuminant son visage sur lequel apparaissait un nuage de poils. Sa dernière lubie : le look imperceptiblement négligé façon séducteur ténébreux et tourmenté, rendant les femmes folles de désir lorsqu'il manipule son fouet (oui, il pensait bien à Indiana Jones).

— Potion magique, mec. Lutèce fait une de ces soupes ! lança-t-il, gouailleur.

Tom, bras croisés, semblait dubitatif.

— Mouais… Si t'as toujours su jouer comme ça, j'ai un peu l'impression que ça fait des années que tu me laisses gagner…

Une ombre d'inquiétude voila le sourire de Félix.

— Et si c'était le cas… ça changerait quelque chose entre nous ?

Le flic haussa les épaules.

— Ben, oui. Je parierais moins souvent sur l'issue de nos parties, forcément.

Le paléontologue prit une grande inspiration, et se détendit. Il fallait absolument qu'il s'exerce à se faire confiance. Qu'il lutte contre cette tendance inhibitrice de croire qu'il devait forcément être un autre, pour pouvoir être aimé, accepté. Il finirait bien par y parvenir un jour.

— Sauf… compléta Tom.

— Sauf ?

— Sauf si tu triches.

— Pardon ? Comment veux-tu que je triche ?

— Tu vas me l'expliquer. Tu crois que j'ai pas remarqué ce truc que tu tripotes dans ta poche, depuis quelque temps ? Comme par hasard, ça coïncide avec le moment où tu as cessé de perdre… C'est quoi ? Une télécommande ? Une calculatrice ? Une antisèche ?

Félix quitta sa chaise, en éclatant de rire. Tom en fit autant, et déposa un billet sur la table du café dans lequel ils se trouvaient, tandis que Félix repliait son petit jeu d'échecs magnétique et portatif. Il le rangea dans le cabas qu'il portait en bandoulière, avant de se tourner vers son ami, et de lui montrer ce que contenait sa poche.

— J'avoue, monsieur le poulet. C'est effectivement une télécommande. Regarde : hop ! Je te la montre et, automatiquement, ta bouche se ferme ! Haute technologie, mec !

Il lui mit sous le nez son grigri doré, avec sa chaîne un peu lourde et son pendentif au format approchant celui d'une carte bancaire. Tom prit l'objet entre ses mains, l'observa un instant, et le lui rendit. Félix se le passa machinalement autour du cou.

— Mouais, c'est de la camelote. J'espère que tu l'as pas payé trop cher.

— C'est un cadeau de ma grand-mère, et c'est inestimable. Tu n'y connais rien, en bijoux de famille.

— C'est pas la taille qui compte, rétorqua Tom, en faisant un signe au barman.

— T'en as pas marre, de t'excuser ? répliqua Félix, du tac au tac.

Tom ricana en poussant la porte de l'établissement.

— Je ne m'excuse pas, mec, je te console !

Il faisait un temps doux, en cette fin de matinée.

Tom et Félix ne travaillaient pas ce jour-là, et avaient décidé d'aller faire les boutiques ensemble. Une activité qui ne les passionnait pas démesurément, raison pour laquelle ils prolongeaient autant que possible le moment précédant la contrainte. Dans moins d'une semaine aurait lieu le mariage d'Olive et de Yokin, où ils étaient tous les deux conviés. Félix faisant partie de la famille d'Olive, et Tom, qui connaissait bien le couple, ayant développé quelques solides affinités avec Yokin.

Le flic, déjà pourvu en costumes taillés à sa carrure, n'avait besoin que d'une belle paire de chaussures de ville. Et Félix, seulement d'un nouveau nœud papillon, pour accompagner le smoking à la coupe années 50 de son grand-père, qu'il avait récupéré dans la maison de campagne, et qui faisait déjà son bonheur.

La mission que s'était donnée Tom était claire : trouver des pompes, certes, mais surtout empêcher son pote de s'offrir le nœud papillon en strass qu'il convoitait. Il arrivait un moment où ne pas intervenir pouvait constituer une infraction du style non-assistance à personne en danger de ridicule.

— On passe chez moi, d'abord ? demanda Tom, qui habitait un grand immeuble sur le trottoir d'en face. J'aurais pas dû prendre ces boots, qui sont chiantes à retirer. Je vais mettre des baskets, ce sera plus facile, pour les essayages.

— Si tu veux, opina Félix, en se demandant s'il ne s'offrirait pas aussi une belle paire de bretelles. Ou bien des boutons de manchette, tiens. Mais alors super originaux.

Les deux amis traversèrent la rue, et s'engouffrèrent dans le bâtiment où vivait Tom.

Pendant qu'ils attendaient l'ascenseur, Félix se mit à pianoter sur son téléphone portable, afin de localiser l'endroit où il pourrait s'acheter des boutons de manchette à tête de dinosaure, par exemple. S'il n'en trouvait pas, il en chercherait en forme de poissons, son signe astrologique, ou d'ovni, ou bien de Dark Vador. Maintenant qu'il habitait seul, la force était désormais avec lui.

Tom salua sa voisine retraitée du neuvième, qui attendait à leurs côtés, revenant du marché, son chariot à provisions rempli à ras bord. C'était une dame courtoise, aux cheveux fins, blancs et permanentés, qui se déplaçait appuyée sur une canne en bois. Une autre voisine, cachée derrière un ventre proéminent de femme enceinte, vint les rejoindre, ainsi qu'un homme vêtu d'un sweat blanc à capuche relevée, que Tom n'avait jamais vu, et qui semblait concentré sur son téléphone. Le lieutenant de police échangea quelques mots avec la future maman, consistant en un bref commentaire à la sauce pluie et beau temps délayé de météo en rapport avec la saison, sans prendre garde à l'inconnu.

Lorsque l'ascenseur s'ouvrit, tout le monde y entra.

La cabine était large, il y avait assez d'espace, elle aurait pu contenir encore deux ou trois personnes de plus. Une fois les étages sélectionnés, les deux femmes regardèrent l'écran aux chiffres rouges qui s'apprêtaient à défiler. Félix était en train de se commander les boutons de manchette à tête de T-Rex qu'il venait de trouver, sur un site de vente en ligne, et cochait la livraison express. Tom, hésitant à l'idée d'acquérir des chaussures en noir ou en marron, se perdit un instant dans ses pensées. Et la porte se referma sur eux.

Il n'entendit donc pas l'homme, qui s'était

approché de lui, murmurer quelque chose. En revanche, il remarqua le regard effrayé de la femme enceinte. C'est comme ça qu'il réalisa qu'un truc se passait. Il tourna vivement la tête, et se trouva face au gars, qui venait d'abaisser sa capuche, et le fixait avec dureté.

— Faut laisser partir mes frères, que vous avez arrêtés.

— Pardon ? demanda Tom.

L'homme n'était pas aussi immense que lui (peu de gens l'étaient), mais il n'en était pas moins grand. Des épaules carrées. Un visage grêlé. Un regard empreint d'une froideur inquiétante. Ce type ne rigolait pas.

Il se colla à Tom dans une attitude ultra-menaçante, son nez presque contre le sien.

Le flic s'en voulut aussitôt de ne pas avoir mieux observé l'inconnu. Il se serait foutu des claques. Il était pourtant exercé à savoir repérer les détails alarmants dans un comportement, les indices révélateurs d'une situation potentiellement à risque. Et là, il n'avait rien vu, rien capté, rien détecté. L'esprit encore embrumé par sa quête de Régine, l'intelligence endormie par ses pensées de séduction, ses envies de reprendre soin de lui. Chaussures noires ou marron, hein ? Quel con.

La femme enceinte, blanche comme un linge, porta aussitôt les mains à son ventre en jetant des regards paniqués aux chiffres des étages qui défilaient.

Félix leva la tête, et se mit à trembler.

Des ondes de terreur lui parcouraient l'épine dorsale. En alerte maximale, il ressentait tout d'une manière démultipliée par l'urgence. L'odeur de l'homme, dont il perçut les atomes chimiques de détermination contenus dans sa sueur. Ses gestes nets, brutaux, laissant présager qu'il était capable du pire. Sa folie d'avoir suivi un flic jusque chez lui et de le prendre à partie devant témoins, sans se soucier le moins du monde des conséquences. Il sembla à Félix que tout clignotait, autour de l'individu, à la manière de panneaux d'affichage indiquant : « Danger ! Danger ! Faites demi-tour, vite ! »

Tom, professionnel, tenta de désamorcer calmement la situation.

Il recula de quelques centimètres, et lança un sourire au gars qui était vraisemblablement recherché pour le braquage de la station-service dont son équipe et lui avaient arrêté les trois autres protagonistes quelques jours plus tôt.

— Tout va bien, dit-il en lui montrant ses paumes levées, dans un geste apaisant. On va en parler gentiment, d'accord ?

— Non. On va pas en parler gentiment.

Il lui mit un méchant coup d'épaule qui, dans l'espace exigu de la cabine d'ascenseur, n'était pas la façon la plus judicieuse d'occuper l'espace.

La future maman laissa échapper un gémissement de terreur, et se recroquevilla sur son ventre, dans un coin. Félix, l'homme qui avait peur de son ombre, fit un pas de côté et alla spontanément se placer devant elle, pour la protéger.

Les portes de l'ascenseur s'ouvrirent. C'était l'étage où la dame retraitée descendait.

La mamie bouscula le voyou, fit un pas vers la sortie, puis se retourna brusquement, brandissant sa canne, qu'elle fit tournoyer dans les airs d'une façon involontairement comique. Le petit bout de femme d'apparence fragile et insignifiante se révéla être d'une férocité insoupçonnée. Elle assena plusieurs coups de sa canne en bois sur la tête du type, en rugissant : « Laissez ce garçon tranquille ! Éloignez-vous de lui ! Il ne vous a rien fait ! », martelant le visage et les cheveux de l'homme sous des coups frénétiques à défaut d'être puissants.

Le type entra dans une rage folle, tandis que Félix attrapait la main de la dame en cloque effrayée et la tirait pour la faire sortir de la cabine.

La brute finit par donner une grande claque sur la canne qu'il fit voltiger, et poussa un cri si impressionnant que la petite vieille lui répondit par un piaillement aigu, saisit son chariot, et commença à se hâter vers son appartement à petits pas pressés, la femme enceinte l'ayant devancée, et se retournant en lui adjurant d'aller plus vite.

Tom, profitant de la diversion, sortit son arme de service, mais le voyou tel un fauve déchaîné se jeta sur lui, et une bagarre s'engagea. Mandales, beignes, échanges de coups de pied entre la cabine d'ascenseur et l'étage, la porte ne pouvant se refermer car les deux adversaires roulaient au sol en se battant comme des furieux.

Félix, paniqué à un stade qu'il n'avait jamais connu de sa vie (et il en avait pourtant connu un certain nombre, de stades), ne sut que hurler «Appelez la police !», sans penser une seconde qu'il tenait dans la main un téléphone portable lui permettant de le faire.

Une voix, au loin, celle de la mamie à la canne qui s'éloignait avec l'autre voisine dans le grand couloir menant chez elle, lui répondit : «Oui, oui, on va les appeler !»

Et ce fut tout.

L'agresseur prit l'avantage, parvint à désarmer le flic, et se retrouva debout, le flingue pointé vers Tom, resté au sol, qui tentait de lui parler tout en se protégeant de la main.

— Hé, mec, du calme, d'accord ? Ne fais pas une bêtise que tu vas regretter toute ta vie…

— La bêtise, c'est toi qui l'as faite quand t'as arrêté mes frangins !

Félix n'avait pas bougé.

Il restait là, tétanisé. Debout devant eux.

Forcément, le malfaiteur réalisa qu'il y avait un figurant en trop dans cette scène. Alors, il pointa aussi le pistolet vers Félix en gueulant :

— Et toi, là, hein ? Qu'est-ce que tu veux ? Dégage, c'est entre lui et moi !

— Oui, dégage ! Dégage ! cria Tom, en espérant de toutes ses forces que son pote aurait la lucidité de l'écouter.

S'il ne s'était agi d'un être que Félix considérait comme son frère, il aurait peut-être obtempéré. Mais à ce moment, le jeune homme venait de passer en pilotage automatique. Il se sentit invincible. Après tout, lui n'était pas désarmé : il avait le pendentif de sa grand-mère.

Tom comprit en un coup d'œil que Félix allait faire une connerie. Il tenta alors de détourner l'attention de son agresseur, pour protéger son acolyte.

— Hé, viens, on parle… baisse l'arme, et on parle. On va arranger cette situation… dit Tom d'un ton doucereux.

— Tu sais, je suis paléontologue, commença Félix, en retirant lentement la chaîne qu'il avait autour du cou.

— Quoi ? Eh, ta gueule ! Cherche pas à m'embrouiller, toi, hein ! cracha le braqueur.

Il pointait alternativement son revolver sur les amis, ne sachant lequel des deux viser.

— Et j'ai une grand-mère, qui m'a appris quelque chose, ces derniers jours.

— J'ai dit TA GUEULE ! D'où il me parle de sa grand-mère, ce baltringue ?

— Elle m'a appris, continua Félix, imperturbable, en faisant tournoyer la chaîne de son médaillon telle une fronde, qu'il fallait que j'arrête d'avoir peur de tout…

— Non, mais Félix ! Ho ! intervint Tom. Pas à ce point !

— … et que la générosité était une qualité qui marque les gens, alors… continua-t-il en accélérant son mouvement du poignet.

— Il va la fermer, le chelou, là ? cria l'homme au sweat-shirt, de plus en plus nerveux.

— J'aurais pu t'offrir le flagellement du diplodocus, pour stimuler ton énergie, la poudre de corne du tricératops, pour rétablir tes faiblesses, ou le lâcher de fiente de l'archaeopteryx, pour te porter bonheur, mais je crois que tu as besoin d'amour. Alors, laisse-moi te faire…

Félix ne termina pas sa phrase. Tom venait de profiter d'une seconde d'inattention du malfaiteur consterné pour jeter sa jambe en l'air et faire sauter le flingue qu'il tenait à la main, au moment précis où Félix lâchait la chaîne de son médaillon. Elle tournoya dans les airs et envoya le bijou aux bords coupants qu'elle retenait, se ficher net sur le haut de la mandibule du type, lui entaillant profondément la pommette.

Tom se jeta sur son arme tombée au sol, l'attrapa, se redressa et le maintint en joue.

Alors, Félix finit sa phrase :

— Laisse-moi te faire goûter au tendre baiser du tyrannosaure ! J'espère que tu apprécieras.

Une sirène de police résonna dans la rue. La cavalerie arrivait, ils avaient failli l'attendre.

Tom, soulagé, sans quitter l'homme à terre des yeux, lança à Félix :

— En tout cas, moi, j'ai apprécié !

Félix, sous le choc de ce qui venait de se passer, fit quelques pas, un peu gauche, un peu tremblant, et s'agenouilla auprès du type, qui saignait de la face.

— Vous… vous permettez ? demanda-t-il en s'approchant de lui, hésitant.

Et d'un coup sec, il retira son pendentif de l'os de sa joue. L'homme cria de douleur.

— Je le récupère, hein. C'est un cadeau de ma grand-mère.

Il se releva, et se tourna vers Tom.

— Tu vas bien, copain ?

— Oui. Et toi ?

— Couci-couça, fit-il en balançant sa main. Un peu frais, en ce moment, je me demande si je ne couve pas une angine.

— À qui le dites-vous, mon bon monsieur, y a plus de saisons.

Les collègues de Tom arrivèrent enfin, et le policier put baisser son arme. La situation fut expliquée, les voisins apparurent, témoignèrent, le prévenu fut menotté, avant d'être embarqué. Et lorsque tout le monde fut parti, Tom déclara :

— Finalement, les chaussures, je vais les prendre en noir. C'est classe, et ça va avec tout. Qu'est-ce que tu en penses ?

Félix réfléchit un instant, et répondit :

— Et pourquoi pas noires vernies ?

— Mais oui, excellente idée ! Vernies. Comme nous, mon pote.

Les deux amis se regardèrent, et laissèrent enfin éclater leur soulagement en échangeant une franche accolade, à coups de solides claques dans le dos.

Chapitre 37

Tom

— Haut les mains ! Ne faites pas un geste.

Tom venait de franchir le seuil de son immeuble. Il leva les mains en l'air avec un sourire extatique. Cette voix, il l'avait reconnue, lui qui pensait ne plus jamais la réentendre un jour.

— Vous êtes seul ? Votre femme n'est pas avec vous ?

Le flic se retourna lentement vers Régine, qui se tenait dans l'embrasure de la porte.

— Ma femme est partie chez sa mère pour la semaine. Je peux baisser les mains, là ? Je commence à avoir une crampe.

— OK. Tooout douuucement… (Régine cessa de pointer vers lui ses deux doigts menaçants, et fit mine de les ranger dans son sac à main fermé.) Je ne voulais pas vous faire d'ennuis, au cas où elle nous aurait surpris.

— Pourquoi… Nous ne faisons rien de mal ? Nous sommes juste en train de bavarder dans l'entrée d'un immeuble. Vous pourriez même être un suspect que j'inter... Tiens, bonjour, madame Chu, vous allez bien ?

Sa voisine, une quinquagénaire qui venait de les croiser, répondit à son salut, alla relever le courrier de sa boîte aux lettres, et quitta les lieux avec un petit signe de tête, non sans les avoir fixés un peu plus longuement que nécessaire.

— Vous voyez, souffla Régine... Elle va alerter votre femme !

— Ne vous inquiétez pas, je sais très bien qui sont les informateurs, dans ce quartier. Cependant...

Il attrapa Régine par les épaules, et la dirigea vers l'ascenseur.

— On n'est jamais trop prudents. Inutile de rester à découvert, allons plutôt nous planquer chez moi.

Régine, qui avait passé des journées entières submergée par l'envie de revoir cet homme, déclina l'invitation. Oui, il lui plaisait. Terriblement, même. Mais hors de question de lui laisser croire qu'elle n'était qu'une groupie venue l'attendre sur son paillasson.

— Non, je n'ai pas beaucoup de temps, je passais juste vous rapporter vos... euh... chaussettes.

— Mes chaussettes ?

Tom éclata de rire devant la boule de chaussettes de sport blanches qu'elle lui tendait.

— Mes escarpins étaient trempés. Et vous m'aviez fait peur, là, avec votre théorie du rhume de pieds qui allait me laisser célibataire. Alors, je me suis permis de vous emprunter une paire de… euh…

Il plongea ses yeux bleus dans ceux de la jeune femme, et sa voix se fit faussement menaçante pour lui ordonner :

— Vous avez commis un cambriolage chez moi, considérez-vous en état d'arrestation.

L'ascenseur s'ouvrit devant eux, il l'invita d'un geste à y entrer.

— Allons par ici, je vais vous interroger. Et vous garder à vue. Toute la nuit, s'il le faut.

— Hop, hop, hop ! dit Régine en pénétrant avec enthousiasme dans la cabine. Aucune garde à vue ne peut avoir lieu sans un avocat. Oh ! (Elle se frappa les mains contre la poitrine.) Ça tombe bien, j'en connais une bonne.

— Cette fois, dit Tom tandis que les portes se refermaient, c'est moi qui vais me mouiller.

Il la saisit par les épaules, se pencha et l'embrassa tendrement.

Chapitre 38

Olive

— Olive ? Olive, ma fille ? Ouvre, c'est papa !

— Elle vient de me ficher à la porte ! Si elle ne m'ouvre pas à moi, pourquoi veux-tu qu'elle t'ouvre à toi ? grinça Françoise, perchée sur des salomés vert pomme, vêtue d'un tailleur fuchsia et coiffée d'un bibi mauve à voilette.

Jean-Pierre, son mari, était lui aussi sur son trente et un, avec son élégant costume gris foncé, sa cravate en soie bleue et ses chaussures cirées. Il ne prêta aucune attention à ce que dit sa femme, et continua à gratter à la porte de l'ancienne chambre de leur fille.

— Chérie, laisse-moi te parler une minute, d'accord ? Allez, je rentre…

Avec précaution, il poussa la poignée, qui n'offrit aucune résistance, et il accéda au terrain des hostilités. Le visage de son épouse curieuse rétrécit à mesure qu'il fermait la porte derrière lui.

Olive avait le front ceint d'une couronne de

toutes petites fleurs blanches, elle était maquillée, mais elle n'avait pas passé sa robe. Assise en peignoir sur son lit de jeune fille, elle pleurait.

Le vol de retour de Brooke était prévu pour le lendemain, et elle ne s'était pas encore sentie capable de partager son secret avec quiconque. Avec Yokin, moins qu'un autre.

Son idée initiale fut que lorsque sa fille rentrerait en Écosse, elle pourrait reprendre le cours de sa vie sans que son mari ait besoin de savoir quoi que ce soit. Mais finalement, ça ne s'était pas passé ainsi. Olive, assaillie de scrupules, ne pouvait pas se résoudre à mentir à l'homme qu'elle aimait. Or elle savait que lui dire la vérité équivalait à le perdre.

Bien sûr, elle l'avait épousé trois jours plus tôt à la mairie. Impossible de reculer. Devant la loi, elle portait déjà son nom. Mais dans son cœur, elle portait le sceau du mensonge. Et lui voler la seule union qu'il pourrait avoir à l'église, c'en était trop pour elle.

Sa décision était prise, même si elle l'avait été dans la panique : elle ne lui dirait rien, mais elle ne le trahirait pas non plus. Peut-être serait-il même possible de faire annuler cette union civile, s'il le souhaitait. Mais pour qu'il le décide, il faudrait qu'elle lui apprenne la vérité.

La tête lui tournait, elle ne savait plus quoi faire.

Alors elle décida de ne rien faire, et de rester prostrée là.

C'est ce qu'elle tenta d'expliquer à son père, en virevoltant autour de la raison sans la lui révéler.

Ce qui eut pour résultat, bien évidemment, que le pauvre homme ne comprit rien.

Et appela sa femme au secours. Qui comprit encore moins que lui de quoi il retournait. Alors, Françoise téléphona à Yokin. Qui était dans son uniforme d'officier, prêt à partir à l'église, pour devenir le mari d'Olive devant Dieu. Et qui flippa complètement.

Dans l'appartement du jeune couple, les parents du marié, venus du Pays basque, se préparaient, ainsi que Brooke, à qui Olive avait prêté une robe pour l'occasion.

Le coup de fil affolé de sa belle-mère ne lui laissa pas d'autre alternative que de foncer dans sa voiture et d'aller retrouver sa princesse chez ses parents.

Il avait bien remarqué la tristesse récente de celle qui partageait sa vie. Il l'avait questionnée de nombreuses fois à ce sujet, sans succès, et avait fini par mettre ça sur le compte du stress prénuptial.

Yokin sut, à l'instant où il raccrocha, qu'il s'apprêtait à livrer un des combats les plus importants de toute sa carrière : récupérer celle qu'il aimait.

Mais Brooke avait entendu l'échange. Et tandis que les parents de Yokin, mis au courant par leur fils de la catastrophe qui s'annonçait, le retenaient en essayant d'en savoir plus, Brooke, elle, comprit ce qui lui restait à faire.

Elle attrapa une veste sur le portemanteau et déclara à son hôte qu'elle venait avec lui. Qu'il le veuille ou non.

Il fallait qu'elle lui parle.

Chapitre 39

Olive

— Kenzo, calme-toi, s'il te plaît !... Viens t'asseoir avec maman. Viens, je te dis !

Dans l'église qui se remplissait, Perla faisait de grands gestes à ses mômes turbulents. Elle aurait pu s'adresser directement au siège en bois sur lequel elle était assise, que ses prières n'auraient pas été plus exaucées.

Kenzo courait entre les gens en hurlant d'excitation, poursuivi par ses frères Enzo et Renzo. Leurs prénoms ? Une lubie de son ex qui avait ainsi nommé leurs fils, car il vénérait les prénoms en « o ». Il n'aurait bien sûr jamais admis qu'il les trouvait plus virils que ceux se finissant en « nar ». Elle se doutait bien qu'il était complexé. Un prénom qui rimait avec pinard, canard ou charognard, pour lui, c'était un cauchemar.

Assise près de Bethsabée, Perla reprit leur conversation.

— Oui, donc, je te disais qu'effectivement,

j'avais fait un déni total au sujet de leur père. C'est comme si j'avais porté des verres fumés pendant des années, qui m'avaient enfumé le bon sens. Depuis que je l'ai quitté, tous les jours, je me demande comment j'ai pu faire pour rester si longtemps avec un con pareil… Tu te rends compte ? Il a fallu que je sorte de cette relation pour avoir une vision nette et lucide de ma situation.

— Je comprends, dit Bethsabée. Dans un couple, l'absence d'amour, c'est comme la mer qui se retire, et qui laisse la plage à découvert. C'est à ce moment-là seulement que tu découvres toutes les ordures dont le sable était jonché. Et Régine, qui avait promis de t'aider, elle l'a fait ?

Perla poussa un soupir extatique.

— Oui ! Elle a vraiment tenu parole. Je te laisse imaginer la réaction de mon ex quand je lui ai tendu le miroir de la vérité et de tout ce que je savais sur lui. Le poker, qu'il croyait m'avoir caché, les maîtresses, dont je connaissais les prénoms…

— Ah bon ? dit Bethsabée, stupéfaite.

— Tu vois un vampire exposé à la lumière si tu lui colles une gousse d'ail sur le front ? Il se dissout, il fume, il se dilue ? Eh ben, voilà, c'est Bernard.

Près de l'entrée de l'église, Félix et sa grand-mère Lutèce bavardaient.

Il était beau, Félix, avec son costume à fines rayures et veste longue. Il avait un chic fou.

— Et au fait ? Et ma cassette cachée, tu me l'as retrouvée, dis, mon garçon ?

— Bien joué, mamie… Je l'ai trouvée, oui. C'était ta bibliothèque… C'était ça, la grande surprise que j'étais censé découvrir, n'est-ce pas ? La fortune immense qui ferait mon bonheur. C'était une image. Une de celles cachées au fond de tes livres. Une façon de me dire que le temps apaise, répare, que les souvenirs nous donnent de la force, surtout quand on sait s'en détacher, que parfois il faut se pencher sur son passé pour ne plus en avoir peur… Ça a fonctionné, j'ai fait le point. Et j'ai fini d'avoir peur. Merci, mamie, pour toutes ces leçons.

Lutèce, à moitié dissimulée sous une immense capeline agrémentée d'une profusion de plumes de paon, qui cacheront sans doute la cérémonie aux trois rangs derrière elle, lui frotta la joue d'une main gantée de dentelles.

— Regardez-moi ce grand dadais ! Mais non, je parlais bien d'une cassette enfouie au pied d'un de mes pommiers. Elle contenait toutes les lettres d'amour que j'ai échangées avec mon premier flirt d'adolescence.

Cette fois, Félix ne se laissa pas démonter.

— Ah oui ? Si c'est vrai, en quoi cela aurait-il été une grande surprise pour moi, hein ? Ah, ah !

Lutèce sourit. Finalement, cette escapade en solo avait fait le plus grand bien à son petit-fils. Elle était heureuse de constater combien sa confiance en lui s'en était trouvée renforcée. Heureuse, mais soulagée, surtout.

— Eh bien, la surprise, c'est que votre jeunesse

n'a rien inventé, si tu vois c'que j'veux dire... (Elle lui fit un clin d'œil appuyé.)

Félix se passa lentement la main sur le visage, de haut en bas, tandis que les gloussements mélodieux de Lutèce s'éloignaient. Sa capeline et elle pénétrèrent dans l'église, mais lui décida de rester dehors, à respirer l'odeur des bois alentour. Une telle foule, ce n'était pas possible. Ses attaques de panique n'avaient pas complètement disparu. Il attendrait que tout le monde soit installé, avant d'aller se glisser sur un banc.

Alors, il s'assit sur les marches du parvis, sortit quatre longs fils en caoutchouc de sa poche, et commença à tresser un scoubidou. Les gens autour de lui s'éparpillèrent, et entrèrent par petits groupes dans l'enceinte de la chapelle.

Trois garçons s'approchèrent de lui, l'observant avec curiosité. L'un d'entre eux, plus intrépide que ses frères, s'assit à ses côtés.

— C'est quoi, c'que tu fais ? Tu tricotes avec tes doigts ? demanda Renzo.

À l'intérieur de l'église, j'étais, je crois, assise au deuxième ou au troisième rang, et Ulysse se tenait à mes côtés. Lotte et Mona bavardaient dans la rangée d'en face, avec des cousines qu'elles n'avaient pas vues depuis longtemps. En rencontrant pour la première fois l'homme qui m'accompagnait, elles avaient été plutôt indulgentes. Leur « pas mal, pour un vieux de ton âge » m'alla droit au cœur. Qui plus est, il les avait fait rire, avec quelques tours de cartes qui les avaient bluffées.

La vraie magie, c'est qu'il avait fait réapparaître devant moi deux toutes petites filles impressionnées, et j'avais adoré ça.

Tandis qu'il me murmurait un compliment à l'oreille, Régine vint nous saluer. Guillerette, elle désigna d'un coup de menton l'homme en train de me faire frissonner.

— Alors, Ava ? Tu ne me présentes pas ton cavalier ?

— Mais enfin, tu ne le reconnais pas ?

Elle le fixa, interloquée.

— Non… Oh ? Ulysse ? C'est toi ?

— C'est moi, confirma-t-il avec un sourire. Et vous êtes ?

— Régine… Tu ne te souviens pas de moi ? On était ensemble en sixième !

— Non, désolé, ça ne me dit rien…

— Mais si, voyons ! Une petite blonde ravissante !

— Non, vraiment, je ne vois pas.

— Eh oh, Ulysse, s'énerva Régine, un peu vexée. Tu m'as fait bouffer du dentifrice !

— Aaaah ouiii ! Ah ! ah ! ah ! Je me rappelle, maintenant…

Ulysse se mit une claque sur le genou. Juste au moment où je commençais à me dire que bon, ce n'était pas tout ça, mais Régine nous avait assez salués comme ça.

— Allez, va vite te trouver une place, tout au fond, avant qu'il n'y en ait plus… conseillai-je chaleureusement à ma copine.

— Tout va bien, ne flippe pas, rigola-t-elle en se penchant à mon oreille. J'ai rencontré un homme. Je crois que je suis mordue. C'est même la première fois que je suis dégoûtée qu'il soit marié.

— Ah ! Quelle bonne nouvelle, dis-je en serrant discrètement la main d'Ulysse.

Régine se redressa, regarda la foule qui commençait à prendre place sur les bancs, et rougit brutalement. Je me retournai pour voir ce qui avait provoqué ce maquillage naturel, et aperçus Tom, dépassant tout le monde de deux têtes, en train de chercher une place pour s'asseoir. Il leva les yeux, remarqua Régine qui le fixait bouche ouverte, et afficha un air d'étonnement réjoui.

J'attrapai Régine par la manche de son tailleur, et tirai son oreille jusqu'à ma bouche :

— Quoi, c'est de Tom dont tu parlais ? Ah mais surprise ! Son alliance est démagnétisée, il est divorcé depuis quelques jours.

— Oh !

C'est tout ce que sut répondre la reine des tribunaux, sidérée par la nouvelle. Son pire cauchemar devenait réalité. Avec un homme libre, elle perdait le contrôle de la situation. Elle n'avait pas une épouse en guise de trampoline pour éjecter l'importun. Si elle retombait mal après ses galipettes, elle risquait de se blesser.

Tom, lui, ne perdit pas une minute, fendit la foule et vint la rejoindre. Il nous salua, l'embrassa, puis, l'attrapant par la taille, il la guida vers deux places qu'il avait repérées. Régine se retourna, en me lançant un regard de terreur pure. J'éclatai de rire, et me blottit tendrement entre les bras d'Ulysse.

Cela faisait déjà dix minutes que Perla cherchait ses fils partout. Elle fouillait l'église, interrogeait les gens, les appelait d'une voix inquiète, mais personne n'avait vu ses Castors Juniors.

Jusqu'à ce qu'une dame lui dise avoir aperçu trois gamins à l'extérieur, assis sur le parvis avec un homme.

Perla retroussa sa robe fourreau et se précipita en galopant sur ses hauts talons, vers la sortie. Immédiatement, elle repéra ses enfants. Et elle sut tout de suite que quelque chose n'allait pas. Ils semblaient étranges, leur comportement paraissait inhabituel. Ils étaient… calmes.

— Hé, les poulets… qu'est-ce que vous faites ?

— Chut, maman, ne nous dérange pas, dit Enzo, en s'activant sur des fils en plastique, concentré et la langue à demi sortie.

— Regarde le mien, maman, regarde ! dit Kenzo en lui tendant un début de scoubidou tressé.

— T'as vu mes jolies couleurs ? demanda Renzo, fier de son ouvrage.

Elle s'assit à côté d'eux. Un de ses petits frissonna.

— Hé, ça caille, on rentre à l'intérieur ? demanda Enzo.

— Au revoir, m'sieur ! dit Kenzo à Félix.

Les gosses se levèrent et, toujours concentrés sur

leurs enchevêtrements de fils, allèrent sagement se réfugier dans l'église. Sans courir. Perla n'en crut pas ses yeux.

Elle allait se lever également, lorsque Félix lui tendit quelques liens colorés.

— Vous voulez essayer ?

— Oh, c'est gentil, mais je préfère le tricot !

Elle lui sourit, avant de reprendre :

— Au fait, merci beaucoup, pour mes fils, de leur avoir passé vos… fils. Je ne crois pas les avoir jamais vus aussi sages depuis au moins, je dirais… leur gestation.

— Pas de problème, ça m'a fait plaisir.

Il hésita, lutta contre sa timidité, et redressa imperceptiblement son dos voûté, comme par homothétie avec cette jeune femme dont le port altier de danseuse l'impressionna.

— Et… je m'appelle Félix, au fait. Je suis le cousin de la mariée.

— Oh, moi, je suis Perla, et je suis une amie d'Olive.

Ils se serrèrent la main en souriant.

— D'ailleurs, elle en met du temps à arriver, dit-elle. J'ai vu Yokin, il fait les cent pas à l'intérieur, le pauvre.

— Elle a peut-être pris peur ? suggéra Félix.

— Ah ça, je la comprends, lâcha la jeune femme dans un murmure.

— Vous n'êtes pas mariée ? demanda Félix, un peu plus que pour simplement lui faire la conversation.

— Plus pour très longtemps, sourit-elle. Mon ex est retourné vivre chez sa mère.

Félix, qui venait de quitter la sienne, trouva la coïncidence si fabuleuse qu'elle le fit rire aux éclats. Il rejeta la tête et les bras en arrière, et, en appui sur ses mains, se perdit un instant dans la contemplation des nuages.

— Vous avez vu ? demanda-t-il, ces petites boules de coton…

— Des cirrocumulus, répondit Perla, qui s'était mise dans la même position que lui.

— Ah ? Vous connaissez ?

— J'adore observer les nuages, les étoiles. C'est le plus beau spectacle qui existe, répondit-elle. Vous trouvez ça ridicule ? ajouta-t-elle précipitamment avec une pointe d'inquiétude dans la voix. Oui, je sais, je dois vous sembler cruche…

Félix la dévisagea, oscillant entre fascination et admiration.

— Pas du tout. C'est même complètement l'inverse.

Perla sourit, mais n'osa pas le regarder. Des larmes venaient de lui piquer les yeux. Elle détourna le visage, et les apaisa en quelques battements de cils. Ses brisures étaient profondes, multiples et encore nettes. Elle sut que le chemin serait long, avant qu'elle n'aperçoive l'horizon retrouvé d'un îlot de confiance en elle.

Félix, qui avait perçu le malaise de Perla et s'en était ému intérieurement, fit comme si de rien n'était pour ne pas l'indisposer. Il fouilla dans sa poche, et en sortit un minuscule instrument.

— Dites-moi, Perla, on vous a déjà joué de la guimbarde sous des cirrocumulus ?

Elle renifla en gloussant, intriguée par ce qu'il tenait dans la main.

— Pas cette semaine, non.

— Alors, permettez-moi de vous dédier cette œuvre.

Il mit l'instrument dans sa bouche, et actionna la lamelle avec son doigt, produisant des sons ressemblant à une succession de « doïng doïng doïng ! » et de « douong douong douong ! ». Ça aurait pu être mélodieux, si cela n'avait pas été aussi bizarre à écouter.

Perla rit, et ce fut pour Félix la plus douce musique du monde.

Le temps passa agréablement, avant que la jeune femme se dise que le moment était venu pour elle de rejoindre ses enfants. Elle se mit debout, et frissonna car le temps s'était couvert, et qu'elle ne portait, sur sa robe bustier, qu'un petit châle en mousseline.

Félix se leva aussi. Sans hésiter, il retira sa veste et la lui posa sur les épaules. Ils échangèrent un regard troublé. En se dirigeant vers l'église, Félix se demanda comment réagirait sa mère s'il lui annonçait qu'il venait de tomber amoureux d'une femme plus âgée que lui et maman de trois enfants.

Perla, en resserrant les pans de la veste de Félix

sur elle, le remercia pour sa gentillesse. Elle ajouta spontanément :

— J'aime beaucoup votre nœud papillon. Les strass, c'est vraiment original. Si vous voulez, je vous en tricoterai un, pour vous remercier d'avoir appris l'art du scoubidou à mes gamins…

En guise de réponse, Félix s'exclama :

— Épousez-moi !

Chapitre 40

Olive

Yokin ne toqua pas à la porte de l'ancienne chambre de sa femme.

Il l'ouvrit directement, entra, et laissa derrière lui ses beaux-parents, ainsi que Brooke.

Exclus de l'explication qui allait avoir lieu, ils allèrent attendre dans le salon, et entreprirent de faire connaissance. C'est d'ailleurs Brooke qui se présenta.

Olive leva vers son mari des yeux rougis de larmes, sans pouvoir prononcer un mot.

Il s'assit près d'elle, sans rien dire lui non plus.

Après quelques secondes, elle finit par murmurer « pardonne-moi, mais je ne peux pas... », avant de se recroqueviller en sanglotant de plus belle.

Yokin contempla celle qu'il aimait et, devant son désarroi, sentit sa gorge se serrer.

— Hé... pourquoi tu pleures ? T'arrives pas à fermer ta robe, c'est ça ? Je t'avais prévenue d'y aller mollo sur les crêpes.

Olive ébaucha un sourire, qui se finit dans une grimace triste.

— Je suis désolée… je suis tellement désolée…

Yokin l'enlaça doucement.

— Non, c'est moi qui suis désolé. Je suis navré de ne pas avoir réalisé à quel point tu étais mal, depuis quelques jours. J'ai honte de t'avoir laissée souffrir sans avoir su comment réagir.

— Yokin, écoute…

— Non, c'est toi qui m'écoutes. Je suis venu ici avec Brooke. Elle m'a tout raconté, dans la voiture. Toute votre histoire, dans ses moindres détails. Elle m'a dit qu'elle voulait disparaître de ta vie, pour ne pas interférer avec ton bonheur. Inutile de préciser que je suis tombé des nues. Et sans parachute, encore.

Olive soupira, et essuya son nez qui coulait du dos de la main.

— Pourtant, tu sais ce qui me fait le plus mal ? dit Yokin en sortant un kleenex du paquet dans sa poche, et en le lui tendant. Ce n'est pas l'aveu de Brooke, c'est le fait que tu aies eu peur de m'en parler.

— Mais Yokin, je…

— J'ai pas fini, l'interrompit-il d'un ton ferme. T'as cru quoi, en fait ?

Il se leva, et se mit à marcher de long en large dans la petite pièce.

— T'as cru que j'étais avec toi pour ta conversation, le sexe et ta bonne cuisine ? Tu noteras que j'ai dit « conversation » et « cuisine » pour ne pas

paraître grivois, mais nous savons bien toi et moi
que…

— Yokin…

— OK. Je suis avec toi parce que je t'aime et
que tu me rends heureux. Et t'aimer englobe un
milliard de choses dégoûtantes, comme de te trouver toujours émouvante même quand tu n'es pas
épilée, de laver à la main tes culottes tachées de
règles quand c'est à mon tour de faire la lessive, de
continuer à t'embrasser même si tu as une grippe
carabinée ou de te tenir les cheveux quand tu
vomis…

— J'ai les cheveux courts, Yokin !

— Ça va, je l'aurais fait si tu avais eu les cheveux longs ! Ce que je veux dire, c'est que je t'aime
intégralement, avec tes qualités, tes défauts, ton
passé, et notre futur ensemble. Et ça me tue que
tu aies pu croire une demi-seconde que j'aurais pu
vouloir m'éloigner de toi au moment où, précisément, mon putain de rôle était de te protéger !

Yokin lui tourna le dos et s'appuya sur son
petit bureau d'écolière. Alors, Olive se leva et se
jeta contre lui, l'enlaçant de toutes ses forces. Il
se retourna et la prit tendrement dans ses bras,
séchant ses larmes du plat de la main.

— Ça veut dire que tu veux toujours de moi ?

— Plus que jamais, petite sotte. Et toi, tu veux
toujours de moi ?

— Oui ! Oh mon Dieu… Oui ! gémit-elle avec
ferveur.

— Alors va passer ta robe, et garde exactement

la même intonation quand tu répéteras ça devant le curé !

Elle se nicha contre lui. Il la serra encore plus fort.

— Je t'aime, mon Popeye. T'es le meilleur mari que j'ai jamais eu.

— Moi aussi, je t'aime, madame Etchegoyen. Et je t'aurais épousée même si tu avais eu une douzaine de gosses. (Il déposa un baiser sur son front.) Cela étant, juste pour vérifier… T'en as pas d'autres, nous sommes d'accord ?

Elle recula le visage pour lui lancer un regard ironique.

— Écoute, je compte mes cicatrices d'épisiotomie, et je te dis !

Chapitre 41

Olive

Ce fut un magnifique mariage. La fête qui a suivi fut réussie pour tout le monde.

Olive et Yokin ont somptueusement ouvert le bal sur une valse de Strauss.

Elle, éblouissante dans sa robe de mariée en soie blanche, associant débauche de tulle sur le jupon et manches trois quarts en dentelle, sublimée par un inattendu décolleté dans le dos.

Lui, sportif aux cheveux ras, magnifique de prestance et d'allure dans son uniforme d'officier.

Ces deux-là se contemplaient, s'embrassaient, se serraient l'un contre l'autre avec une telle adoration que certains invités en venaient à se demander si eux-mêmes avaient un jour connu une passion si ardente. Ils allaient être heureux, c'était une certitude. Leur amour avait triomphé des peaux de bananes que la vie avait glissées sous leurs semelles, et ces bananes, ils avaient bien l'intention de les savourer par les deux bouts.

Félix et Perla ne s'étaient pas quittés de la soirée, qu'ils avaient passée à l'extérieur de la salle. Assis sur le perron côté à côte, ils avaient observé les étoiles en leur octroyant des noms loufoques, qu'ils inventaient au fur et à mesure entre deux éclats de rire. Perla se sentait apaisée, sereine, incroyablement détendue. Elle goûtait au luxe de ne rien faire. De rêvasser. De prendre son temps. De perdre son temps. De jouir de son temps. De ne pas sursauter. De n'être ni jugée, ni surveillée, ni rabaissée. Cela faisait si longtemps que ça ne lui était plus arrivé, qu'elle eut le sentiment que c'était la première fois. Comme si elle avait porté pendant des années des souliers trop petits, et qu'une fois retirés, elle redécouvrait la béatitude de marcher pieds nus.

Félix, lui, ne cessait de la contempler, attendri par cette femme qui se perdait dans la considération d'une fleur fragile surgie d'entre deux cailloux. Lui aussi se sentait neuf comme l'air, vêtu de liberté. Finalement, quitter Iolanda avait été bien plus simple qu'il ne s'en était persuadé. Il lui avait suffi d'exprimer son désir de prendre son envol, ce qu'il ne s'était jamais autorisé avant, freiné par d'entravantes peurs irrationnelles. Désormais, si son nouveau quotidien lui semblait vertigineux de choses à apprendre, il sut qu'il pouvait se laisser planer. La vie n'était pas si difficile que ça, il ne tomberait pas de haut.

La musique s'entendait assez distinctement hors de la salle.

Même s'il avait laissé son médaillon chez lui, accroché sur le porte-clés de l'entrée, Félix n'eut pas la moindre appréhension lorsqu'il se mit debout et qu'il tendit la main à la jolie rouquine. Perla, qui n'avait plus esquissé le moindre pas de danse depuis des années, hésita quelques secondes. Félix ne se démonta pas. Il lui adressa un sourire d'une irrésistible gentillesse, accompagné d'un signe de tête, qui eut pour effet de lui donner confiance. Alors, elle glissa sa paume dans la sienne, et le rejoignit. Il souleva sa main au-dessus de sa tête et la fit tourner sur elle-même. En rythme, il l'attrapa par la taille, balança un instant avec elle, lui écrasa le pied, bredouilla des excuses tandis qu'elle éclatait de rire, et la fit tourner encore. Perla virevolta, tendit le bras avec une grâce exquise, bougea les hanches, et pivota encore entre les passes plus ou moins réussies, mais toujours très enthousiastes, de son cavalier. Leurs rires montèrent, tel un écho de bonheur, en direction des étoiles.

Pendant ce temps, Enzo, Kenzo et Renzo se déchaînaient sur la piste de danse. Essoufflés et en sueur, ils épuisaient leur énergie jusqu'à la dernière goutte, et lorsqu'ils revenaient s'asseoir pour boire ou se reposer, ils se voyaient pris en otages par une Lutèce bien décidée à leur faire goûter à chacun des desserts du buffet. Elle se régalait, mais eux aussi.

Brooke passa la soirée coincée à table avec sa nouvelle famille, assaillie par des grands-parents avides qui la bombardèrent de questions, de promesses, d'invitations et d'effusions. Pour eux, clairement, c'était la fête à la maison.

Iolanda, abandonnée par ce fils ingrat qui n'en avait que pour cette couguar divorcée avec sa marmaille, n'eut pas d'autre choix que de bavarder avec son voisin de table. Un homme de son âge, charmant, mais accompagné de sa mère octogénaire, qui ne cessait d'intervenir dans l'échange, pourtant passionnant qu'ils avaient au sujet de leurs chats respectifs. Quelle plaie, ces belles-mères. Heureusement qu'avec son fils, elle n'était pas comme ça.

Régine et Tom entamèrent un tango torride. Tom heureux de tenir Régine entre ses bras, cette femme dont il avait noté le nom de famille, l'adresse perso, celle du cabinet, et tous les numéros de téléphone existants, permettant de la contacter. Et puis Régine, qui découvrait la sensation étourdissante de ne pas avoir à se cacher.

Bethsabée ne se trémoussa qu'avec son fils, Nuno, et fit la connaissance ce soir-là d'une autre maman célibataire, avec laquelle elle copina.

Mona, sublime dans sa robe en satin noir et en tulle, mit des vents aux garçons qui s'aventuraient à l'inviter à danser, avec la récurrence d'une impitoyable éolienne. Elle préférait surfer sur son Smartphone pour masquer sa timidité. Lotte, en revanche, tout aussi somptueuse dans sa robe en satin noir et en mousseline, accepta avec joie l'invitation des plus mignons.

Quant à moi, je termine de vous raconter cette histoire, et je file retrouver Ulysse à notre table. Il est en train de m'expliquer comment faire disparaître un objet et le faire réapparaître ensuite.

Ça peut toujours servir !

Le Livre de Poche s'engage pour
l'environnement en réduisant
l'empreinte carbone de ses livres.
Celle de cet exemplaire est de :

850 g éq. CO_2

Rendez-vous sur
www.livredepoche-durable.fr

PAPIER À BASE DE
FIBRES CERTIFIÉES

Composition réalisée par MAURY-IMPRIMEUR

Achevé d'imprimer en février 2016, en France sur Presse Offset par
Maury Imprimeur – 45330 Malesherbes
N° d'imprimeur : 206305
Dépôt légal 1re publication : mars 2016
LIBRAIRIE GÉNÉRALE FRANÇAISE – 31, rue de Fleurus – 75278 Paris Cedex 06